LA TENTATION DE LEVI

JULES BARNARD

Chapitre Un

Si quelqu'un avait dit à Levi Cade il y a six mois qu'il dirigerait l'entreprise de son père, il aurait explosé de rire.

Il ne riait plus.

Levi frottait son menton rugueux en écoutant son avocat discourir sans fin sur les investisseurs du Club Tahoe. Et combien d'entre eux se retiraient du jeu à cause de la baisse des bénéfices. Leur principal concurrent, Blue Casino, arrivait on ne sait comment à piquer les clients. Les enfoirés.

L'avocat à sa droite jeta un regard aux bottes de Levi et fit la moue.

Levi soupira intérieurement. S'il était condamné à diriger le luxueux établissement que son père avait réussi, d'outre-tombe, à leur refiler de force à ses frères et lui, il pouvait bien s'habiller comme ça le chantait. Jean, t-shirt et bottes. Les avocats collets-montés, coincés dans leurs costards de créateurs, pouvaient aller se faire voir. Surtout quand ils lui annonçaient des nouvelles merdiques sur l'état des finances.

— Monsieur, après le décès de votre père, nos investisseurs sont allés voir ailleurs. Le groupe coréen qui voudrait faire du Club Tahoe leur centre de séminaire aux États-Unis pourrait apporter à l'établissement les capitaux nécessaires pour renflouer les caisses. Le conseil d'administration serait plus qu'heureux de les divertir durant leur séjour et de s'assurer que le Club Tahoe comble toutes leurs attentes.

N'y avait-il pas une pointe de désespoir dans la voix de cet homme ? Les avocats voulaient-ils qu'il reste en retrait parce qu'ils pensaient qu'il n'était pas à la hauteur ?

Il était pompier avant que le job de ses rêves ne lui ait été arraché par un parpaing qui avait atterri au mauvais endroit. Ou au bon endroit, vu qu'il était encore debout. Mais il avait perdu une grande partie de la vision périphérique dans un œil et le mal était fait. C'était soit un travail de gratte-papier, soit la démission pure et simple. Il avait choisi de démissionner plutôt que de passer ses journées à remplir de la paperasse en regardant les autres faire le travail de terrain qu'il aimait. Ironie du sort ou malchance, il se retrouvait derrière un bureau quand même.

Le père de Levi était mort quelques mois après son départ de la caserne, et son testament stipulait que Levi devait prendre la direction du Club Tahoe, le complexe hôtelier familial. Un seul de ses quatre petits frères était capable d'occuper ce poste, mais il travaillait pour le concurrent, Blue Casino. Aucun des autres ne voulait travailler ici, et encore moins diriger l'entreprise.

Levi n'était pas du genre oisif. Il avait besoin de sortir de la maison après des mois de convalescence. Mais il n'avait jamais imaginé devenir un col blanc. Ce qu'il n'était pas, techniquement, car il avait refusé jusqu'à aujourd'hui de porter un foutu costard.

Il posa une cheville sur son genou, exposant ses bottes

de travail. Les avocats, réunis autour de la petite table de conférence dans l'ancien bureau de son père, avaient certes des diplômes supérieurs à la licence en génie mécanique de Levi, mais il était loin d'être idiot.

— Primo, dit-il, c'est Levi, pas Monsieur. Et deuxio, non, je n'aurai pas besoin de votre aide. Nous prenons une autre direction. On ne compte plus sur les investisseurs pour maintenir le navire à flot. On peut s'en sortir seuls, si on développe la clientèle corporate et qu'on remplit les salles de réunion.

Les avocats, qui touchaient un salaire annuel supérieur à ce que Levi avait pu gagner durant ses cinq années en tant que pompier, échangèrent des regards nerveux.

Il n'avait pas la moindre idée de ce qu'il faisait, sinon suivre son instinct. Et puisque son père avait provoqué tout ce merdier, les avocats (et tous ceux qui voulaient un poste à responsabilité) allaient devoir se plier à ses décisions. La seule question était de savoir si Levi était capable d'assumer ses propres choix.

À deux reprises déjà, il avait failli tout perdre. À la mort de sa mère quand il était enfant, et il y a quelques mois quand la carrière de ses rêves était partie en fumée. Trois fois, si l'on tenait compte de l'avenir qu'il avait imaginé avec son ex-petite amie, avant qu'elle ne le trompe. Il connaissait bien le sentiment de perte, et il ne se le pardonnerait jamais s'il bousillait l'entreprise de son père et privait ses frères de leur héritage.

Les hommes rangèrent leurs papiers et se levèrent pour partir.

— Oui, Monsieur… euh, Levi, dit l'avocat principal, claquant des doigts vers un assistant, qui lui apporta un gros dossier. Voici le dossier de la société coréenne. Shin Electronics viendra avec son interprète lors de leur séjour la semaine prochaine, mais la personne qui va vous assister

– recrutée personnellement par votre père, je dois le préciser – parle aussi couramment le coréen.

– Il le parle ?

– *Elle*, Mons… Levi. Mlle Wright a repéré les lieux et se fait actuellement briefer par Esther, l'ancienne assistante de votre père.

Levi reposa sa botte sur le sol.

– Vous avez bien dit *Wright* ?

Ce nom lui hérissait les poils. Mais il était impossible que sa nouvelle assistante soit son ex. Même son père n'aurait pas été aussi sadique.

L'un des avocats, celui aux cheveux roux plaqués sur le côté, fit un geste en direction d'une jeune femme qui entrait par la porte du fond.

– Conformément à la volonté de votre père, Mlle-Wright vous assistera durant la période de prise en main du poste de Président. Il avait anticipé le départ à la retraite d'Esther et ne voulait rien laisser au hasard.

Esther avait été comme une deuxième mère pour Levi et ses frères après la mort de cette dernière, quand il avait huit ans. Il avait été en âge de comprendre ce qu'il avait perdu, et le fait que son père ne serait plus jamais le même. Il travaillait de longues heures, n'était jamais à la maison ; son père avait démissionné de son rôle de parent, et Esther avait fait de son mieux pour remplacer leur mère. Mais Esther était l'assistante de son père, pas leur mère. Et Levi avait joué le rôle de parent pour ses frères plus souvent qu'à son tour.

Il jeta un coup d'œil en direction de la jeune fille de l'autre côté de la pièce. Dieu merci, ce n'était pas son ex.

– Vous voulez parler de cette Lolita ? dit-il tout bas. Mon père l'a choisie pour m'aider à diriger l'entreprise ?

La jeune femme qui entrait dans le bureau ne ressemblait en rien à son ex. Cette Mlle Wright était grande et mince, avec de longs cheveux blonds ondulés, et non une brune aux formes généreuses. On lui aurait facilement donné dix-sept ans si elle ne portait pas un tailleur.

Philip (ou était-ce Sam ?) toussa dans sa main.

– Mlle Wright n'apprécierait sans doute pas d'être désignée, euh, de cette manière. Elle est diplômée de la Harvard Business School et vient d'effectuer un stage d'un an dans un complexe hôtelier réputé en Corée. C'est la personne idéale pour vous aider à accueillir le groupe de la semaine prochaine. Du moins, si vous souhaitez toujours renoncer à notre assistance.

Le regard plein d'espoir de l'homme trahissait son désir de se charger des Coréens.

Pas son désir, non. Son désespoir. Il ne souhaitait vraiment pas que Levi s'en occupe.

Il examina la blonde de la tête aux pieds. Elle venait juste de finir de parler à l'autre avocat. Pourquoi diable avait-il autant d'avocats ? Le nom de ce type échappait aussi à Levi. Ce n'était pas sa faute s'ils se ressemblaient tous avec leurs costards identiques et leurs cheveux gominés. Mlle Wright, quant à elle, avait de beaux traits fins pour une fille qui devait mesurer 1m80 en talons. Une jolie silhouette. Et si juvénile.

– Écoutez… Philip ?

– Samuel.

– Il est impossible que cette fille soit assez âgée pour servir de l'alcool, et encore moins pour être l'assistante du PDG du plus beau complexe hôtelier du lac Tahoe.

On l'avait forcé à assumer ce rôle, alors autant se la péter.

– Vous ne vérifiez pas les cartes d'identité avant de recruter ?

– Mlle Emily Wright a vingt-six ans, monsieur.

Levi tiqua. *Vingt-six ?* Puis il fronça les sourcils.

— Vous vous souvenez de l'âge de tous nos employés ?

L'avocat rougit.

— Non, mais comme vous l'avez dit, elle a l'air… euh, très jeune. Je vous assure qu'elle est majeure.

Levi examina de nouveau la fille. En regardant de plus près, elle avait des jambes fines, mais galbées, des pieds enchâssés dans des escarpins qui mettaient en valeur ses mollets, et un joli petit cul.

— Lolita, murmura-t-il.

— Monsieur, de nouveau, je ne pense pas…

— D'accord, dit Levi en balayant la remarque d'un revers de la main. Je ne l'appellerai pas comme ça. Très bien. Organisez un rendez-vous avec Mlle Wright dans mon bureau demain.

— Mais elle est là, M. Cade. Vous ne souhaitez pas la voir maintenant ?

Son avocat ne lui donnait plus du « Monsieur », mais il avait manifestement du mal à l'appeler par son prénom.

— Pas aujourd'hui.

— Très bien, M. Cade, dit Samuel qui n'avait pas l'air content.

Mlle Wright jeta un coup d'œil vers eux et Levi avala sa salive. Il y avait un truc chez cette fille qui le rendait nerveux. Ce n'était pas son ex, c'est sûr, mais le visage de son ex surgissait dès qu'il entendait ce nom, et c'était vraiment pénible.

— Demain, parfait, conclut Samuel qui congédia d'un geste l'autre avocat et la nouvelle assistante de Levi.

Un léger froncement de sourcil marqua son beau visage, mais elle sortit de la pièce avec l'autre avocat.

Samuel joignit les mains devant lui.

— Si je peux me permettre, votre père était un homme d'affaires avisé, mais un apport de sang neuf est toujours bénéfique, dit-il en souriant avec sincérité. Le Club Tahoe va prospérer sous la direction des fils Cade.

Cette dernière phrase, moins sincère, s'acheva par une petite grimace.

Prospérer ? Choix de mot intéressant pour un financier.

Ni Levi ni ses frères n'étaient qualifiés pour les postes qu'ils occupaient aujourd'hui au Club Tahoe, mais il préférerait mourir que laisser cet endroit dépérir, ou être dirigé par quelqu'un qui ne porterait pas le nom de Cade. Son père avait bâti ce complexe luxueux en lui sacrifiant tout, même l'amour de sa famille.

Il jeta un coup d'œil à son téléphone.

— Tout ce qui compte, c'est que les clients soient heureux. Et que mes frères et moi, on ne foute pas tout ça en l'air. *En parlant de ça…* J'ai un rendez-vous. Je serai injoignable pendant les deux prochaines heures.

Inutile de préciser à Samuel que Levi avait un rendez-vous au Fireside Lounge. Les avocats passaient leur temps à le fliquer, et ils connaissaient déjà probablement ses habitudes.

———

— ON FAIT QUOI ?

Wes était le troisième des cinq frères Cade, après Levi et Adam, juste au milieu de la fratrie.

— On reçoit des hommes d'affaires Coréens. Shin quelque chose. Une énorme boîte qui en possède plus d'une vingtaine d'autres, dit Levi en avalant une gorgée de bière. Tu crois que tu peux les emmener sur le parcours ?

Wes leva les mains au ciel, excédé.

— Bien sûr, pourquoi pas ? Le tout en dirigeant la boutique pro, en vérifiant l'état du terrain et en esquivant les mains baladeuses de vieilles richardes en chaleur qui glissent leur numéro de téléphone dans mon pantalon pendant les leçons. Bon sang, Levi, tu ne crois pas que tu pourrais nous consulter avant de monter ce genre de plans ? La pression que crée tout ce merdier nous retombe toujours dessus.

Wes se pencha en arrière sur sa chaise en se passant la main dans les cheveux. C'était le plus brun des cinq, celui qui avait hérité de la couleur châtain foncé de leur mère.

Levi le fixa.

– Je suis le PDG de cette société ou pas ?

Wes le fusilla du regard.

– Seulement parce que tu es l'aîné. C'est sûr que ce n'est pas pour ton sens des affaires. La raison pour laquelle Papa t'a nommé à la place d'Adam reste un mystère pour moi.

Adam était le fils Cade lèche-bottes. Il faisait tout ce que son père lui demandait. Jusqu'à sa dernière exigence : qu'Adam infiltre le Blue Casino, le concurrent local qui donnait du fil à retordre à leur établissement. Plus grave, le Blue Casino pourrait bien mettre le Club Tahoe en faillite si Levi et ses frères se montraient imprudents. Mais ça ne voulait pas dire qu'Adam les aiderait. Le bâtard.

Adam avait eu une sorte de révélation lors de son incursion au Blue Casino pour espionner la concurrence. Il avait décidé d'y rester, et curieusement, leur père, qui était un manipulateur né, n'y avait pas vu d'objection. La rumeur disait que le vieil homme s'était adouci la dernière année de sa vie, après avoir appris que ses jours étaient comptés.

Deux parents qui meurent prématurément, tu parles d'une chance de merde. Mais Levi et ses frères survivraient comme ils l'avaient toujours fait. En tout cas, Adam était sorti de la liste des fils Cade que leur père pouvait désigner pour diriger le Club Tahoe après sa mort.

— Tu sais bien qu'Adam n'est pas une possibilité, dit Levi. Il a été promu au Blue Casino et sa fiancée y travaille. On est les seuls à ne pas avoir d'avenir professionnel en dehors d'ici.

— Parle pour toi, marmonna Wes. Je n'ai pas renoncé au circuit pro.

Décidément, Wes n'admettrait jamais que sa carrière sportive était compromise. Cela avait commencé à la fin de l'université, quand il était dans la fleur de l'âge, et ça ne s'était pas arrêté. Wes était passé assistant-pro au Club Tahoe il y a quelques années. Après la mort de leur père, il avait dirigé le club en tant que pro et donné des leçons. Finalement, il était sans doute le plus qualifié des quatre pour les postes qu'ils occupaient respectivement. Mais Wes s'évertuait à répéter à ses frères qu'un jour ou l'autre, il allait entamer sa véritable carrière dans le circuit pro.

Levi étendit les jambes.

— En tout cas, Papa savait lequel de ses fils avait le charisme, le magnétisme, les épaules pour diriger…

— C'est pas fini, tous les deux ? l'interrompit Bran.

Il finit sa bière et fit signe à la serveuse. Elle se dirigea immédiatement vers eux en arborant un sourire éclatant.

Bran était l'avant-dernier de la fratrie, et même s'il ressemblait à ses frères (grand, avec la carrure des Cade), il avait des cheveux blond-châtain plus longs que ses frères, avec une allure de beau gosse façon *GQ* et des yeux bleu cristal qui transperçaient les dames comme une flèche.

Bran n'avait aucun effort à faire pour attirer l'attention de la gent féminine — quel gâchis, non ? Neuf fois sur dix, il ne le remarquait pas quand une femme s'intéressait à lui. Il n'était pas bavard, sauf avec Levi et ses frères, et il était plus casanier que playboy.

— Ça ne fait que commencer, dit Levi en souriant.

C'était faux. Il n'était absolument pas préparé à diriger

le Club Tahoe, mais il le ferait parce qu'il était le chef de famille désormais.

Bran lui passa une pinte pleine.

— Bois ta bière et mets-la en veilleuse. J'ai eu une journée de merde au restaurant, et je ne peux plus supporter vos disputes avec Wes.

Wes fit tournoyer son marqueur de balle de golf porte-bonheur en fronçant les sourcils.

Le muscle oculaire de Levi tressaillit. *Maudit soit ce boulot.*

— Qu'est-ce qui t'arrive avec les restaurants, maintenant ?

Bran se frotta le front.

— Demande moi plutôt ce qui n'arrive pas. Des commandes de vin se perdent en route. Des employés volent dans la caisse. Des serveuses se battent…

— Entre elles ?

Ce commentaire, lancé d'une voix excitée, émanait de Hunter, le plus jeune des cinq Cade. Et celui avec qui Levi ne s'entendait pas. Du tout.

Hunt s'approcha et s'installa à table.

— Peut-être que je devrais m'occuper des restaurants et arbitrer les combats de serveuses ? On pourrait monter un spectacle ? dit-il en levant les mains pour mimer une pancarte. « Sirènes du lac Tahoe : boue, lingerie et hot wings. » Racoleur, non ?

Levi le fusilla du regard.

— Qui t'a invité ?

Hunt leva les yeux au ciel.

— Je vois que tu es de bonne humeur aujourd'hui. Fais gaffe, tu vas devenir comme Papa.

Personne ne voulait être comme leur père. C'est pourquoi ils avaient tous fui le Club Tahoe. Jusqu'à aujourd'hui.

— Va te faire foutre.

– Bon sang, je peux finir ce que je disais ? soupira Bran excédé, ses yeux bleus lançant des flammes. Levi, on a trop de problèmes à régler pour que Hunt et toi vous preniez la tête. Et Hunt, je viens juste de demander à Levi et Wes de se calmer. N'en rajoute pas une couche.

Bran avala une grande gorgée de la bière que la serveuse venait de poser devant lui.

– Il a raison, reconnut Levi. On doit s'assurer que tout se déroule sans accroc la semaine prochaine. On reçoit des hommes d'affaires pleins aux as qui viennent ici pour vérifier que l'endroit leur convient.

Il grimaça.

– Mettez vos plus belles fringues et tenez-vous bien.

– Parle pour toi, grogna Bran.

Pas faux. Levi n'était pas réputé pour sa courtoisie, mais il pouvait se montrer charmant s'il voulait.

– Bon sang, je vais même mettre un smoking. Et si *je* le fais, dit-il en les pointant chacun du doigt, vous avez intérêt à le faire aussi. On doit leur offrir un dîner bien arrosé et les convaincre que le Club Tahoe est le meilleur spot de la région.

Levi songea à Mlle Wright, sa nouvelle assistante, et à l'atout que représentait sa connaissance de la langue coréenne.

– L'un d'entre vous savait-il que Papa a engagé une fille qui s'appelle Emily Wright ? demanda-t-il en frissonnant.) J'ai failli partir en courant en entendant son nom.

Hunt faillit s'étouffer.

– Emily Wright ?

Les épaules de Levi se tendirent.

– Ouais, et alors ?

– Levi, mon vieux, à quel point connaissais-tu ton ex ? demanda Hunt.

Levi se passa la langue sur les dents, la mâchoire crispée.

— Pas assez bien, grogna-t-il, peinant depuis quatre ans à supporter la présence de Hunt.

Ce dernier eut la décence d'avoir l'air honteux, mais seulement une fraction de seconde.

— Je me suis excusé un million de fois pour ça. Quand est-ce que tu vas me pardonner ?

— Tu as couché avec ma copine. Pourquoi je devrais te pardonner ?

Hunt tendit le cou et se leva.

— Vous rejoindre ici était une mauvaise idée. Je serai dans la maison sur le lac si quelqu'un a besoin de moi. Oh, et Levi ? l'interpella-t-il en lui jetant un regard dur. Emily Wright est la demi-sœur de Lisa Wright. Lisa, tu sais, la fille que tu prétendais aimer ? Si tu l'aimais tellement, tu aurais peut-être dû prendre le temps de mieux la connaître. Ou au moins, te souvenir qu'elle avait une sœur.

Putain de merde.

Chapitre Deux

Emily Wright était la *sœur* de Lisa ?

Impossible. Pourtant, en y repensant, Levi craignait que son frère ait raison. Hunt était bien meilleur que lui pour entretenir les contacts sociaux et se souvenir du nom des gens.

Emily ne ressemblait pas du tout à Lisa, raison pour laquelle Levi était passé outre sa réaction initiale quand l'avocat avait prononcé son nom. Mais les sœurs ne se ressemblaient pas toujours, surtout quand elles n'avaient pas la même mère.

Levi avait rarement croisé la petite sœur de Lisa au cours des années où il sortait avec elle. Elle avait fait ses études dans un internat, puis à l'université. Il l'avait rencontrée quoi… une fois ? Deux fois ? Pendant les fêtes de fin d'année, peut-être. Mais Levi ne se rappelait quasiment rien d'elle, ce qui expliquait probablement pourquoi il avait oublié son existence. Il faut dire qu'à l'époque, il ne pensait qu'à aller combattre les incendies, et à son avenir avec Lisa.

Son ex petite amie était petite, brune et voluptueuse.

Elle était aussi pleine de vie et quand il rentrait épuisé d'un incendie ayant sauvé — ou perdu — des vies, elle était capable de regonfler Levi à bloc. Il intériorisait ses sentiments, mais Lisa avait toujours été extravertie. Elle faisait ressortir le meilleur de lui. Du moins, c'était ce qu'il croyait.

Jusqu'à ce qu'elle couche avec Hunt.

On frappa à la double porte rustique en acajou du bureau de son père — son bureau, désormais. Il avait mis ce matin un pantalon classique et une chemise habillée. Il n'avait pu se résoudre à enfiler un costume complet, mais il pensait qu'il ferait mieux de s'habituer à porter des vêtements inconfortables au bureau en prévision de la semaine prochaine.

— Entrez, cria-t-il en fermant l'email qu'il fixait d'un œil vide depuis dix minutes, trop distrait par ses souvenirs pour en terminer la lecture.

Esther entra, vêtue d'un tailleur classique bleu marine. Elle était toujours la bienvenue, avec son sourire majestueux et ses cheveux blancs et courts dégageant son visage. Elle incarnait l'assistante de direction par excellence, mais Levi et ses frères savaient qu'elle était bien plus que cela. C'était une assistante de direction *exemplaire*, mais elle avait surtout un cœur en or.

— Bonjour, Levi. J'aimerais te présenter Emily, ta nouvelle assistante.

Esther, tout sourire, fit signe à la jeune femme derrière elle d'entrer dans le bureau.

La revoilà. La grande blonde qui semblait bien trop jeune pour être diplômée en business de Harvard avec un an d'expérience en Corée à son actif.

L'entrée d'Emily dans son bureau n'était ni grandiose ni imposante, mais elle dégageait une assurance que Levi apprécia. Il se leva, et elle tendit le bras au-dessus de son bureau pour lui serrer la main.

— C'est sympa de te revoir, Levi.

Voilà, il se sentait comme un con maintenant. Elle se souvenait de lui ? Quand il avait fouillé sa mémoire hier soir, il n'avait réussi qu'à exhumer des images floues d'une gamine fluette qui portait des lunettes et des baskets montantes Converse, ses cheveux clairs lui tombant sur le visage.

— Bonjour.

— J'ai formé Emily, dit Esther, interrompant le flot des pensées qui se bousculaient dans sa tête. Elle fera une formidable assistante de direction. Bien que ce titre semble insuffisant. Elle est qualifiée pour un poste de manager, mais elle a accepté cette place pour rendre service à ton père.

Levi détourna le regard d'Emily.

— A-t-il dit pourquoi il l'avait engagée ?

Il aurait sans doute dû attendre d'être seul avec Esther pour poser cette question, mais elle lui avait échappé. Trop tard.

— Non. Juste qu'il pensait qu'elle te conviendrait.

Emily toussota dans sa main.

— Je pense pouvoir l'expliquer. Ton père était un peu mon mentor. Il m'a encouragée à faire des études supérieures quand ma mère a déménagé en Europe avec son nouveau mari. Lisa et moi, ajouta-t-elle face au regard vide de Levi, on n'a pas la même mère, mais te souviens-tu de notre père ?

Soudain, ce détail du passé lui revint. Le père de Lisa était un vrai salaud. Il ne se montrait jamais aux événements familiaux et passait rarement du temps avec Lisa. Levi imagina qu'il en était de même pour Emily.

— Je me souviens de lui.

— Justine, la mère de Lisa, a été formidable avec moi pendant mon adolescence. Quand elle a compris que je n'avais pas envie de quitter les États-Unis ni de vivre avec mon père, elle m'a proposé d'habiter chez elle avec ma sœur. Au fil des années, Justine est devenue comme une deuxième mère pour moi. Et beaucoup moins critique que la mienne, s'esclaffa Emily comme si elle avait dit un truc drôle.

Levi fronça les sourcils. Il avait du mal à imaginer qu'on puisse trouver des choses à critiquer chez cette fille. Elle était belle, si Levi était honnête, bien que d'une beauté différente de Lisa. Plus subtile. Et intelligente, avec un diplôme de Harvard et une langue étrangère à son arc. Mais ça n'expliquait pas comment elle avait décroché ce job.

— Quand as-tu rencontré mon père ?

Emily ouvrit la bouche et cligna plusieurs fois des yeux.

— À une fête de Noël, dit-elle en baissant la tête. J'ai passé le réveillon au lac Tahoe une année avec Lisa et toi. Mais je ne t'en veux pas d'avoir oublié. J'étais très réservée à l'époque.

Elle coinça une mèche blonde derrière son oreille, trop gênée pour le regarder dans les yeux.

— Je suis désolé, dit-il. J'étais…

- *Quoi ? amoureux de ta sœur ? Obsédé par mon boulot ?* Ou juste monomaniaque, comme son père ? -

— Il m'arrive d'avoir des trous de mémoire.

— Non, non, ce n'était pas ta faute. Je me suis éclipsée pendant une bonne partie de la soirée. On n'a pas passé beaucoup de temps dans la même pièce.

Elle lui adressa un sourire timide, et Levi se demanda si elle essayait de le réconforter.

— J'ai coincé ton père à un moment donné et je l'ai bombardé de questions sur son entreprise. Il m'a invitée à visiter ses bureaux et je l'ai pris au mot. On est restés en contact par la suite. Je suis allée le voir pour lui demander conseil sur les études supérieures. C'était vraiment un homme bien.

Levi ignorait que son père avait été le mentor de quelqu'un, encore moins de la petite sœur de Lisa. Son ex n'en avait jamais parlé. L'idée que son père ait fait une chose aussi désintéressée aider une jeune femme privée de ressources – laissait Levi… sans voix. Comme s'il n'avait jamais vraiment connu son propre père.

– En tout cas, je suis très honorée de travailler au Club Tahoe cette année pour t'aider à réussir la transition.

Transition. C'était une drôle de façon de voir les choses, quand l'homme qui avait construit cette affaire était mort en laissant ses fils, sans expérience ou presque, aux commandes.

Emily pinça ses lèvres pulpeuses, le visage assombri par la tristesse.

– Je ne l'ai pas encore dit, mais j'aimerais te présenter toutes mes condoléances. J'ai assisté à la cérémonie d'enterrement, mais je ne voulais pas déranger la famille. Je suis restée dans le fond.

Esther se glissa discrètement hors du bureau, et Levi aurait voulu pouvoir la rattraper et l'obliger à rester. Il ne voulait pas se retrouver seul avec Emily, à se remémorer le passé. Ou ne pas se le rappeler, dans le cas d'Emily. Lisa lui avait peut-être fait du tort, mais c'était salaud d'avoir oublié sa sœur.

– Merci. Et pardonne-moi de ne pas m'être souvenu de toi tout de suite. Tu ne ressembles pas…

– À Lisa ? pouffa Emily. Non, aucune chance que ça arrive. Personne n'est aussi saisissante que ma sœur.

Levi ne sentit pas de jalousie de la part d'Emily ; elle trouvait sincèrement que sa sœur la surpassait en beauté.

Certes, elles ne se ressemblaient pas, mais Emily était belle aussi.

Plutôt que de mettre les pieds dans ce panier de crabes, il changea de sujet.

— Je suis ravi d'avoir ton aide. Dieu sait que mes frères et moi en avons besoin.

— Parfait, s'exclama Emily sans voir le sourcil arqué de Levi, en posant une grande sacoche en cuir sur la table de réunion. J'ai étudié les comptes et le marketing du Club Tahoe, ainsi que le fonctionnement général du complexe. J'ai plusieurs idées.

Levi leva la main pour l'arrêter.

— Ça devra attendre. Je ne doute pas que cet endroit ait besoin d'un remaniement, mais il nous faut surtout des capitaux. Beaucoup et très vite si on veut rester en activité. Le fonctionnement d'un complexe de luxe n'est pas bon marché, et avec la baisse de l'activité due aux succès récents de Blue Casino, on perd de l'argent.

Emily croisa les mains devant elle, une mèche de cheveux lui tombant sur la joue.

— Tu as une idée en tête ?

— Je suppose que le directeur financier et les avocats que tu as vus hier t'ont informée de la visite d'une entreprise importante la semaine prochaine ?

— Le groupe coréen, oui. Ils recherchent un complexe hôtelier haut de gamme pour accueillir en séminaire leurs partenaires de la côte ouest.

— Eh bien, on doit obtenir ce client.

Chapitre Trois

Respire à fond. Levi Cade n'était pas aussi beau que dans les souvenirs d'Emily.

Qui croyait-elle tromper ? Il était aussi beau que le jour où elle l'avait rencontré, il y a sept ans. Quand il sortait avec sa sœur. *Plus* beau, même, car il était plus mûr, plus raffiné, mais plus brut, avec une petite cicatrice rouge au-dessus de l'œil qu'il n'avait pas avant… et il était célibataire.

Emily avait peut-être fantasmé une fois ou deux sur le petit ami canon de sa sœur, à l'époque. Il avait suivi une formation pour devenir pompier et venait de décrocher son premier emploi. Emily ignorait qu'il n'était plus soldat du feu jusqu'à ce que son père vienne la voir il y a un peu plus d'un an pour prendre de ses nouvelles. Du moins, elle croyait que c'était la raison de la visite d'Ethan Cade. Elle n'en était plus si sûre aujourd'hui.

Le père de Levi se savait-il gravement malade il y a plusieurs mois ? Pourquoi était-il allé la chercher, elle, en particulier ? D'accord, il l'avait encadrée pendant ses études, mais il devait y avoir des dizaines de personnes qualifiées pour le poste dans la région. Ethan aurait pu y promouvoir l'un de ses employés. Mais il avait préféré engager Emily.

Levi avait semblé franchement surpris d'apprendre que son père avait été son mentor. Elle secoua la tête. Cela n'avait aucun sens, ni même aucune importance, de savoir pourquoi elle avait obtenu le poste. Parce qu'elle l'aurait accepté de toute façon… pour remercier Ethan de sa gentillesse.

Elle n'avait personne pour la conseiller, à part sa mère adoptive — que sa sœur avait été assez généreuse pour partager. Ethan avait passé de longs déjeuners à lui démontrer l'importance des études supérieures et à lui expliquer comment il dirigeait son entreprise — des outils qui lui seraient utiles plus tard pour réaliser ses rêves. Aussi, lorsqu'il l'avait contactée pour le poste d'assistante de direction au Club Tahoe, elle avait accepté sans hésiter. C'était quelques jours avant qu'elle ne rentre de Corée, et il s'agissait d'un contrat d'un an. Avec une courte pause d'un mois entre les deux emplois, le timing était parfait.

Maintenant, elle n'était plus aussi sûre que ce soit une bonne idée.

Inspire. Expire. Est-ce que tous les pompiers ont des biceps gonflés qui tendent le tissu de leur chemise ? C'était carrément troublant.

Tout ce qu'elle savait, c'est qu'elle avait du mal à respirer normalement et à garder la tête froide en présence de Levi Cade, ce qui la ramenait tout droit à leur première rencontre. Elle avait jacassé dans son bureau avec une maladresse due à sa jeunesse. Mais elle avait beau avoir fait des études et acquis une expérience de la vie, ça ne changeait pas grand-chose quand elle était avec Levi.

Emily posa les coudes sur le bureau qu'on lui avait attribué jusqu'à vendredi, dernier jour officiel d'Esther, et se frotta les tempes. Comment allait-elle s'en sortir ? Même si Levi ne voyait en elle qu'une nouvelle assistante, elle ne *le* voyait pas seulement comme un patron.

Cela faisait des années qu'elle n'avait pas croisé Levi. Depuis leur dernière rencontre, elle avait terminé ses études supérieures et eu un ou deux petits copains. Elle s'était remise de son attirance secrète et immorale pour le petit ami de sa sœur.

Jusqu'à ce qu'elle entre dans le bureau de Levi hier et pose les yeux sur lui. Le flot d'émotion qui l'envahissait aujourd'hui était le même qu'hier.

Quel genre de fille convoite le petit ami de sa sœur ?

Tellement. Mal.

Elle posa les mains à plat sur le bureau et regarda devant elle. *Ça va aller.* Il ne se souvenait même pas d'elle. Dans quelque temps, son béguin s'évanouirait comme le font les amours d'adolescence. Levi était un fantasme ; Emily ne le *connaissait* pas vraiment. Elle était subjuguée par son physique, rien de plus. Mais elle était plus mature aujourd'hui, plus sage. Il lui fallait plus qu'une belle gueule. Et un corps sexy. Et une allure puissante et virile…

Elle était vraiment dans le pétrin.

Elle empila plusieurs dossiers et mit sa sacoche en bandoulière. Elle devait juste se concentrer sur son travail et occuper ses yeux ailleurs. Il y avait plein de beaux mecs au lac Tahoe. Un vrai régal pour les yeux ; ça la détournerait de son boss. Et puis, avec l'arrivée de l'entreprise coréenne la semaine prochaine, elle allait être bien trop occupée par les préparatifs pour reluquer Levi. Et elle savait par où commencer pour se distraire de ses pensées.

Elle allait rendre visite à un autre beau gosse — un Cade qui n'était pas interdit.

Que Dieu la protège des séduisants frères Cade.

———

— Tu es la sœur de Lisa ?

Wes (grand, sportif, cheveux bruns et yeux bleus) dévisagea Emily, avant de scruter ses formes. Puis il se tourna pour empiler des sacs de clubs de golf sur une étagère.

OK, elle n'était pas aussi impressionnante au niveau physique que sa sœur, qu'elle aimait beaucoup, mais *ouille*.

Elle lissa ses cheveux ondulés, maudissant les bouclettes héritées de son père. Lisa avait les cheveux bruns et soyeux de sa mère, alors qu'Emily se coltinait la tignasse blonde de leur père.

— On ne se ressemble pas.

— C'est ce que je vois.

Il claqua des doigts vers un vendeur qui disposait des chaussures de golf dans la vitrine.

— Enlève ces seaux du passage avant que quelqu'un trébuche et se brise le cou.

Emily s'éclaircit la voix. Charmer les frères Cade un par un ? *Raté.*

— Et donc, je vais remplacer Esther.

— Ça craint.

— Pardon ?

Il lui jeta un coup d'œil.

— Pas toi. C'est juste que cet endroit ne sera pas le même sans Esther.

Si Levi pouvait être impassible et dur, Wes était franc et brutal.

— Elle est irremplaçable, mais j'essaierai d'être à la hauteur. En parlant de ça, je suis venue te parler des clients qui arrivent la semaine prochaine. J'ai pensé qu'on pourrait leur organiser quelques activités et veiller à ce que le parcours et le club soient prêts.

Il leva les yeux vers elle, la fixant longuement cette fois.

– T'as pensé à quoi ? Je pourrais fermer le golf un matin pendant quelques heures pour qu'ils aient tout le parcours pour eux.

– Ce serait génial.

Elle prit des notes sur sa tablette et regarda autour d'elle.

– Je vais prendre quelques babioles à glisser dans les paniers cadeaux qu'on va déposer dans leurs chambres et me renseigner sur le nombre de personnes qui seraient intéressées par une partie de golf. As-tu suffisamment de clubs ? En location, peut-être ?

– Si ce sont des passionnés de golf, ils viendront sûrement avec leurs clubs, mais ouais, on a du matériel haut de gamme en location au cas où. Néanmoins, savoir précisément le nombre de joueurs à équiper serait très utile.

Emily le nota, avant de regarder le terrain. Il semblait agréable. Verdoyant. Quels autres critères étaient importants ? Elle avait joué au golf, mais elle n'était pas une experte.

– Le terrain doit être impeccable. Est-il en bon état ?

Il lui lança un regard ahuri.

– D'abord, on a l'un des plus beaux greens de la côte ouest. Ensuite, s'il a des imperfections, une semaine devrait suffire pour le remettre d'équerre.

Elle lui sourit avec humilité.

– Tu as raison. Je ne suis pas une grande golfeuse. Mais tu étais pro, non ? Tu fais toujours des compétitions ?

Les yeux de Wes s'assombrirent et il claqua des doigts en direction d'un autre employé vêtu d'une chemise rouge du Club Tahoe.

– Le jeune cadre là-bas cherche un truc depuis trente secondes, dit-il au petit jeune. Va l'aider.

Le vendeur se précipita, visiblement intimidé par le ton autoritaire de Wes.

Wes rangea un autre sac rempli de clubs neufs en rayon.

— Mon jeu est merdique. Assez bon pour jouer les pros ici, mais pas pour les tournois. Mais ça ne durera pas éternellement. Dès que ce golf tournera comme une machine bien huilée, je reprendrai la compétition, que ça plaise ou non à Levi.

C'était donc un sujet délicat. *Bien joué, Emily.*

— Euh, d'accord. Eh bien, j'espère que ça marchera.

— Ça va le faire.

Il interrompit sa tâche, soupira et se tourna vers elle.

— Content que tu sois là, Emily. On a besoin de toutes les bonnes volontés. Préviens-moi si tu as d'autres idées pour la semaine prochaine. Envoie-moi un e-mail.

— Avec plaisir. C'est bon de te revoir, Wes.

Il frotta sa mâchoire lisse.

— On s'est déjà rencontrés ?

Emily faillit rire.

— Oui, on s'est déjà vus, mais ça fait longtemps. J'ai changé. Mes cheveux sont plus… gonflés.

Beaucoup plus gonflés. Ils étaient moins longs qu'avant, ce qui les faisait friser. Mais les cheveux longs étaient un calvaire. Des deux maux, elle avait choisi le moindre ; ils lui tombaient désormais juste sous les épaules.

Il la fixa d'un air absent, puis haussa les épaules.

— Ah ? Bon, tu me diras si tu as besoin d'autre chose.

Quelques minutes plus tard, Emily retourna dans son bureau à l'étage de la direction. Wes était beau, mais elle ne ressentait aucune attirance pour lui. Qu'il ne se souvienne pas d'elle ne la blessait pas comme le fait que Levi ait oublié son existence.

Ce n'était pas une comédie romantique où le beau héros désirait en secret l'intello coincée. Elle avait mis du temps à sortir de sa coquille, mais en présence de Levi, elle redevenait la jeune fille maladroite de son adolescence. Sauf qu'aujourd'hui, elle portait des talons hauts au lieu de baskets et une jupe droite au lieu d'un jean.

Mais au fond, rien n'avait changé.

Elle était toujours attirée par Levi Cade.

Et elle n'avait toujours pas l'ombre d'une chance avec lui.

Chapitre Quatre

– **S**érieux, tu travailles avec Levi ?

Emily s'enfonça dans le canapé contemporain en velours blanc de sa sœur, dans l'appartement qu'elle partageait avec son petit ami Jared.

– Oui.

Lisa posa son verre de Merlot sur l'îlot de cuisine, les yeux rivés sur Emily à l'autre bout de la pièce. Elle croisa ses jambes enserrées dans un jean skinny, perchée sur des sandales pointues à talon. Elle fronça les sourcils.

– Comment va-t-il ?

– Je ne sais pas vraiment. Son père est mort il y a quelques mois, alors…

– Je l'ai appris.

Lisa était une fille adorable, mais elle avait tendance à se désintéresser de ce qui n'était pas dans son environnement immédiat.

– Ah oui ?

– Je lis la presse. Ou du moins *Yahoo ! Actualités*. Et ses frères ? Ils vont bien ?

— Tu veux dire Hunter ? demanda Emily avec un petit sourire narquois.

Lisa fit une moue faussement embarrassée.

— Je veux dire *tous*.

— Je n'ai vu que Wes et Levi, et Wes avait l'air stressé. Les pauvres… Je n'insinue pas qu'ils aient des responsabilités trop lourdes pour eux, mais…

Lisa avala sa gorgée de vin et leva la main.

— Ils dirigent le complexe tous les quatre ? À quoi pensait M. Cade ? Levi est pompier et…

— Ancien pompier.

— Donc, en quoi est-il qualifié pour diriger un complexe haut de gamme ? Leur père ne devait plus avoir toute sa tête quand il a pris cette décision.

Emily tapota le sol du bout du pied et tira sa sacoche contre sa cuisse en fronçant les sourcils. Curieusement, les doutes de Lisa sur Levi et ses frères la contrariaient.

— Ethan Cade était un homme d'affaires très avisé. Il n'aurait pas fait ce choix s'il n'avait pas eu confiance en ses fils. Ce sont des types bien, et ils ont l'air de travailler dur.

Lisa pouffa, ce qui irrita davantage Emily.

Elle se leva et se dirigea vers l'îlot de cuisine. Puis elle se servit du vin rouge dans l'un des élégants verres en cristal de Lisa.

— Ne sous-estime pas Levi. Il peut y arriver, et je vais l'aider.

Lisa suivit les mouvements d'Emily, pivotant sur son tabouret pour lui faire face.

— Sans vouloir t'offenser, petite sœur, un stage d'un an dans un hôtel international ne fait pas de toi une faiseuse de miracles.

Emily frappa le bouchon de la tranche de la main pour l'enfoncer dans le goulot, en écarquillant les yeux.

— Merci pour ta confiance.

Lisa grimaça.

– C'est la vérité.

Emily n'avait pas d'expérience de PDG, certes, mais elle savait ce qu'elle faisait. Elle pouvait aider Levi.

Lisa s'empara d'un sous-verre sans la regarder.

– Est-ce qu'il me déteste ?

Emily but une gorgée de vin, la faisant attendre délibérément. Elle adorait Lisa, mais celle-ci avait gravement merdé avec les frères Cade. Et Emily soupçonnait que cela faisait partie de son rôle de sœur de la charrier un peu.

– De quel Cade parles-tu ?

Lisa pencha la tête et pinça les lèvres.

– De Levi, évidemment.

– Je ne lui ai pas demandé. Mais pourrais-tu lui reprocher de t'en vouloir ?

– Non, dit-elle d'un ton boudeur. Même si je ne voulais pas lui faire de mal.

Emily posa son verre sur le comptoir.

– Tu y as réfléchi avant de coucher avec Hunt ?

Lisa grimaça.

– Ce n'est pas aussi simple. Je n'ai pas compris que je cherchais un prétexte pour rompre avant que ce soit vraiment fini avec Levi.

Et c'était bien cela le plus absurde dans l'histoire entre Lisa et Levi Cade. Elle *voulait* en fait rompre sa relation avec l'un des hommes les plus séduisants et les plus convoités de la région ? Emily ne l'avait pas compris à l'époque, pas plus qu'aujourd'hui d'ailleurs.

La porte s'ouvrit et Jared pénétra dans l'appartement.

– Mes deux femmes préférées.

Jared, responsable financier dans l'un des casinos de la ville, portait un complet-veston et était plus beau que jamais.

Il se débarrassa de ses élégants souliers dès la porte franchie.

— Vous avez commencé la fête sans moi, les filles ?

Lisa sourit jusqu'aux oreilles tandis qu'il s'avançait vers elles.

— Juste du vin, bébé. On attendait que tu rentres à la maison pour passer aux choses sérieuses.

Emily pouvait penser ce qu'elle voulait des relations passées de Lisa, sa sœur aimait véritablement Jared. C'est grâce à lui que Lisa s'était remise du drame avec Levi et Hunt il y a des années. Jared était celui qui avait fini par l'*avoir*.

Lisa avait besoin d'attention. De beaucoup d'attention. Mais sa beauté était perturbante pour certains hommes. Ils lui en mettaient plein la vue pour coucher avec elle, mais c'était une fille bien et elle avait besoin d'un homme bien. Un homme qui prenait vraiment soin d'elle et lui donnait toute l'attention dont elle avait besoin.

Hunt Cade aurait pu être cet homme. S'il n'avait pas été le frère de Levi. Ni âgé de dix-huit ans. Et pas du tout prêt à s'engager dans une relation sérieuse.

Dès que Jared était entré dans la vie de Lisa, les choses avaient changé. Elle était heureuse depuis trois ans, et Emily ne serait pas surprise qu'ils se fiancent.

Mais le fait de trouver le bonheur avec Jared n'avait pas fait disparaître la culpabilité de Lisa envers Levi. Il y avait des choses que même la fraîcheur de Lisa ne pouvait cacher. Elle avait fait imploser sa relation avec Levi, et Emily savait que sa sœur se sentait coupable depuis.

Jared passa le bras autour des épaules de Lisa et l'embrassa sur la joue.

— Salut, Emy. J'ai entendu dire que tu avais un nouveau boulot. Comment ça se passe au Club Tahoe ?

Jusqu'ici, tout va bien.

Inutile d'informer Lisa et Jared que son béguin pour Levi était encore bien vivace. Ni à quel point ça allait être perturbant de bosser avec lui. Elle n'avait jamais confié son amour secret à Lisa et ce n'est pas maintenant qu'elle allait le faire.

Jared regarda Lisa.

— Tu as envie de quoi ? Martini mangue ? Mojito framboise ?

Emily vida son verre de vin et se dirigea vers le canapé où elle avait laissé sa sacoche.

— Je dois y aller. Je dois travailler ce soir si je veux réussir une offensive capitalistique la semaine prochaine.

Lisa finit son verre et le tendit distraitement à Jared, qui prit la bouteille et la resservit.

— Aucune idée de ce qu'est une offensive capitalistique, mais je te crois sur parole.

Il ne faisait aucun doute qu'Emily et Lisa étaient différentes. Lisa était adorable et exubérante, Emily était discrète. Lisa aimait la mode, Emily se contentait d'un jean et de ballerines quand elle ne travaillait pas. Emily aimait les chiffres, Lisa ne s'intéressait qu'à ceux inscrits sur l'étiquette du sac à main Gucci qu'elle convoitait. Mais malgré leurs différences, elles étaient très liées. Elles étaient souvent en désaccord, mais jamais sur des questions importantes.

Emily planta un baiser sur la joue de Lisa pendant que sa sœur flirtait avec Jared de l'autre côté du comptoir.

Alors qu'Emily pensait qu'elle ne faisait pas attention à elle, Lisa se retourna brusquement.

— Hé, Emy, essaie d'inciter Levi à baisser sa garde et à s'amuser un peu.

Emily eut un instant de flottement, ignorant de quoi parlait sa sœur. Inciter Levi à baisser sa garde ? *Elle* ? C'était le rôle de Lisa à l'époque où ils sortaient ensemble.

– Je ne suis pas la bonne personne pour ça, Lisa.

Sa sœur pencha la tête sur le côté.

– Va savoir. Vous vous ressemblez plus que tu ne le penses.

Lisa avait perdu la tête. Emily n'était pas une beauté tape-à-l'œil. Elle n'avait rien à voir avec les filles que fréquentait Levi.

– Même si j'étais son type, ce qui n'est pas le cas, c'est ton *ex*. Il est intouchable.

Sauf dans mes fantasmes.

Lisa leva les yeux au plafond.

– Je ne le disais pas dans *ce sens*. Pas sentimentalement, dit-elle en chassant cette idée d'un geste de la main, mais en essayant de… fissurer la couche de granit qui s'est formée autour de lui. Levi et moi étions trop différents. Mais toi… tu es peut-être pile ce qu'il lui faut pour s'adoucir.

– Le mur en granit qu'il a érigé autour de lui quand tu lui as brisé le cœur ?

Lisa fronça les sourcils.

– Désolée de te dire ça… et pas désolée.

– Je n'ai pas élevé de mur autour de cet homme. Il était là bien avant qu'on sorte ensemble.

– C'est noté. Je vais essayer d'éviter à l'entreprise de faire faillite et gratter le granit de ton ex. Autre chose ?

Lisa leva les yeux comme si elle réfléchissait vraiment à la question.

– Nan, c'est déjà pas mal pour le moment.

Emily balança sa sacoche sur son épaule et hésita à aborder un dernier sujet avec Lisa. Sa sœur travaillait dans une boutique de prêt-à-porter en ville et elle s'y connaissait dans la mode, contrairement à elle, qui se cantonnait à un seul style vestimentaire au travail : jupe droite sombre et chemisier classique.

— Euh, juste une dernière chose… Tu crois que tu pourrais m'aider à choisir des tenues appropriées ? Le Club Tahoe est un endroit chic. Je ne sais pas… j'ai envie d'être jolie.

Et pas totalement éclipsée par la beauté de Levi.

— Tu sais à quel point je déteste faire du shopping, et tu es tellement plus douée que moi pour les fringues.

Lisa posa son verre sur le comptoir avec un petit tintement.

— Oh, sœurette, *oui*. Je vais m'éclater.

Emily tiqua.

— Merde, ne va pas trop loin. Souviens-toi que je suis plus classique que toi.

— C'est un euphémisme, gloussa Lisa. Mais je serai sage.

Son sourire ironique ne rassura pas Emily.

— Je ferais mieux de m'en charger moi-même.

Lisa bondit sur ses pieds et traversa la pièce plus vite qu'Emily l'aurait cru possible. Elle la poussa vers la porte.

— Non, non, je m'en occupe. Va bosser. Reste debout toute la nuit s'il le faut. Laisse-moi m'occuper des fringues.

— Mais…

— Au revoir !

Lisa poussa Emily dans le couloir et lui claqua la porte au nez.

Emily ne pouvait rien faire pour Levi si ce n'est l'aider à redresser le Club Tahoe et le rendre à nouveau rentable. Emily n'était même pas sûre qu'il se soit remis de sa rupture avec Lisa. Mais elle pouvait améliorer son look et ne pas ressembler à une assistante ringarde. Tout le reste, malgré ses fantasmes, frisait le manque de professionnalisme et était totalement irréaliste.

Chapitre Cinq

Le lendemain, Emily tira sur l'ourlet de son gilet bleu marine sans manches pour l'ajuster à ses formes, et frappa à la porte du bureau de Levi. Lisa avait appelé ce matin pour dire qu'elle lui apporterait des vêtements de la boutique dans la soirée, et Emily redoutait ce moment. Qu'est-ce qui lui avait pris de charger sa sœur de lui choisir des tenues pour le bureau ?

Un désastre, il n'y avait pas d'autre mot.

Lisa avait meilleur goût qu'Emily en matière vestimentaire, indéniablement, mais elle tendait à privilégier les coupes sexy. Et Emily n'était pas sexy.

— Entrez, tonna la voix grave de Levi à travers la porte.

Un frisson lui parcourut l'échine. Dieu du ciel, sa voix était sensuelle. Cette attraction devait cesser… il le fallait.

Elle redressa les épaules et entra dans le bureau comme s'il lui appartenait. Ou du moins comme si elle n'était pas intimidée.

— Est-ce le bon moment pour notre réunion ?

Levi, debout face à la fenêtre, lui tournait le dos.

Il lança un coup d'œil par-dessus son épaule.

— Aussi bien qu'un autre.

Et c'est là qu'Emily aperçut ce qu'il portait. Un pantalon sombre qui lui allait à la perfection. Chemise blanche, manches roulées jusqu'aux coudes. Il portait peut-être une tenue similaire hier, mais elle était trop troublée par sa présence. Et elle ne l'avait pas vu de derrière. Et ce derrière…

Sa mâchoire se décrocha.

Quand Emily était plus jeune, Levi en chemise de flanelle et bottes en cuir épais avait nourri tous ses fantasmes sur les rebelles virils. Mais dans des vêtements classiques de marque épousant parfaitement sa musculature au point de ressembler à une pub pour des costumes ? C'était mal. Aucun homme n'avait le droit d'être aussi beau. Son cul et le creux de ses reins… Dans quel pétrin s'était-elle fourrée ?

Elle trottina jusqu'à la chaise près du bureau et s'y affala, fixant sa tablette — et non la perfection au masculin devant elle.

— J'ai fait une liste, bafouilla-t-elle.

— Une liste, hein ? dit-il non sans une pointe d'humour.

Elle le sentit (encore incapable de le regarder sans le reluquer) s'approcher et s'asseoir à son bureau.

— Voyons cette liste, alors. Elle doit être meilleure que ce que j'ai trouvé.

Emily tapa sur l'écran pour afficher les idées qu'elle avait listé la veille au soir.

— Nos hôtes de marque arrivent lundi matin. Ils auront passé plusieurs heures dans l'avion. J'ai pensé qu'on pourrait faire venir des masseurs en renfort pour leur arrivée, et organiser un cocktail de bienvenue en fin d'après-midi.

Elle jeta un coup d'œil rapide pour juger de sa réaction. Il l'observait attentivement, ce qui ne l'aida pas à se concentrer.

— On… on pourrait en confier l'organisation à un traiteur ou demander à l'un de nos restaurants de fournir les amuse-gueules et les boissons.

Il opina lentement.

— J'en parlerai à Bran. Il demandera au chef de préparer quelque chose de bien.

Elle en prit note.

— Présenter nos meilleurs vins ne serait pas une mauvaise idée. On pourrait organiser une mini dégustation de vins provenant des vignobles de Californie. Le cocktail se terminerait tôt, ce qui permettrait à nos hôtes de se reposer le reste de la soirée. Je prépare des paniers cadeaux pour les chambres avec des sandwichs et des friandises s'ils veulent manger quelque chose de léger plus tard.

Il tapa du doigt sur le bureau, mais elle n'aurait su dire ce qu'il en pensait.

— Quoi d'autre ?

— Euh… bégaya-t-elle en jetant un coup d'œil à sa liste. Le lendemain, j'ai pensé qu'on pourrait proposer un buffet matinal suivi d'une visite des lieux. L'après-midi serait réservé aux réunions souhaitées par l'entreprise avec son réseau américain. Suivi d'un dîner en grande pompe dans la salle de bal.

— Tu envisages donc de frapper fort quand ils auront récupéré du voyage ?

— Je… oui. J'ai pensé qu'il serait bon de montrer tous nos atouts dès le départ. On laissera les après-midis libres et on mettra à leur disposition des salles entièrement équipées, avec des collations et des boissons… tout ce qu'ils désirent. Après le grand dîner dans la salle de bal du deuxième soir, les repas seront informels et servis dans les différents restaurants du Club Tahoe, ou bien ils pourront dîner où ils souhaitent. J'ai parlé à Wes de l'idée de privatiser le golf une journée. Et on pourrait leur offrir un divertissement en soirée…

— Un divertissement ?

Emily se mordit la lèvre. Elle était nerveuse hier en pensant aux changements à apporter au Club Tahoe. Mais la vérité, c'était qu'il fallait ajouter un peu d'animation à cette façade élégante.

— Nous avons trois des meilleurs restaurants de la ville, mais aucun spectacle à part le pianiste qui joue au Fireside Lounge. J'ai pensé qu'on pourrait engager des musiciens.

Il croisa les bras.

— Est-ce vraiment nécessaire ? On est en pleine crise financière. Je ne suis pas sûr que dépenser de l'argent soit une solution judicieuse.

— C'est généralement vrai, mais il faut parfois dépenser de l'argent pour en gagner. Il y a des groupes locaux, mais aussi des musiciens américains et internationaux qui tournent dans la région. On n'a pas l'espace pour accueillir un grand show, mais un petit groupe ou un guitariste suffirait à attirer de nouveaux clients et à divertir des grands groupes. En plus de la musique, on pourrait dédier un soir par semaine à un one-man-show.

Emily s'arrêta de parler, Levi restant silencieux.

— Monsieur ?

Il frotta sa mâchoire carrée, qui malgré sa tenue formelle, était ombrée d'une barbe naissante.

— C'est Levi. Juste Levi. Pas de monsieur. Ni de M. Cade.

Il la dévisagea un long moment, sans qu'elle puisse deviner ses pensées : est-ce qu'il aimait ou détestait ses idées ? Pourtant, il semblait réceptif au début à ses propositions sur le cocktail de bienvenue et la restauration.

— Mon père aurait détesté l'idée de faire venir un

comédien dans l'hôtel. Tu peux trouver des musiciens pour la semaine prochaine ?

– C'est possible.

Il fit la moue en réaction à sa réponse vague.

– Oui. Je pense que je peux. Laisse-moi un jour ou deux pour m'en occuper.

– Bien. Le comédien aussi.

– Mais tu viens de dire que ton père…

– Aurait détesté. Mais ça ne veut pas dire que c'est une mauvaise idée. Mets en place des spectacles tous les jours de la semaine. Je parlerai à Bran de la restauration pour les soirées, mais je veux que tu sois la personne de référence pour tout organiser et engager les employés supplémentaires dont on pourrait avoir besoin pendant que Shin Electronics et leurs partenaires seront en ville. Ils seront soixante-quinze si on inclut leurs clients.

Emily déglutit.

– Soixante-quinze ? J'en avais compté trente.

– Soixante-quinze. J'ai eu la confirmation ce matin. Ce qui veut dire qu'on a du pain sur la planche.

Il lui lança un regard déterminé et inquiet — qui reflétait les propres émotions d'Emily.

———

DIEU MERCI, il y avait Emily. Ses idées étaient brillantes et Levi ne les aurait pas trouvées lui-même. Que savait-il de l'art de divertir des hommes d'affaires étrangers ? Il éteignait des incendies et il sauvait des vies.

Bran avait eu raison sur toute la ligne l'autre soir, mais Levi ne l'aurait jamais admis. Il n'était pas qualifié pour diriger le Club Tahoe, mais il pouvait veiller à ce que ses employés soient au top, ou des têtes tomberaient.

L'ouvrier sans qualifications qui implémente les idées de génie de son assistante.

Quelqu'un comme Emily devrait diriger le complexe, mais son père l'avait désigné lui, et il ferait de son mieux.

– C'est tout pour le moment, la congédia-t-il.

Il se leva et se dirigea vers la fenêtre. Sentant qu'elle ne partait pas, il se retourna. Et la surprit en train de mater… ses fesses ?

– Emily ?

– Oh, euh, oui.

Elle se leva prestement, tentant de tenir ses dossiers en équilibre et sa tablette dans ses bras.

– Je te ferai un point en fin d'après-midi sur l'avancement des projets.

– Parfait. On se parle plus tard, alors.

Elle sortit du bureau et il chassa de ses pensées le regard qu'il pensait avoir surpris. Elle avait les yeux dans le vide, elle ne reluquait pas son cul. Emily était la sœur de Lisa… *Lisa.*

Levi n'avait pas beaucoup pensé à Lisa depuis qu'elle l'avait trompé avec Hunt. Elle était la seule femme qu'il avait aimée. Il avait eu une courte aventure après elle, qui s'était terminée aussi par un drame, bien que d'une autre nature, et il avait complètement cessé alors d'avoir des relations. Ses histoires restaient légères, sans engagement, et c'est comme ça qu'il voyait l'avenir pour le moment. Il avait trop de responsabilités sur les épaules.

Chapitre Six

Levi avait dit qu'il resterait tard, mais Emily fit le tour des bureaux sans le trouver nulle part.

Les employés travaillaient dur au Club Tahoe, ce qu'Emily appréciait. Tant qu'elle progressait et faisait évoluer sa carrière, elle se sentait moins seule. Travailler tard faisait partie du job, mais si le personnel trimait, les cadres dirigeants du Club Tahoe partaient visiblement à cinq heures ou cinq heures et demie de l'après-midi.

Inutile de s'abîmer la santé.

Le soleil était couché depuis des heures, et Esther était la seule à être encore là. Elle mit son sac Coach en bandoulière et rangea sa chaise de bureau, se préparant à partir.

– Avez-vous vu M. Cade ? demanda Emily.

Il lui avait dit de l'appeler Levi, mais Emily ne pouvait pas le faire avec ses collègues. Pas encore, en tout cas. Elle préférerait continuer de l'appeler M. Cade en personne aussi, pour éviter que leur relation ne devienne trop personnelle. Il n'avait aucune idée des pensées qui lui traversaient l'esprit en sa présence.

– Oh, ma chère, dit Esther, il est sans doute sur le ponton. C'est là qu'il va quand… eh bien, tu verras par toi-même. Je ne peux pas te promettre qu'il te sera très utile là-bas, mais tu peux essayer.

Emily avait promis un point à Levi en fin de journée. Il voulait savoir ce qu'elle avait réussi à organiser. Elle ferait une rapide halte au ponton avant de rentrer chez elle.

– Merci, Esther. Je vous souhaite une bonne soirée.

Emily retourna dans son bureau et ramassa ses affaires. Elle sortit par le hall principal qui ne manquait jamais de lui couper le souffle. Des canapés en velours ornés de coussins en soie et des poufs en cuir usé placés dans des endroits stratégiques habillaient les mille cinq cents mètres carrés du lobby et l'espace lounge. Le Club Tahoe offrait à ses clients un salon luxueux, avec des murs mêlant pierre et bois sombre et noueux, et des lustres en cristal et fer forgé aux plafonds.

Au fond du hall, Emily passa sous l'arche en pierre massive et traversa le pont enjambant la calme rivière intérieure où les clients se promenaient en barque dans la journée. Le soir, ils se réunissaient sur l'île centrale pour faire griller des chamallows dans des braseros semblables à des feux de camp. À gauche de la rivière paisible, des boutiques haut de gamme et des restaurants occupaient le niveau inférieur de l'hôtel, et à sa droite, se dressait le majestueux Timber Casino.

Emily longea la piscine en direction de la plage, ses talons s'enfonçant dans le sable à chaque pas. Elle atteignit enfin le ponton surplombant l'une plages privées les plus animées de South Lake Tahoe.

Seulement, elle n'était pas très animée ce soir.

Il faisait sombre, le ciel était illuminé d'étoiles qui laissaient une traînée laiteuse dans le firmament et l'air était frais et piquant. Quelques clients s'attardaient sur la plage, mais la plupart étaient déjà attablés dans un des restaurants ou en train de glisser des billets dans une machine à sous et de lancer des jetons sur une table de jeu.

Emily scruta les silhouettes au loin, mais aucune ne correspondait à la taille et à la carrure imposante de Levi.

Elle consulta son téléphone. Presque vingt heures. Elle ne savait pas ce qu'il faisait dehors si tard, mais Esther avait dit qu'il serait là.

Elle s'apprêtait à lui écrire un texto quand elle aperçut du coin de l'œil un dos large dans une chemise blanche impeccable.

Le bout du ponton était presque invisible. Mais la chemise blanche que Levi portait aujourd'hui se découpait dans l'obscurité. Elle le voyait de dos, comme plus tôt lorsqu'il regardait par la fenêtre de son bureau. Ses coudes saillaient à angle droit, les mains rivées sur ses hanches étroites. On aurait dit un amiral aux commandes du lac. Peut-être l'était-il.

Levi Cade pouvait tout faire : diriger les hommes, éteindre les incendies… briser les cœurs.

Pendant un moment, Emily envisagea de faire demi-tour et de revenir sur ses pas. Il était seul, et il semblait apprécier sa solitude. Puis une pensée lui traversa l'esprit. Il était peut-être venu ici justement parce qu'il se sentait seul.

Quand Emily se sentait seule dans son enfance, que sa mère et son père (qu'elle connaissait à peine) lui manquaient, ou qu'elle se trouvait godiche et mal à l'aise au milieu de ses camarades, elle se rendait au bord du lac et s'asseyait sur la jetée. Elle se perdait dans la contemplation de l'eau, se sentant reliée au monde ; comme si l'eau était la vie elle-même, une partie de chacun de nous d'une certaine manière. Elle imaginait les autres déverser en silence leurs espoirs et leurs rêves dans le lac comme elle-même l'avait fait.

Et si c'était ce que Levi faisait ?

Ses jambes se mirent en marche avant qu'elle leur en donne l'ordre. Elle respira à fond en s'approchant, et perçut un changement subtil dans la posture de Levi. Ses talons n'étaient pas vraiment discrets sur les planches de bois du ponton.

– Levi ?

Il n'y avait personne à l'horizon et il lui avait demandé de l'appeler par son prénom.

Il se tourna, le visage dépourvu d'expression. Aucune peine, solitude ou colère n'imprimait ses traits. Rien qui puisse révéler ses sentiments. Était-ce le mur dont sa sœur avait parlé ?

Emily aurait préféré que Lisa ne mentionne pas ce mur que Levi aurait érigé autour de lui, car maintenant, elle ne pouvait pas s'empêcher d'y penser. Et à la raison pour laquelle il était là.

Elle sortit sa tablette et afficha une page de notes.

– J'ai bien avancé cet après-midi. Comme il nous reste peu de temps, j'ai pensé qu'il valait mieux te tenir informé.

Il se retourna vers l'eau, les épaules affaissées comme si des mains invisibles appuyaient dessus.

– Vas-y.

Elle tiqua. Pour un homme qui dirigeait l'un des complexes hôteliers les plus réputés de la région, il semblait… résigné.

– J'ai modifié le nombre de clients en fonction de tes infos et j'ai prévenu l'équipe d'accueil. On préparera le nombre de paniers cadeaux adéquats, et on mettra du personnel supplémentaire au spa. J'ai eu également la confirmation de Shin Electronics de leur souhait de réserver le golf une matinée. Wes travaille de son côté avec le jardinier pour veiller à ce que le green soit impeccable et qu'il y ait suffisamment de caddies pour tous les golfeurs.

Levi n'avait pas bougé ni fait le moindre signe d'approbation. Étrangement, elle tenait à tout prix à lui faciliter la vie.

— Voyons… oh, j'ai aussi fait un point avec Bran sur la restauration. Il a dit que tu lui avais parlé, mais il a l'air un peu…

Levi la regarda par-dessus son épaule, et le coin de sa bouche se releva dans un rictus sans humour.

— Il est méchamment stressé.

— Euh, oui, dit Emily, cachant un sourire en baissant la tête vers sa tablette. Voilà. Donc…

Levi soupira.

— Fais venir un traiteur pour le cocktail de bienvenue du premier soir. Le meilleur que tu trouveras en ville. On fournira l'alcool ; la dégustation de vin que tu as proposée. Bran devra s'occuper de la restauration le reste de la semaine.

Emily s'avança pour ne plus être derrière lui et le voir de profil.

— Il prépare un menu type brunch du dimanche pour le matin.

Levi acquiesça de la tête.

— On travaille encore ensemble sur les autres repas, mais je suis sûre qu'on trouvera des recettes qui vont les impressionner.

— Bien.

Il regarda le lac avec nostalgie.

Elle la ressentit de nouveau — cette drôle d'impression qu'il aimerait être n'importe où sauf ici. La poitrine d'Emily se serra. Il n'avait pas envie de lui parler.

Ce n'est pas parce qu'elle était obsédée par le travail que tout le monde devait rester debout toute la nuit comme elle à cogiter. Sa distance ce soir n'avait peut-être rien à voir avec elle, mais Emily n'était pas dupe. Elle n'avait jamais retenu l'attention de Levi Cade.

– Le reste peut attendre demain.

Elle rangea sa tablette dans sa sacoche et pivota pour partir.

– Emily.

Elle tourna la tête.

– Merci.

Sa voix était profonde, sincère.

Ce petit signe de reconnaissance allégea le poids sur son cœur.

– Avec plaisir.

Il hocha la tête.

Emily sourit intérieurement en remontant le ponton. Elle pouvait le faire. Être là pour Levi. L'aider pour tout ce qui ne lui venait pas naturellement. Cela ne voulait pas dire qu'il n'y arriverait pas. Si un homme pouvait diriger ce complexe, c'était bien Levi. Il était solide et intelligent. Et s'il n'avait pas le cœur à ça, Emily pouvait l'aider là aussi. Elle n'était peut-être pas une belle femme charismatique, mais elle avait la passion du monde des affaires pour deux.

Ses talons cliquetant sur les planches en bois, elle arrivait au bout du ponton et s'apprêtait à marcher dans le sable, quand elle entendit un gros plouf.

Emily se retourna. Levi ne se tenait plus au bout du ponton.

Son cœur s'affola un instant. Était-il en difficulté ?

Mais non, voyons. C'était un *ancien pompier*. Levi Cade sauvait des vies. C'est alors qu'elle vit sa chemise blanche et ses chaussures posées sur le banc à proximité de l'endroit où il se tenait auparavant. Elle scruta l'eau et vit de longs bras musclés fendre l'obsidienne.

Le lac Tahoe était magnifique et agréable par une

journée chaude, mais l'eau était glaciale. Cela n'empêchait pas Levi de progresser régulièrement vers le centre du lac, qui devait bien se trouver à douze kilomètres — vingt-cinq jusqu'à l'autre rive. Mais à peine s'était-elle demandé quelle distance il pouvait parcourir à la nage qu'il s'arrêta pour faire la planche et contempler la voûte étoilée.

Emily se retourna lentement et reprit sa marche.

Levi Cade était un personnage complexe. Et il voulait être seul. Elle allait l'aider, puis elle passerait à autre chose.

Lisa avait tort de croire qu'Emily pouvait abattre le mur de Levi. Il était trop bien pour elle. Une femme plus jolie, plus séduisante ouvrirait la porte de son cœur. Évidemment, Lisa n'avait pas mentionné le fait d'atteindre le cœur de Levi, mais il fallait au moins ça, n'est-ce pas ? Il n'était pas le genre d'homme à s'ouvrir à n'importe qui. Et il avait quatre frères ; il n'avait pas besoin d'une autre amie.

C'est la tête haute qu'Emily traversa le hall majestueux et croisa les clients qui entraient dans l'hôtel. Elle marcha jusqu'à l'un des parkings les plus éloignés et déverrouilla sa petite hybride. Elle jeta son sac à l'intérieur et s'enfonça dans le siège conducteur.

Elle agrippa le volant et un grand frisson lui parcourut l'échine. Puis un autre. Même si elle n'était pas la femme qui allait fissurer le mur de Levi et le faire tomber amoureux, rien n'avait changé depuis quatre ans qu'elle était partie.

Parce qu'elle voulait toujours être cette femme.

Chapitre Sept

Emily veilla à ce que la fête de départ d'Esther soit aussi classe que l'était cette grande dame. Depuis une semaine, elle avait entendu suffisamment de compliments sur l'assistante de longue date d'Ethan Cade pour savoir que cette femme avait été le pilier central du Club Tahoe. Comment Emily pourrait-elle la remplacer ? La vérité, c'était qu'elle ne la remplacerait pas. Esther avait remplacé, pour Levi et ses frères, un membre de la famille qui leur avait manqué. Le mieux qu'Emily pouvait faire pour eux, c'était les aider, dans la limite de ses compétences, à faire tourner le Club Tahoe.

Elle déplaça légèrement sur la droite un centre de table lavande et coquelicot.

– Le Dom Pérignon est au frais derrière le bar ? demanda-t-elle à une serveuse qui passait à vive allure.

La jeune fille s'arrêta et la regarda.

– Oui, madame. Et les hors d'œuvres sont prêts aussi. Nous les servirons à l'arrivée des convives.

Emily vérifia l'heure. Les invités devaient être en train

de quitter leur travail et les rejoindraient d'un moment à l'autre.

Ils avaient organisé la fête le vendredi soir, pour que les employés puissent y assister sans être pressés par le temps. Emily portait l'une des robes mi-longues que sa sœur lui avait apportées. C'était une robe émeraude échancrée jusqu'aux fesses, mais Lisa lui avait assuré qu'elle était assez classe pour une fête de travail. Elle devrait croire sa sœur sur parole, parce qu'elle sentait l'air froid de la clim lui caresser une zone assez inhabituelle.

Elle passa les doigts sur la dentelle sombre et extensible, de la même couleur que la robe, qui partait de la taille et remontait jusqu'à la clavicule, lui dénudant les épaules et les bras. Au moins, le devant de la robe était couvert, même si ses bras et son dos étaient nus. Elle portait le bracelet en or que sa sœur avait choisi, mais avait refusé de porter les grandes créoles. Elle tanguait déjà sur des talons aiguilles qui lui laminaient la plante des pieds. Elle n'avait pas besoin d'un autre accessoire inconfortable.

Emily vérifia l'heure à nouveau. Ils devraient être là. Où étaient-ils ?

Elle était en train d'envisager de faire le tour des bureaux quand une main chaude et masculine se posa au bas de son dos.

– Tu peux enlever ça maintenant, dit Levi.

Il portait une veste et un pantalon bleu marine avec une chemise blanche déboutonnée en haut, dévoilant une peau lisse et hâlée. Ses cheveux, qu'il laissait apparemment pousser, étaient décoiffés avec style. Ou bien il s'était passé les doigts dedans ; il n'était pas le genre d'homme à se soucier de sa coiffure.

En tout cas, ce n'était pas ce qui affolait son cœur ou faisait trembler ses mains, se dit Emily en rangeant son téléphone.

Levi lui ôta sa sacoche de l'épaule et la tendit à un serveur qui passait avec un plateau de flûtes de champagne.

– Rangez ça derrière le bar, s'il vous plaît.

Il préleva une flûte sur le plateau avant que l'homme ne s'éloigne, et lui tendit.

– Tu as fait du bon travail. Esther va être heureuse, dit-il en balayant la pièce du regard.

Elle hocha la tête, incapable de parler, la langue collée au palais. Parce que *sa main* était toujours sur son dos, et en réaction, son corps envoyait des vagues de chaleur dans ses membres.

Elle était pathétique. C'était un *dos*. Pas un sein. Pas une cuisse.

Lorsqu'elle retrouva son sang-froid, Levi avait ôté sa main pour aller saluer le directeur financier. Il accueillit également Ed, le jardinier, accordant aux deux hommes la même attention et le même respect.

C'est une qualité qu'elle aimait chez Levi. Il n'était pas arrogant. Il avait grandi dans un manoir, mais on ne le devinait pas. Il gardait les pieds sur terre. Bien sûr, cela n'empêchait pas Emily d'être nerveuse en sa présence. Normal, c'était le mec le plus sexy qu'elle ait jamais rencontré. Et ses hormones féminines s'affolaient quand il était trop proche d'elle.

Elle avala la flûte de champagne, fermant les yeux quand les bulles lui picotèrent la gorge, et fit signe au serveur. Elle avait tout passé en revue trois ou quatre fois ; la fête se déroulerait sans incident, qu'elle soit sobre ou non. Ce soir, dans cette robe, à proximité de Levi si beau dans son costume décontracté, elle avait besoin d'alcool pour assommer son imagination galopante.

———

Levi salua tous les convives, en lançant des sourires chaleureux en direction de l'invitée d'honneur. Tout le monde allait regretter Esther, et pas seulement parce qu'elle avait fait tourner le complexe hôtelier. En réalité, elle avait rendu cet endroit vivable.

Mais pour la première fois depuis qu'il était condamné à en être le PDG, il songea qu'il pourrait avoir une autre raison de supporter le vieux Club Tahoe.

Levi Cade n'avait pas manqué de remarquer et d'admirer presque toutes les parties du corps féminin depuis l'âge de quatorze ans, mais il était peut-être passé à côté d'un détail incroyablement sexy. Depuis quand le dos d'une femme attirait-il son attention ? Mince, il était resté médusé, en entrant dans la pièce, quand il avait vu Emily dans cette robe.

En général, elle portait des jupes cintrées, pour son grand plaisir. Son assistante avait une très jolie silhouette de dos, de quoi lui donner envie de voir ce spectacle tous les jours, même s'il ne faisait que regarder. Cependant, ce soir, elle l'avait surpris en dévoilant une partie de son anatomie habituellement cachée sous un chemisier droit ou un cardigan.

Le textile élégant de sa robe couvrait la plus grande partie de son corps, mais le couturier avait fait, le saint homme, une découpe franche et généreuse dans le dos. C'était une grande femme à la taille fine, et maintenant qu'elle ne dissimulait plus sa poitrine dans des hauts mal taillés, il pouvait deviner le galbe de ses petits seins, même sous le tissu. Quant à son dos tonique à la peau laiteuse, à la structure osseuse délicate, il attirait l'œil vers la merveille en forme de cœur reposant au bas de sa colonne vertébrale.

C'était une soirée festive. Totalement acceptable pour un homme de mater le cul de son assistante, non ? Techniquement, il ne travaillait pas, donc il ne pensait pas enfreindre les règles de bienséance d'un patron envers une employée.

Il prit note de vérifier les consignes des RH, par sécurité. Non parce qu'il prévoyait de s'approcher d'Emily. Même s'il avait touché sa peau nue ; il l'avait fait uniquement pour attirer son attention. Rien à voir avec le fait d'être attiré par sa beauté comme un insecte l'est par le néon qui signe son arrêt de mort.

Non, Levi n'avait aucune intention de s'approcher de la petite sœur de Lisa. Emily était une *Wright*. Et les filles Wright étaient belles, mais on ne pouvait pas leur faire confiance. Même ce satané nom — *Wright*… comme *all right :* tout va bien — attirait les hommes, leur donnant un faux sentiment de sécurité. *Wright,* comme si tout allait bien se passer. Mais si on s'approchait trop près… *zap,* comme ce foutu tue-mouches électrique. Elle t'arracherait le cœur et le broierait dans ses mains délicates, puis l'écraserait sous son talon aiguille pour finir le boulot.

Il était déjà passé par là. Il n'avait pas l'intention de recommencer. Levi leva le menton en voyant son frère Hunt. Un autre rappel du passé et des filles à éviter. Seulement Hunt ne regardait pas Levi. Ses yeux étaient rivés sur *Emily.*

– Putain de merde.

Un des chefs cuisiniers tourna la tête vers lui.

– Pardon ?

Levi se racla la gorge.

– *Gustin de Bern.* Je vois que M. de Bern vient d'arriver, dit-il en faisant un vague signe de la main. Je dois aller le saluer. Veuillez m'excuser.

Il pouvait faire confiance à Hunt pour repérer la plus belle femme de la soirée. Mais depuis quand Emily était-elle devenue la plus belle femme de la soirée ? D'ordinaire, elle ne se maquillait pas, portait des hauts informes et se cachait derrière sa tablette. Levi la préférait ainsi. Elle n'attirait pas l'attention des sales types. Elle n'attirait pas l'attention de *Hunt*.

– Mon frère.

Levi salua Hunt d'une tape sur l'épaule. Il avait peut-être tapé un peu trop fort.

Hunt grimaça.

– Qu'est-ce qui ne va pas encore ?

Levi regarda autour de lui d'un air désinvolte.

– Oh… rien.

Il surprit un nouveau coup d'œil de Hunt sur Emily.

– Tant que tu gardes tes mains et tes yeux à distance de mes employées.

Bon, il y avait donc deux poids deux mesures. Levi venait juste de se convaincre qu'il n'y avait rien de mal à mater Emily dans sa robe sexy. Mais Hunt, c'était une autre histoire. Il était redoutable avec les femmes. Levi ne voulait pas que son innocente assistante, juvénile, mais sexy, tombe dans les filets de son prédateur de frère.

Hunt leva les yeux au plafond.

– Depuis quand on n'a plus le droit de regarder ? Et tu te fous de moi ! Depuis quand les femmes du Club Tahoe sont interdites ? Je crois bien qu'on a tous perdu notre virginité avec une femme ou une fille de riche séjournant à l'hôtel. Je peux citer au moins trois serveuses avec qui tu as couché quand tu étais au lycée.

– C'était quand on ne travaillait pas ici. Et regarder *est* interdit en ce qui te concerne parce que tu ne t'arrêtes jamais là.

Hunt fit un rictus lubrique.

– C'est vrai.

Levi grimaça.

– Comme je l'ai dit, *interdiction de regarder.*

— C'est ça, dit Hunt en attrapant une deuxième flûte de champagne. À plus tard.

Il se dirigea vers Emily.

Levi fit craquer sa nuque et resta immobile deux secondes avant d'emboîter le pas à son frère. Quelqu'un le remarquerait-il s'il étranglait Hunt dans la salle de bal ?

Sans doute. Esther ne serait pas contente.

Et merde.

Il soupira. Très bien. Il protègerait Emily de Hunt par d'autres moyens.

Emily, une flûte de champagne à la main, était en grande conversation avec le chef du restaurant de grillades du Club Tahoe, qui était jeune et beau, enfin si on aimait ce genre-là. Sa barbe était trop soignée. Et Levi se méfiait des types qui s'épilaient les sourcils.

Hunt s'approcha d'eux, et Emily lui sourit candidement. Elle ne savait pas à quel point son petit frère était dangereux. Ou peut-être que si. C'était la sœur de Lisa, après tout.

— Emily, tu aimerais découvrir un endroit secret du Club Tahoe ? demanda Hunt.

— Un endroit secret ?

Son regard s'envola vers Levi, qui s'était posté à côté de Hunt. Un V apparut entre ses sourcils. Sans doute parce que Levi, la mâchoire crispée, fixait son frère comme s'il voulait lui arracher un membre.

Levi passa devant Hunt et posa la main au bas du dos d'Emily, comme il l'avait fait plus tôt.

— Va parler aux employés, Hunt. Je vais montrer l'endroit secret à Emily. On a encore pas mal de choses à voir ensemble pour préparer la semaine à venir.

Hunt tourna la tête et toisa Levi d'un air hostile.

Eh oui, petit frère. Je t'ai à l'œil.

Levi s'était promis qu'il ne toucherait plus Emily, mais

c'était pour raison de sécurité. Son frère avait besoin de comprendre qu'elle était intouchable. Interdite à Levi aussi, mais c'était un autre problème.

Hunt considérait qu'aucune femme n'était interdite. Ni les petites amies ni les épouses. Selon lui, tant qu'une fille était consentante, il pouvait l'avoir.

Levi ne s'intéressait pas sérieusement à Emily, mais ça ne voulait pas dire qu'il allait laisser sa vipère de frère s'en approcher. Emily était peut-être une Wright, mais il avait l'impression qu'elle était une fille bien.

Levi vivant, Hunt ne toucherait pas Emily.

Chapitre Huit

La tête haute, Levi quitta la fête avec Emily. Et maintenant ?

Il avait persuadé Emily de le suivre juste pour l'éloigner de Hunt, et maintenant, il devait lui montrer un endroit secret dont il ignorait l'existence. Depuis quand ses frères avaient-ils repaire au Club Tahoe que Levi ne connaissait pas ? S'agissant de Hunt, il avait probablement tout inventé. Ce qui obligeait Levi à trouver quoi faire avec Emily après s'être retrouvé seul avec elle.

Non pas que ce soit un calvaire d'être coincé avec une jolie blonde dans cette robe d'enfer qui l'avait poussé à imaginer plusieurs scénarios intéressants. Chacun d'eux impliquant le retrait de ladite robe.

Il souffla bruyamment. Cela faisait longtemps qu'il n'avait pas emmené une femme quelque part, que ce soit au restaurant ou dans son lit. Dix, onze mois ? *Bon sang.* C'était avant son accident. Et ce n'était pas n'importe quelle jolie blonde ; c'était la sœur de Lisa. Il ne pouvait littéralement rien *faire* avec elle. Ce qui plaçait Levi... dans une situation embarrassante.

Emily jeta un coup d'œil derrière elle, vacillant légèrement. Combien de flûtes de champagne avait-elle bu ?

– Tu es sûr qu'on peut quitter la fête ? demanda-t-elle. Je veux m'assurer qu'Esther est heureuse et s'amuse.

Il portait sa sacoche, qu'il s'était souvenu de prendre derrière le bar avant de partir, et il la guida dans le couloir jusqu'au hall principal.

– Ne t'inquiète pas pour Esther. Toute l'entreprise est en train de la complimenter et de programmer des déjeuners avec elle. Avec la pension que mon père a prévu pour elle, elle va pouvoir profiter de sa retraite pendant un bon moment.

Emily jeta un nouveau regard derrière elle.

– Très bien. Si tu penses que c'est bon.

Il lui sourit. C'était une fille adorable. *Femme*. Une vraie femme maintenant, se souvint-il.

Il scruta les alentours à la recherche de quelque chose d'intéressant à lui montrer – *satané Hunt* – et aperçut le fils prodigue.

Si Adam ne les avait pas plantés pour travailler au Blue Casino, Levi ne serait pas dans ce pétrin, à diriger le complexe et à éloigner les jolies femmes vulnérables de Hunt.

– Adam !

Il y avait peut-être un côté menaçant dans le ton de Levi.

Son frère s'avança vers eux, sa fiancée à son bras.

– Désolé, on est en retard. On…

Levi jeta un coup d'œil à Hayden, dont la coiffure (maintenant que Levi y prêtait attention) avait l'air légèrement décoiffée. Comme si son chignon, ou peu importe, tombait d'un côté au lieu d'être centré. Et des mèches folles s'en échappaient, mais pas de façon intentionnelle.

Levi soupira. Il savait exactement ce que ce vaurien venait de faire avec sa jolie fiancée.

Sacré veinard.

— Eh bien, t'es là maintenant, dit Levi. Va à la fête et excuse-toi auprès d'Esther. Garde un œil sur Hunt aussi, tu veux bien ? Tu sais comment il est.

Adam dévisagea Emily.

— Vous allez où tous les deux ?

Levi eut envie de lui mettre son poing dans la gueule. Qu'est-ce qui poussait ses frères à mater ainsi son assistante ?

— Je te présente Emily Wright, *mon assistante*. Et la sœur de Lisa.

— Sa sœur ?

— Sa *sœur*.

— Bonjour, Emily, dit Hayden en lui serrant la main tandis qu'Adam restait les bras ballants, encore sous le choc. Je suis Hayden Tate, la fiancée d'Adam. Ravie de te rencontrer.

— Ravie de te rencontrer aussi.

Emily sourit, mais Levi surprit son léger vacillement.

Il glissa un bras autour de sa taille pour la soutenir.

— On va juste faire un tour.

— Un tour, hein ?

Adam lui adressa le même rictus lubrique que Hunt plus tôt. Maudits soient ses frères. Même Hayden les regardait avec un sourire entendu.

— Contente pour toi, Levi, dit Hayden tandis qu'Adam lui prenait la main pour l'entraîner vers la fête. Amusez-vous bien tous les deux.

Levi ôta son bras de la taille d'Emily dès qu'ils furent hors de vue. C'était ridicule. Il n'avait pas le temps de faire du babysitting. Et il ne pouvait pas virer de la fête son petit frère queutard. Hunt était copropriétaire du Club Tahoe et il connaissait Esther depuis presque aussi longtemps que Levi. Mais Emily n'avait pas besoin d'être là. Et Levi n'avait pas besoin d'une bonne raison pour la renvoyer chez elle. C'était le PDG. Il pouvait faire ce qu'il voulait. Sauf toucher. Il ne pouvait pas la toucher. D'où sa décision radicale :

— Tu devrais rentrer chez toi.

Le visage d'Emily se décomposa.

— Quelque chose ne va pas ?

— Tu as trop bu. Je t'appelle un taxi.

Les lèvres d'Emily s'entrouvrirent et ses joues prirent une teinte écarlate.

— Je… euh… oui. Bien sûr.

— Tiens, dit-il en lui tendant sa sacoche avant de sortir son téléphone. Tu as une compagnie de taxi préférée ?

Elle secoua la tête.

— Non. Je veux dire, ne t'embête pas. Je m'en charge. Au revoir, M. Cade, bafouilla-t-elle, puis elle se précipita vers la sortie, la tête baissée.

Levi la regarda partir avec une furieuse envie de se flageller. Il s'était comporté comme un abruti. Il ne maîtrisait pas le langage mielleux qui sortait de la bouche impénitente de Hunt. Même lorsque Levi essayait de protéger une femme, il foutait tout en l'air.

Il se frotta le crâne et poussa un soupir amer. Fait chier. Il sortit du lobby et longea la piscine en direction du seul endroit qui lui faisait oublier toutes ces conneries.

En avançant sur le ponton, il se débarrassa de ses chaussures, de ses chaussettes et de sa ceinture. Sa veste et sa chemise suivirent, atterrissant en tas sur un banc en bois. Arrivé au bout de la jetée, il se retourna et laissa le poids de son corps l'entraîner en arrière dans l'eau.

Des aiguilles invisibles lui picotèrent la peau quand son

visage s'enfonça sous l'eau à quinze degrés. Il remonta à la surface et plaqua ses cheveux en arrière.

Il dégagea les gouttelettes de son visage, puis contempla la ligne où se rejoignaient le ciel sombre et l'eau noire. Ce lac était l'endroit où Levi avait ses meilleurs souvenirs. L'époque de son enfance, quand sa mère était vivante et que le monde était un lieu sûr et harmonieux. Ils avaient l'habitude de venir au ponton dans la journée et de jouer pendant des heures. C'était la paix, avant que sa disparition ne fasse entrer dans sa vie, et celle de ses frères, l'incertitude et le chaos.

Levi avait essayé de bien faire. De procurer un semblant de sécurité à ses frères. En contrôlant leur environnement. En devenant une figure parentale et en planifiant un avenir où rien ne pourrait aller de travers. Lisa avait fait partie de ce plan sécurisant. Belle, douce. Mais Levi s'était trompé sur Lisa, et depuis, il pataugeait et s'efforçait de remettre de l'ordre dans sa vie.

Le ponton et l'eau lui rappelaient les jours heureux, le sentiment de sécurité, et lui permettaient de décompresser. Il avait d'autres endroits fétiches, mais aucun où il avait pu passer un moment privilégié depuis qu'il travaillait au Club Tahoe. Il devrait se contenter du lac dans l'immédiat.

Il ne laisserait pas le Club Tahoe sombrer. C'était le dernier rempart de sécurité de sa famille.

———

Nom de Dieu. « Tu as trop bu » ? Mais comment osait-il ! Emily connaissait ses limites. D'accord, elle avait bu un peu trop de champagne, assez pour savoir qu'elle ne devait pas conduire, mais elle n'était pas ivre !

Elle sortit son téléphone.

– Siri, appelle Uber.

Emily se mit à faire les cent pas devant l'entrée du Club Tahoe. Puis cent de plus, sa colère enflant. Pourquoi avait-elle laissé Levi la traiter comme une gamine ?

Elle regarda derrière elle, s'attendant à le surprendre en train de la surveiller au cas où elle aurait besoin qu'on lui fasse ses lacets, mais ce n'était pas Levi qui rôdait dans son dos.

– Tu pars déjà ?

Hunter s'avança jusqu'à elle.

Hunter Cade était le mauvais garçon de la fratrieCade, et il jouait son rôle chaque fois que l'occasion se présentait. Mais Emily se demandait quelle part était authentique et quelle part exprimait le besoin d'attirer l'attention au sein de ce groupe de mâles alpha arrogants.

– J'ai eu une journée fatigante.

C'était peu dire. Elle s'était démenée pour organiser la fête d'Esther, tout en essayant d'accomplir des miracles pour monter le programme complet du groupe de Coréens attendu la semaine prochaine.

Hunter fronça les sourcils.

– Où est Levi ?

– Je n'en sais rien.

La colère tordit la bouche de Hunt.

– Il t'a renvoyée chez toi ?

Levi avait dépassé les bornes ce soir en lui demandant de partir. Le fait d'avoir un peu trop bu et de manquer de pratique des talons aiguilles ne l'avait pas aidée. *Je n'aurais jamais dû écouter Lisa.* Mais même si Levi s'était montré autoritaire, c'était son patron. Et elle se rendait compte qu'il avait essayé d'être un gentleman avec l'histoire du taxi.

– Il subit beaucoup de pressions.

Hunter secoua la tête et regarda au loin.

– Ne laisse pas mon frère te dire ce que tu dois faire. Il

pense qu'il doit tous nous mener à la baguette. Reste aussi longtemps que tu veux. Tu es la bienvenue ici.

Elle lui fit un sourire bref.

— C'est bon. Je devrais vraiment rentrer et dormir un peu. Ça va être une semaine cruciale.

Hunter se rapprocha d'elle.

— Écoute, Emily. Je sais que tu es au courant de mon histoire avec ta sœur. Le fait est, dit-il en écartant les pans de sa veste et en flanquant les mains sur ses hanches, que je tenais à elle. Je ne voulais pas la voir souffrir.

Elle n'était pas sûre de pouvoir faire confiance à Hunter. Ni qu'*aucune* femme puisse lui faire confiance.

— D'accord, dit-elle prudemment.

— Je ne veux pas te voir souffrir à cause de Levi comme Lisa. C'est un roc, et Lisa s'est heurtée à ce roc jusqu'à ce qu'elle ne puisse plus le supporter. Ne laisse pas la même chose t'arriver.

Emily commençait à se rendre compte que des choses plus profondes se passaient entre Levi et Hunter. Mais ce qu'elle savait, c'est que Levi ne méritait pas ce que Hunter et Lisa lui avaient fait. Même Lisa se sentait coupable de ce qu'elle avait fait subir à Levi.

— Ce que vous avez fait était mal.

Il leva le menton.

— Je n'en suis pas fier. Mais j'ai payé pour mes fautes. Je paie tous les jours, mais ce n'est pas le sujet. Sois prudente, c'est tout. Je ne voudrais pas que tu aies le cœur brisé.

Emily n'avait pas le souvenir d'une Lisa avec le cœur brisé, plutôt d'une Lisa qui se sentait coupable.

— Il n'y a rien entre Levi et moi. C'est mon patron, et comme tu l'as dit, il peut se montrer un peu trop protecteur.

Une berline grise s'arrêta devant l'hôtel.

— Mon Uber est là. Je dois y aller.

Il hocha la tête et enfonça les mains dans ses poches en la regardant monter à l'arrière du taxi. La voiture s'éloigna et Emily vit Hunter rentrer dans le hall et retourner à la fête d'une démarche décontractée, bien qu'elle ait perçu une certaine tension dans ses épaules.

Levi et Hunter avaient un sérieux passif dans lequel Emily n'avait pas l'intention de se laisser embourber.

Chapitre Neuf

Le lendemain matin, Emily enfila son peignoir douillet et se glissa hors du lit pour aller ouvrir la porte.

Sur le seuil, Lisa leva une main horrifiée et pencha la tête en arrière.

– Ouah. Qu'est-ce qui t'est arrivé ?

Emily se frotta les yeux et bâilla en ouvrant la porte en grand.

– Comment ça ?

Sa sœur pointa du doigt le côté de la tête d'Emily, tenant en équilibre son sac et son gobelet de café dans l'autre main.

– Tu as une volée de mouettes qui s'envole d'un côté de ta tête. Et tu as des traces d'oreiller impressionnantes sur la joue, ajouta-t-elle en faisant un geste circulaire devant le visage d'Emily.

Emily entra dans le salon et s'assit sur le canapé, passant ses bras autour de ses genoux relevés.

– J'ai mal dormi.

Lisa ferma la porte et la rejoignit. Elle s'assit en face

d'Emily, bien trop belle et guillerette pour huit heures du matin. Lisa n'avait pas une réputation de lève-tôt.

Emily avait été bête hier soir, mais elle avait surtout été humiliée. Par Levi ou par elle-même, elle n'était pas tout à fait sûre. Tout ce qu'elle savait, c'est qu'elle se sentait aussi moche qu'elle l'était sans doute en ce moment.

– Pourquoi tu as mal dormi ? Tu étais superbe quand je t'ai aidée à te préparer hier soir. La tenue que je t'ai dénichée était d'enfer, alors à l'évidence, le problème ne vient pas de la robe.

Emily se cacha la tête entre ses genoux.

– Tous les problèmes ne peuvent pas être résolus par de belles fringues.

Elle jeta un coup d'œil à sa sœur.

Lisa la fixa avec une moue horrifiée.

– Bien sûr que si.

– Pour toi, oui, grogna Emily. Mais quand je porte une robe sexy, les beaux mecs me renvoient chez moi comme si j'étais indésirable.

– Quoi ? C'est absurde.

– J'ai peut-être bu trop de champagne. Et les escarpins que tu m'as fait porter…

– Sont des putains de chaussures de malade.

– … m'ont estropiée.

Lisa avala une gorgée de café.

– On travaillera sur ton équilibre. N'empêche, pourquoi un mec canon renverrait une fille bourrée et bancale chez elle ? Ça va à l'encontre du guide du tombeur. Tu étais une cible facile. Il aurait dû te tourner autour.

– Beurk.

Lisa sourit d'un air innocent.

– Je dis juste, peu importe le mec, qu'il aurait dû essayer de te ramener chez lui.

Cette conversation n'aidait pas Emily à chasser la migraine due à son manque de sommeil.

– Eh bien, apparemment, ça ne marche pas comme ça avec moi.

Lisa posa son gobelet et sortit son téléphone.

– Ça suffit. J'envoie un texto à Jared. Ça fait trop longtemps que tu n'as pas eu de mec.

– Je ne veux pas du tien !

Dès que ces mots sortirent de sa bouche, Emily réalisa à quel point ils étaient déplacés. Même si Lisa était au courant de son attirance pour Levi, elle ne supposerait jamais qu'Emily voulait aussi Jared.

Lisa se gratta le nez.

– Tu manques vraiment de sommeil. Je ne parle pas de Jared ; c'est mon homme. J'ai quelqu'un d'autre pour toi. C'est la raison de ma visite.

Emily tira la couverture sur sa tête et s'allongea.

– Il est trop tôt pour me faire flipper avec un rencard arrangé.

Et soudain, une pensée lui traversa l'esprit. Elle baissa la couverture et regarda sa sœur pendant cinq bonnes secondes. Était-il possible que sa mère ait eu des doutes sur son vrai père et que Lisa et elle ne soient pas réellement sœurs ? Ça expliquerait bien des choses.

C'était peut-être se raccrocher à une chimère, mais Emily avait des idées aussi délirantes que désespérées ce matin. Lisa était tout ce qu'elle n'était pas : pétillante, bien roulée et sexuellement sûre d'elle. Si elles n'avaient pas de liens de sang, ça expliquerait tout. Et ça rendrait le désir d'Emily pour Levi moins glauque.

Mais non, ça ne pouvait pas être vrai. Emily ressemblait plus à leur père que Lisa, et la mère de Lisa était mariée à leur père quand elle avait été conçue. Merde.

– Pourquoi tu es déjà debout à me harceler ? On est

samedi, et il n'est même pas neuf heures, pour l'amour du ciel. Tu ne te lèves jamais aussi tôt, même pas en semaine. La boutique n'ouvre pas avant dix heures.

Lisa remua sur son siège.

– Jared m'a mise au sport.

Emily était mince, mais l'univers n'avait pas été généreux avec sa poitrine. Lisa, en revanche, avait une ligne de rêve *et* de gros nichons. Trop. Injuste.

– S'il te plaît, ne me dis pas que Jared pense que tu as besoin de faire du sport. Je pourrais le tuer pour ça.

Elle sourit.

– Eh bien, merci ma sœur. Le sport n'est pas pour moi. Jared veut une partenaire. Il n'aime pas courir seul et il dit qu'il fait trop chaud l'après-midi pour courir. Il fait son jogging le matin et je pédale à côté de lui, dit-elle en haussant les épaules. Ce n'est pas si désagréable. Il me prépare un petit-déjeuner gargantuesque après.

Il lui prépare son petit déjeuner ?

– Jared est plutôt génial.

– Exactement, alors pourquoi tu craques sur des mecs qui te renvoient chez toi ?

– Oh, ce n'était pas un type avec qui je suis sortie.

Sa sœur fronça les sourcils.

– Emily, avec qui étais-tu hier soir exactement ?

Emily se figea comme la proverbiale biche prise dans les phares d'une voiture, mais en fait de voiture, c'était le poids lourd Lisa.

– *Emy* ?

Emily pinça les lèvres, le regard fuyant.

– Levi, marmonna-t-elle tout bas, mais curieusement sa sœur avait une super-ouïe à ce moment-là.

Lisa se cala au fond du canapé rouge, confortable, mais moche, assorti au canapé tout aussi moche d'Emily, hérités tous les deux de Lisa.

— Fils de… je t'ai dit de ne pas le laisser te maltraiter.

— Ce n'est pas le cas ! Mais putain, Lisa. C'est mon patron. Je suis un peu obligée de l'écouter.

Même si Emily n'était pas convaincue qu'elle aurait dû l'écouter *hier soir*.

— On s'en fout.

Emily se leva si rapidement qu'elle fut prise de vertiges. C'était trop après seulement trois heures de sommeil. Elle n'avait pas besoin que sa sœur lui dise ce qu'elle savait déjà : Levi la voyait toujours comme la petite sœur de Lisa, qu'elle soit plus âgée ou non, qu'elle ait ou non des diplômes universitaires et qu'elle porte ou non une robe sexy comme hier.

Elle se rendit dans la cuisine et prit le jus d'orange, qu'elle but directement à la bouteille.

— T'es venue ici pour une raison particulière ?

Sa sœur la fixa au-dessus du dossier de la chaise rouge d'un air dégoûté.

— D'abord, c'était vraiment dégoûtant. Rappelle-moi de ne jamais boire un truc qui sort de ton frigo. Ensuite, je te l'ai dit. Je suis venue pour t'inviter à un dîner à quatre, et ça ne pouvait pas mieux tomber. Je viens de confirmer à Jared. À trop fréquenter Levi, tu vas perdre confiance en toi.

Emily serra les dents.

— Je n'ai pas de problème avec Levi. C'est un mec super.

Quand il ne l'énervait pas.

— Ouais, bien sûr.

— J'irai à ce dîner, si tu arrêtes de dénigrer mon patron.

— Mardi soir, c'est bon pour toi ? Jared dit que Zander est impatient de te rencontrer.

———

Levi écoutait les appels sur la radio de police et venait de se servir un café quand on frappa un coup à la porte d'entrée.

Il baissa le volume de la radio et alla ouvrir d'un pas traînant, mug en main. Grace le bouscula en se précipitant vers la porte. Levi ouvrit et découvrit Adam sur le seuil.

– Que fais-tu ici un samedi matin si tôt ?

Les mains enfoncées dans les poches de son pantalon à pinces repassé, certes Adam était bien habillé, mais il avait la tignasse hirsute du week-end.

Grace lécha ses chaussures, puis retourna à son spot de sieste du matin, baigné par le soleil filtrant par la fenêtre du salon.

– Gracie, c'est tout ce que tu me donnes ? s'étonna Adam. Un pauvre coup de langue ?

Le week-end était le seul moment où Levi pouvait voir Adam desserrer sa cravate Armani. Son frère était toujours mesuré, posé et vêtu comme un prince. Sauf le week-end. Et Adam avait tendance à être beaucoup plus détendu en présence de Hayden. Sa fiancée avait un effet positif sur son petit frère, ce qui surprenait Levi, car Adam était une vraie tête de mule.

Adam mata le mug dans la main de Levi.

– Tu en as un autre ?

– Bien sûr, entre.

Levi traversa la pièce en direction de la cuisine de son chalet deux pièces, et Adam se posa sur le canapé marron foncé sur lequel chacun de ses frères avait tourné de l'oeil à un moment ou à un autre, au fil des ans.

Levi était parti de la maison dès qu'il l'avait pu. Il voulait offrir un refuge à ses frères, un endroit où ils pouvaient s'évader quand vivre sous le toit de leur père devenait trop pénible. Avant qu'ils ne quittent tous la demeure paternelle, il y en avait toujours un qui dormait sur son canapé.

Grace vint s'installer au pied d'Adam, abandonnant sa place au soleil pour des caresses.

La main d'Adam se dirigea vers les oreilles souples du bâtard brun, et lui gratta la tête juste au bon endroit. Grace ferma les yeux de plaisir.

– Ça, c'est ma gentille fille. Donne un peu d'amour à ton oncle.

Tandis que Grace se délectait des papouilles d'Adam, Levi lui servit un café et balaya la pièce des yeux. Il avait d'abord loué cette maison, puis il l'avait achetée à son propriétaire dès qu'il en avait eu les moyens, après avoir intégré la caserne de pompiers. Bien sûr, leur père avait octroyé un pécule à chacun d'eux, mais Adam était le seul à avoir touché à cet argent. Levi et les autres frères n'avaient pas puisé dans la fortune des Cade et ce qu'elle représentait. Pour Levi, elle incarnait la perte de sa famille — sa mère d'abord, et maintenant son père.

Alors pourquoi s'accrocher au Club Tahoe alors que c'était justement la cause de l'absence de son père ?

Levi n'avait pas la réponse à cette question. Il savait seulement que lorsque les avocats lui avaient lu le testament, stipulant qu'il devait diriger le Club Tahoe, il lui avait été impossible de se défausser. Il avait vu l'avenir de ses frères défiler sous ses yeux. Les familles qu'ils fonderaient un jour… leurs enfants, qui auraient besoin d'argent pour faire des études. Ils disposaient encore du pécule intact de leur père, mais pour combien de temps ? Et que deviendraient les employés du Club Tahoe si l'entreprise faisait faillite ?

Si Levi pouvait garantir la sécurité de ses frères et de leurs futures familles, il le ferait. Et il suffisait de bien gérer le Club Tahoe pour assurer la survie du lieu et de ses bénéfices.

Ce n'était pas une mince affaire.

Il travaillait au Club Tahoe depuis quelques mois maintenant, gagnant plus que ce qu'il n'avait jamais gagné dans sa vie, mais rien n'avait changé à l'intérieur de son chalet. Le grand canapé marron avait été le premier achat de Levi. Jaeg, le pote d'Adam, lui avait fabriqué la table à manger et la table basse à prix coûtant au moment de l'ouverture de son atelier de mobilier design en bois, et c'était toujours les plus beaux meubles que Levi possédait. Mais ce qu'il y avait de plus beau ici ne se trouvait pas à l'intérieur. N'importe qui voyait tout de suite que Levi n'avait aucun sens de la décoration. Non, le plus beau dans son chalet, c'était l'emplacement.

Levi était propriétaire de la maison et du terrain sur lequel elle se trouvait, à un kilomètre au nord du Club Tahoe. Le terrain était entouré d'arbres et d'arbustes natifs et disposait d'un chemin privé, avec vue sur le lac en contrebas. La vue, les arbres, voilà ce qui faisait de cet endroit son refuge et un de ses lieux d'évasion préférés pour décompresser. Quand il ne travaillait pas trop tard et ne plongeait pas dans le lac, il se promenait sur sa propriété et observait les étoiles depuis un brasero qu'il avait construit un peu plus haut sur le chemin.

– Alors, dit Adam en croisant les jambes, qu'est-ce qui se passe entre toi et la jolie petite sœur de Lisa ?

Levi reposa soigneusement la cafetière dans la machine et apporta le mug à son frère, prenant son temps pour répondre. Il s'assit dans le fauteuil inclinable en cuir en face du canapé. Grace s'approcha de lui et fourra la tête entre ses pattes, en affaissant son fessier.

– Emily est mon employée. C'est ce que voulait Papa. Il ne se passe rien de plus.

Adam s'esclaffa.

— Je ne'y crois pas. Avoue, mec. Il se passe quelque chose.

Levi se pencha en avant et posa les coudes sur ses genoux. Il dépassait Adam de quelques centimètres et faisait dix kilos de plus, grâce à sa fréquentation assidue de la salle de sport, discipline qu'il n'avait pas abandonnée après sa démission de la caserne.

— Tu ne me crois pas ?

— N'essaie pas de m'intimider avec tes muscles à la Hulk. Nous savons aussi bien l'un que l'autre que j'ai raison, et plus vite tu l'admettras, plus vite on pourra discuter du fait que tu as un faible pour la petite sœur de ton ex.

Levi posa son mug de café sur la table et il s'apprêtait à montrer la porte à son frère — physiquement — quand Adam leva une main en soupirant.

— Calme-toi, mec. Depuis quand on se cache des choses tous les deux ?

— Depuis jamais. C'est pourquoi je peux t'affirmer qu'il n'y a rien entre Emily et moi.

— Mais tu aimerais qu'il y ait quelque chose ?

Le muscle de la mâchoire de Levi se crispa.

— Non. On a fini ?

Adam tapota l'accoudoir du canapé.

— Elle est mignonne. Pas vraiment ton type. Tu les préfères…

Il mima de gros seins avec ses mains.

— Ne m'emmerde pas, Adam. Ma patience est limitée après avoir bossé toute la semaine au Club.

— Très bien, d'accord. Et pour ton info, c'est Hayden qui m'envoie. Elle est persuadée qu'il se passe un truc. J'étais plutôt d'accord après y avoir réfléchi. Il y *avait* quelque chose dans ta façon d'enlacer la taille d'Emily.

Levi tendit le cou, le faisant craquer. Grace leva les yeux au son.

— Emily titubait. Elle avait trop bu.

— Elle m'a semblé très lucide, pourtant.

Levi l'avertit d'un regard menaçant.

— En tout cas, maintenant que je me suis fait à l'idée, ce ne serait pas une mauvaise chose. C'est un peu bizarre de sortir avec la sœur de ton ex, mais tu n'as fréquenté personne depuis… Comment elle s'appelait ? demanda-t-il en claquant des doigts. Celle que tu as rencontrée au club quelques mois après Lisa. Ce n'est pas elle qui est partie en voyage, et a fini mariée ?

— Elle a fait un road trip à travers le pays avec sa meilleure amie et elle a épousé du jour au lendemain un foreur de schiste du Dakota du Nord.

Adam éclata de rire.

Connard.

— Ouais, c'est la faute à pas de chance. Mais tu as toujours choisi des copines qui voulaient être sauvées. Lisa était grave en demande d'affection si je me souviens bien. Bref, depuis tu as couché avec plein de nanas, alors pourquoi ne pas donner une chance à Emily ?

— *Couché*. Rien de sérieux.

Levi ne pouvait pas s'imaginer ne faire que coucher avec Emily.

— Et je ne lui donnerai pas une chance, comme tu dis, parce que j'ai retenu la putain de leçon.

— Quelle leçon ? Que toutes les relations ne marchent pas ? C'est la vie. Ça arrive à tout le monde.

— Tu ne peux pas me dire que ce qui s'est passé avec Lisa était normal.

L'enfoiré éclata de nouveau de rire.

— Non, mais ça ne veut pas dire qu'il se passera la même chose avec Emily. C'est une fille adorable.

Levi fronça les sourcils.

– Les autres aussi. En plus, la dernière chose dont j'ai besoin, c'est une plainte pour harcèlement sexuel déposée contre le club. Je dois montrer l'exemple. Je ne sors pas avec Emily. Et même si le harcèlement sexuel n'était pas un sujet, tu l'as dit toi-même, je les choisis mal. Ça ne marcherait pas.

– C'est exactement pour cela que ça pourrait marcher. Emily n'est pas ton type de femme. Elle n'est pas en demande comme les autres. Je ne la connais pas personnellement, mais Esther dit qu'elle est intelligente et talentueuse.

Levi secoua la tête.

– Arrête d'essayer de me la vendre. Emily *est* une fille bien, mais je ne veux pas 'm'engager dans une relation. Et encore moins avec une autre sœur Wright. Je dois me concentrer sur le club. C'est la seule relation que je gérer pour le moment.

Adam poussa un gros soupir.

– Je ne dirai pas à Hayden que tu as dit ça. Elle est déterminée à te maquer avec Emily. Mais j'ai accompli mon devoir envers ma fiancée et eu la primeur de l'info sur vous deux, dit Adam en se levant. On joue toujours au golf vendredi ?

– Pas sûr. Il y a une grosse boîte qui vient en ville la semaine prochaine visiter le complexe. On est un peu short financièrement et je dois pêcher des gros clients. Je dois me préparer.

Adam acquiesça.

– Tu commences à te faire une idée du poste, hein ? Ça te plaît ?

– Non. Tu as d'autres sujets sur lesquels tu as envie de me cuisiner ?

Adam avala une grande gorgée de café et posa le mug sur la table.

— Nan. Je vais dire à Hayden qu'elle avait raison, dit-il en lui faisant un clin d'œil. À vendredi.

Levi suivit son frère du regard tandis qu'il se dirigeait vers la porte.

— Je n'ai pas dit que je pourrais y être.

Adam s'arrêta sur le seuil.

— Tu viendras. Tu auras besoin d'un break, dit-il par-dessus son épaule avant de sortir.

L'attirance de Levi pour Emily crevait-elle à ce point les yeux ? Si oui, il devait l'étouffer dans l'œuf. Il ne pouvait pas se permettre d'avoir une relation sentimentale. Surtout pas avec son assistante hors pair, qui était aussi la petite sœur de son ex. Pour n'importe quel homme, c'était une mauvaise idée.

Chapitre Dix

Les hommes, et une poignée de femmes de la firme Shin Electronics étaient arrivés la veille en fin de matinée, sans encombre. Emily avait veillé à ce que les limousines soient à l'heure au petit aéroport de South Lake Tahoe, et à leur arrivée au club, le personnel avait convié les clients à profiter des services du spa qu'elle avait mis en place. Après le cocktail de bienvenue, les membres de la délégation de Shin étaient détendus et amusés. Cette première journée s'était déroulée idéalement d'un bout à l'autre.

Mais *ce matin*, c'était une autre paire de manches.

Emily s'engouffra dans le couloir menant au bureau de Levi. Elle portait son habituelle jupe droite noire, mais elle l'avait associée à l'un des hauts que sa sœur lui avait apportés il y a quelques jours. Et bon sang, non, elle ne portait pas les échasses mortelles avec lesquelles sa sœur avait voulu la faire marcher, au prétexte qu'elles étaient à la pointe de la mode. Emily s'en était tenue à ses talons habituels de sept centimètres, qui eux, étaient stables. En d'autres termes, elle était capable de marcher avec. Ce qu'elle faisait. À vive allure. Lançant ses longues jambes dans le couloir dans une foulée rapide.

Esther étant officiellement partie, Emily aurait dû installer ses affaires sur le bureau de l'ancienne assistante, à l'extérieur du bureau de Levi. Mais elle n'arrivait pas à se faire à l'idée de prendre la place d'Esther. De plus, Emily préférait avoir son propre bureau, aussi petit soit-il. Elle faisait donc des allers et retours entre son bureau au bout du couloir et celui de Levi chaque fois qu'elle avait besoin de lui parler. Comme maintenant, alors que la soirée s'annonçait désastreuse.

– Levi.

Emily fit irruption dans son bureau sans frapper. Elle aurait dû frapper, mais cela lui aurait coûté une demi-seconde qu'elle n'avait pas.

Il se tenait au centre de la pièce, une cravate à la main, qu'il baissa aussitôt le long de son flanc, son léger agacement faisant rapidement place à une expression alarmée.

– Qu'est-ce qui ne va pas ?

– Le chef du restaurant de grillades est malade, son remplaçant vient de démissionner, et Bran flippe à mort. Attends… pourquoi est-ce que tu n'es pas encore prêt ? Tu as rendez-vous avec les clients dans cinq minutes !

– J'y serai. Je dois juste faire une course rapide chez Peak Attire.

Peak Attire était la boutique de prêt-à-porter haut de gamme et hors de prix du Club Tahoe.

Elle l'étudia. Levi portait son costume comme un top-modèle, tout en muscles. La seule chose qui dénotait, c'était la cravate qu'il tenait à la main.

– Tu n'as pas le temps. Tu vas être en retard et ça ferait mauvaise impression.

Il brandit le tissu en soie, rayé et valant probablement deux cents dollars, d'un air dépité.

— Je n'ai jamais appris à nouer ces machins.

Emily s'approcha, lui prit la cravate des mains, et l'enroula autour de son cou. Elle la noua avec des gestes habiles et rapides tout en parlant.

— Qu'est-ce qu'on va faire au sujet du restaurant ? Est-ce que ça s'est déjà produit ? Et il fallait que ça tombe justement ce soir.

Il regarda ses mains bouger rapidement et efficacement.

— Qui t'a appris à faire ça ?

Elle cligna des yeux et observa la cravate, puis ajusta le nœud.

— Mon ex était agent de change. Il aimait aussi les boutons de manchette et les nœuds papillon.

Levi lissa le tissu de soie de la main.

— Merci, dit-il en souriant.

Et Emily oublia la raison de venue.

Mon Dieu, il était canon. Toutes les femmes présentes baveraient en le voyant ce soir. Si Emily relevait plus souvent la tête de sa tablette, elle pourrait savoir exactement combien de femmes avaient le béguin pour leur fringant jeune PDG. Mais elle n'avait pas vraiment besoin de lever la tête, elle pouvait le deviner. Toutes les femmes. Et sans doute quelques hommes.

— Emily ? Ça va ?

Elle secoua la tête. Elle était ici à cause… *du restaurant.*

— Pardon, je… euh… je m'inquiète. Qu'est-ce qu'on va faire ?

Du calme.

Il marcha à grandes enjambées vers la porte en sortant un téléphone de sa poche. Emily se faufila dans son sillage.

Elle avait couru jusqu'ici, folle d'inquiétude au sujet du problème au restaurant, mais alors qu'elle le regardait avancer à grands pas dans sa tenue de soirée prévue pour le dîner, tout lui semblait sans importance, parce que *oh mon Dieu*.

Levi était très grand – un mètre quatre-vingt-dix, quatre-vingt-quinze ? Du haut de son mètre soixante-treize, Emily était grande pour une femme. Elle portait des talons de sept centimètres, ce qui la grandissait encore. Pourtant Levi la dominait largement quand elle avait noué sa cravate, lui donnant l'impression d'être toute petite. Il y avait quelque chose de très excitant chez un homme au physique puissant. Elle ne pouvait pas s'empêcher de le mater, et la vue de dos était presque aussi belle que de front.

– Macon, t'es où bordel ? aboya Levi dans le téléphone.

Macon était le chef et l'employé avec qui elle avait bavardé à la fête de départ d'Esther. Il était obsédé par les soins et l'entretien de la barbe. Mignon, mais pas son genre.

– Tu es malade, hein. Qu'est-ce que tu as ?

Il y eut un long silence, Levi écoutant sa réponse tout en longeant le couloir, puis il quitta les bureaux de la direction, traversa le hall en direction du Fireside Lounge, où Shin Electronics et leurs partenaires se réunissaient pour boire un verre avant le dîner. Il entra dans le bar et fit signe à la serveuse qui s'avança vers lui.

– Où étais-tu la nuit dernière ? demanda-t-il visiblement irrité. Macon, ou tu envoies à mon assistante un certificat médical et tu trouves un remplaçant expérimenté pour ce soir, ou tu es viré.

Il rangea le téléphone dans sa poche.

Emily étouffa un cri.

– On est dans la merde. Jusqu'au cou. Tu ne peux pas le virer. On a du personnel formé, mais on a quand même besoin d'un chef…

Levi salua de la tête le directeur de Shin Electronics à l'autre bout de la pièce.

– Macon va rappliquer dans quinze minutes.

Elle l'attrapa par le bras avant qu'il ne s'éloigne, en pétard.

– Comment tu le sais ?

Il la regarda de haut.

– Macon a la gueule de bois. Il ne l'a pas dit texto, mais il est sorti hier soir. Il travaille ici depuis sept ans. Il se fait toujours porter pâle quand il s'est bourré la gueule la veille. Normalement, on a un chef en réserve, mais ce soir, c'est Macon.

Emily lui lâcha le bras, réalisant un peu tard qu'elle le retenait. Pas très fort ; il aurait pu aisément se libérer de son emprise. Mais il ne l'avait pas fait. Il avait patienté.

Elle poussa un soupir. Elle avait peut-être réagi de façon excessive, mais à quoi s'attendait-il ? Elle était nouvelle ici. Elle ne connaissait pas les habitudes de Macon. Heureusement que Levi les connaissait.

Il se dirigea vers les clients, serra des mains et les salua tous individuellement, et Emily réalisa une chose importante.

Levi était un leader naturel. Il ne le savait pas, c'est tout.

———

Quand Emily se traîna vers la sortie du personnel il était presque minuit. Elle était épuisée.

Pendant que Levi faisait du relationnel avec les clients, elle avait organisé la séance spéciale au spa du lendemain matin. C'était un ajout de dernière minute au programme, mais le président de l'entreprise voulait profiter encore du spa après le massage fort apprécié du premier jour, et qui était Emily pour s'y opposer ? Il avait demandé un massage matinal, et réservé le sauna pour ses collaborateurs et lui avant leur réunion de l'après-midi.

— Emily, appela une voix grave.

Elle se retourna sur le parking et vit Levi se diriger vers elle, la cravate dénouée, son pantalon de costume plissé aux cuisses d'être resté assis toute la soirée, à manger et à bavarder.

— Comment ça s'est passé ?

— Aussi bien que possible.

— J'ai entendu dire que Macon avait pris son service.

Levi pouffa.

— L'enfoiré. Mais ce fils de pute a du talent. Je ne peux pas le virer. Tu es restée tard, ajouta-t-il en baissant les yeux vers elle.

— Encore un changement de dernière minute. L'équipe veut profiter d'un spa matinal demain.

Levi secoua la tête.

— Ne compte pas sur moi.

— Oh si. Je suis obligée d'être là, alors toi aussi. Leur interprète accompagne un collaborateur à une réunion qui a lieu à Los Angeles et ne sera pas disponible.

— Eh bien, trouve un autre interprète.

— Pourquoi ? Je suis là et j'ai un maillot de bain, dit-elle en sortant ses clés et appuyant sur le bouton. Bien que je doute qu'un maillot de bain soit nécessaire. Dans les autres pays, le sauna, ça se fait nu.

Elle sourit. Elle avait perdu la tête. L'excès d'heures de travail l'incitait à provoquer son patron à minuit.

Il posa une main sur son épaule, l'empêchant d'entrer dans la voiture.

— Hors de question. Pas de sauna à poil avec une bande d'hommes d'affaires en rut.

Elle éclata de rire.

– Je plaisantais. Ils vont sûrement porter un maillot. Enfin peut-être. Et si ce n'est pas le cas, je doute que la nudité les dérange. Les Américains sont les seuls à s'offusquer.

Levi tourna les talons et partit dans la direction opposée — vers sa voiture a priori.

– Je serai là. Et mets un foutu maillot de bain, cria-t-il.

Chapitre Onze

Emily avait une tonne d'appels à passer aujourd'hui, alors enfiler un maillot de bain et jouer les interprètes au sauna ? Pas une façon désagréable de passer la matinée. Un de ces quatre, elle prévoyait de profiter pleinement de l'expérience du spa cinq étoiles du Club Tahoe.

Le temps qu'elle se change et entre dans le sauna circulaire en marbre qui pouvait accueillir une vingtaine de clients, les collaborateurs de deux sexes de Shin Electronics se prélassaient déjà dans les nuages de vapeur.

– *An-nyeong-ha-seyo*, dit-elle en souriant au petit groupe.

En retour, un murmure de salutations flotta vers elle.

Au début, personne ne parlait, chacun appréciant ce moment de détente, mais quand le client principal arriva – un multimilliardaire de la Silicon Valley –, des discussions s'élevèrent dans le sauna. La plupart des cadres de Shin Electronics s'exprimaient en anglais. Parfois, ils se tournaient vers Emily pour la traduction, mais le reste du temps, elle pouvait se détendre tandis qu'ils discutaient business.

Au milieu de la réunion, Levi tint sa promesse et fit son

apparition dans le sauna. Une serviette autour de la taille. Torse nu.

Bonté divine.

Le cerveau d'Emily fut aspiré dans un trou noir. Elle gigota nerveusement jusqu'à ce qu'elle réalise que le président de l'une des sociétés américaines voulait qu'elle traduise en coréen « cumul des amortissements. »

Elle débita la traduction à toute allure, avant de reposer les yeux sur Levi. Il y avait des torses masculins, et… il y avait le torse de Levi. Visiblement, il faisait de la muscu. Beaucoup. Mais surtout, il était taillé dans des proportions absolument parfaites. Et il avait ce muscle triangulant les hanches qui plongeait sous la serviette, semant le chaos dans son imagination.

C'était une torture. Elle devait sortir d'ici avant de faire quelque chose d'embarrassant, comme lui arracher sa serviette. Ou lui palper le torse. Qu'est-ce qui lui avait pris de l'inviter au sauna ?

Emily mata furtivement la poitrine de Levi et le surprit en train de la regarder.

Elle se figea.

Le regard de Levi descendit et caressa ses épaules, ses seins, jusqu'à la taille, où une serviette blanche lui drapait les cuisses. Malgré sa provocation de la veille, elle n'avait pas réellement prévu de venir nue. Elle portait un maillot une pièce noir. Mais la douceur de son regard était comme une caresse peau contre peau. Il sourit. Pas longtemps, mais assez longtemps.

Elle frissonna. Et elle essaya d'écouter les discussions d'affaires, alors que son attention se concentrait en réalité sur l'homme face à elle, qui ressemblait moins au PDG à ce moment-là, et plus à l'ex-pompier baraqué qui soulevait des jeunes filles en détresse sur ses larges épaules.

Ce n'est que lorsque Levi s'excusa quelques minutes plus tard qu'Emily reprit son souffle.

Elle resta dans le sauna jusqu'à ce que les clients partent préparer leur réunion de l'après-midi. Puis elle prit une douche et se changea. Mais son pouls n'était pas encore retombé après le moment passé avec Levi.

Emily désirait impudemment Levi Cade depuis qu'elle avait commencé à travailler au Club Tahoe, mais pour la première fois, elle avait vu *son* attirance à lui pour elle.

Était-il passé pour s'assurer qu'elle s'en sortait ? Elle l'avait taquiné hier soir à propos de la réunion au sauna et des clients à poil, mais elle ne pensait vraiment pas qu'il ferait une apparition. Ce n'était pas nécessaire. Alors s'il n'avait pas besoin d'être là, pourquoi était-il venu ?

C'était un fil de pensées dangereux à suivre.

Distraite par des scénarios commençant par « et si… » alors qu'elle retournait dans les bureaux de la direction, Emily ne vit pas Hunter arriver de la piscine jusqu'à ce qu'il soit à sa hauteur.

– Emily, attends.

Hunter s'occupait de la plage et des sports nautiques et il emmenait des clients sur le lac pour des croisières alcoolisées et des excursions. À ce moment précis, il était vêtu d'un jean et d'un t-shirt du Club Tahoe.

– Tout est prêt pour la croisière de la Baie d'émeraude demain ?

Il rit et secoua la tête.

– Ça t'arrive de penser à autre chose qu'au boulot ?

Il lui fit un sourire charmeur. De ceux qui avaient probablement fait valser des petites culottes au cours de sa vie.

– Parfois. Mais pas souvent. Trop de choses à faire.

Si seulement il connaissait ses pensées cochonnes sur son frère aîné.

– On dirait une version plus énergique de Levi.

Elle ravala sa culpabilité impure envers l'homme en question.

– Je le prends pour un compliment. Tu avais besoin de quelque chose ? Tu as reçu la liste des participants que je t'ai envoyée ?

– Oui. Le bateau est prêt.

Son air arrogant s'effaça soudain et il changea de jambe d'appui.

– Je voulais te parler d'autre chose… Est-ce que tu penses que tu pourrais suggérer un truc à Levi ? Sans lui dire que ça vient de moi ?

Emily savait d'où venait l'animosité de Levi envers son frère. Mais elle ne voulait pas pour autant se retrouver au milieu de leurs histoires.

– Je ne mentirai pas pour te faire plaisir.

– Il ne s'agit pas de mentir, dit-il en détournant le regard comme s'il réfléchissait. Juste de ne pas dire que l'idée vient de moi.

Emily ne répondit pas tout de suite, et Hunter se gratta la joue, l'air de plus en plus mal à l'aise.

– Ça n'a rien de mal. J'aimerais en faire plus pour les enfants et les ados qui séjournent ici. La plupart de nos activités s'adressent aux adultes : les sports, le spa, le golf… on a une piscine et des paddles, mais je vois les mêmes gosses à la plage tous les jours et j'aimerais monter des activités pour eux. Les eaux les plus claires du lac se trouvent juste derrière notre hôtel. On pourrait proposer des cours de plongée, ou demander à nos profs de yoga de faire un cours pour les enfants sur la plage. Wes pourrait monter un parcours pour les petits… Je ne sais pas. Ce n'est qu'une idée, dit-il en se frottant la nuque.

Elle essaya d'effacer les rides de son front.

— C'est… une bonne idée, Hunter. Vraiment très bonne.

— Hunt. Appelle-moi Hunt. Seul mon père m'appelait Hunter.

— Pourquoi tu ne veux pas en parler à Levi ?

Son expression s'assombrit.

— Rien de ce qui vient de moi n'est recevable pour Levi. Crois-moi. Et c'est un projet… auquel je tiens. Je me souviens avoir passé des étés ici pendant que les adultes faisaient leurs trucs à l'intérieur. Je veux offrir plus d'activités pour les enfants.

Emily esquissa un sourire.

— Je vais lui en parler, dit-elle. Proposer plus d'activités aux enfants sur des horaires spécifiques semble très sensé. Et tu as raison, le nombre des clients mineurs a augmenté. Des activités encadrées pour les jeunes ne peuvent que bénéficier aux clients et à l'hôtel. Merci pour la suggestion.

Il hocha la tête et partit avant qu'elle puisse dire autre chose.

Emily regarda Hunt se diriger vers la plage. Il n'était pas comme elle l'avait imaginé en se basant sur sa réputation. Il avait un côté playboy et séducteur, mais pas seulement.

— Tu mates le cul de Hunt ?

La voix venait de derrière, et Emily la reconnut immédiatement. Seul le ton était différent. Levi ne lui parlait jamais sèchement.

Elle se tourna et sourit, ignorant son air désapprobateur. Si elle évoquait maintenant la suggestion de Hunt, Levi pourrait deviner qu'elle venait de son frère, puisqu'elle lui parlait à l'instant. Et Emily avait envie d'étudier sérieusement la possibilité d'organiser des activités spécifiques pour les enfants. Elle garda le silence pour l'instant, parce que Hunt avait raison. Le projet n'aboutirait pas si Levi savait qu'il venait de son petit frère.

– On s'est juste salués en passant. Belle journée, n'est-ce pas ?

Visiblement, Levi ne la crut pas.

– Tu n'as rien d'autre à faire ?

Elle sourcilla.

– J'ai toujours quelque chose à faire. Ça ne veut pas dire que je ne peux pas prendre une seconde pour admirer le ciel du lac Tahoe.

Il ferma les yeux et soupira.

– Excuse-moi. Je ne suis pas moi-même cette semaine. Je t'en prie, dit-il en indiquant le paysage de la main, profites-en. On parlera plus tard.

Et il disparut.

La douche froide, c'était ça travailler au Club Tahoe. Un jour, Levi la traitait comme une adolescente mineure qui a trop bu, et le lendemain, il la scrutait dans son horrible maillot une pièce. Et ce n'était peut-être rien de plus. Les hommes *mataient* tout le temps. Ça ne voulait rien dire.

C'était un homme riche et séduisant qui sortait avec des filles aux allures de top-modèles des magazines. Elle n'était pas son type de femme.

Emily se réfugia dans son bureau et s'affala pesamment dans son siège. Elle passa les coups de fil qu'elle avait différés ce matin. Faire son boulot ; voilà sur quoi elle devait se concentrer. Levi n'était qu'un fantasme de jeunesse. C'était un homme maintenant, avec des défauts, des attitudes sèches… et des murs érigés. Des murs que son cœur romantique ne pouvait pas abattre. Elle n'était pas assez sexy pour les faire fondre. Elle se heurterait donc chaque jour à leur bord coupant.

Elle devait absolument épaissir sa carapace, car elle ne romprait pas la promesse faite au père de Levi ; elle ne démissionnerait pas.

Chapitre Douze

– Non, non, non. Tu plaisantes, j'espère ?
Pour rien au monde Emily ne ferait ça.

Levi était appuyé contre l'embrasure de la porte de son bureau.

– On a besoin de toi sur le terrain. Quel est le problème ?

Elle fit le tour de son bureau et posa une fesse sur le rebord, croisant les bras sur sa poitrine.

Les yeux de Levi atterrirent sur sa taille, puis remontèrent lentement.

Elle cligna des yeux avant de détourner le regard. Elle devait arrêter de croire qu'il la matait.

– Le problème, déclara-t-elle avec emphase, c'est que je suis nulle au golf. Je vais me ridiculiser. Je vais *te* ridiculiser. Crois-moi, les trous et moi, ça fait deux.

Il garda un visage impassible, puis un petit sourire lui étira lentement la bouche.

Elle se frappa le front.

– Oublie ce que j'ai dit. Enfin, tu m'as comprise, dit-elle en levant les yeux.

– Oui. Mais tu n'as pas besoin de savoir jouer au golf. Si tu en frappes une dans les arbres, tu prends une autre balle et tu continues.

– Tu veux dire après en avoir perdu plusieurs centaines dans les bois ?

Il haussa les épaules.

– Tu veux m'humilier, c'est ça ?

Il tourna les talons sans répondre, mais il arborait un petit sourire et une démarche assurée en partant.

– Merde, maugréa-t-elle.

– N'oublie pas de prendre une tenue de golf au magasin, s'écria-t-il du bout du couloir. Cadeau de la maison.

———

LE SEUL INTÉRÊT de sortir avec un agent de change qui portait des nœuds papillon ? Il aimait le golf, donc Emily savait comment jouer. En théorie.

Elle rentra l'élégant polo blanc de la boutique de l'hôtel dans son nouveau short de golf bleu marine, appréciant la douceur du tissu et la coupe parfaite du short au niveau des cuisses. Elle n'avait peut-être pas des gros nibards, mais elle avait le ventre plat et ses fesses n'étaient pas si mal que ça. Mais pour quelqu'un au corps si athlétique, elle faisait un sacré blocage mental dès qu'il s'agissait de jouer au golf. C'est du moins ce que lui disait son ex-petit ami. Généralement, avec un air agacé. En levant les yeux au ciel.

Bon sang, c'était vraiment un abruti.

Plus de rencard avec des abrutis. Le prochain mec qu'elle fréquenterait ne lui dirait pas quoi faire, et il ne la prendrait pas de haut non plus. Bon sang, elle était une femme accomplie.

Incidemment, elle venait de justifier pourquoi sortir

avec Levi était impossible, même dans l'hypothèse où il n'aurait pas couché avec sa sœur. En plus, c'était son patron.

Tous les jours, Levi disait à Emily ce qu'elle devait faire. Il lui avait même dit quoi faire le seul soir où elle n'était pas officiellement en service, en la jetant dehors, puis dans un taxi.

Elle inspira à fond, releva la tête et sortit à grandes enjambées par la porte du personnel pour se diriger vers le premier trou près de la boutique pro. Levi l'avait réquisitionnée sur le parcours parce que tout le groupe Shin Electronics avait décidé de jouer au golf ce matin. Comme promis, Wes avait fermé le golf pendant quelques heures pour qu'ils aient tout le green pour eux, et Levi voulait qu'elle soit présente, ainsi que ses talents de traductrice.

— Je peux le faire, dit-elle en apercevant Levi, ses frères, et les clients.

Mais ses mains se mirent à trembler.

Levi se retourna et l'examina de loin, son regard s'attardant sur ses jambes.

C'était un homme ; évidemment, il regardait les jambes des femmes. Rien d'anormal jusqu'ici. Ça ne voulait rien dire. Hunt regardait aussi. C'était juste un truc de mec normal.

Elle s'arrêta à côté de Levi.

— Je n'ai pas de clubs.

Il fit un signe du menton, et Wes disparut dans la boutique.

Il revint quelques secondes plus tard avec un sac rempli de clubs et le confia à un caddy à proximité, en sortant un putter et un driver.

— Essaie ceux-là. T'es grande pour une femme, mais ça devrait aller.

Super. Ils s'attendaient à ce qu'elle expérimente son swing en public ?

Emily posa le putter sur le sol et fléchit les jambes.

– Ça ira.

– Et le driver ? s'enquit Levi.

Elle fronça les sourcils et les yeux de Levi pétillèrent comme s'il s'amusait.

Elle donna le putter au caddy, et fléchit de nouveau les genoux pour tester la prise du driver. Son style n'était pas terrible. Même pour sauver sa vie, elle était incapable de frapper la balle correctement.

Elle mima un demi-swing et se redressa.

– Très bien.

– Excellent, dit Wes. Tout le monde est là ?

Levi balaya le groupe des yeux et hocha la tête.

– On ferait mieux d'y aller si on veut profiter du parcours tant qu'il est vide.

Wes constitua les groupes, plaçant Emily et Levi dans le premier à prendre le départ, avec le PDG de Shin Electronics et un de ses collaborateurs.

Elle s'approcha du président en souriant ;

– *Tee-shot har Joonbee Dae-syeoss-seub-nee- ka ?*

L'homme opina et se dirigea vers l'aire de départ. Il s'entraîna à blanc deux ou trois fois.

Levi se plaça derrière elle et se pencha en avant, la bouche contre son oreille.

– Où as-tu appris à parler si bien coréen ?

– J'ai passé un an en Corée, tu te souviens ?

Il la dévisagea et elle secoua la tête.

– Et j'ai pris des cours à la fac. J'ai pensé que ça pourrait m'être utile dans le secteur de l'hôtellerie.

– Est-ce que tu planifies tout avec autant de rigueur ?

– Oui.

Il regarda les collaborateurs de Shin sur l'aire de départ.

— Intéressant.

— Ah oui ? J'aurais pensé que mes compétences en matière d'organisation te seraient utiles.

— Peut-être que je ne veux pas que tout soit planifié.

Elle regarda son profil.

— Ce n'est pas ce dont je me souviens. Tu avais planifié ton avenir avec ma sœur à un moment donné.

Il lui lança un regard énigmatique.

— Et regarde comme ça a bien tourné.

Voulait-il dire qu'il avait fait une erreur ?

Alors qu'Emily essayait de comprendre sa réponse énigmatique, Levi se plaça sur l'aire de départ et exerça son swing. Il avait un excellent style. Souple et athlétique. Comme tous les frères Cade.

Il aligna son driver derrière la balle, puis releva le club en arrière jusqu'à ce qu'il soit à l'horizontale au-dessus de son épaule droite. Il swingua vers le bas, frappant la balle avec un claquement sonore. Elle s'envola – haut, haut – si loin qu'Emily la perdit de vue. Mais pas Levi ni les Coréens, qui semblaient tous très impressionnés.

Puis vint le tour d'Emily.

Génial. Elle passait juste derrière le type qui avait frappé la balle avec tant de force qu'elle s'était envolée jusqu'à Tombouctou.

Un peu de sérieux ; elle ne devait pas se ridiculiser. Emily s'attacha les cheveux en queue de cheval basse, avec un élastique qu'elle avait fourré dans sa poche.

Elle saisit le driver que lui tendait le caddy et se plaça sur le practice féminin. Après s'être exercée deux ou trois fois, elle s'approcha de la balle. Et c'est là que tout partit à vau-l'eau.

Oh, elle swinguait comme n'importe qui. Elle avait le bon fer, la bonne prise. Mais à la dernière seconde, elle leva trop haut son bras droit ou peut-être qu'elle ouvrit trop son club ? En tout cas, la balle heurta le coin du fer, fit un virage prononcé à droite et ricocha sur un pin de Tahoe. Instinctivement, les autres joueurs se baissèrent pour esquiver le rebond. C'était déjà assez embarrassant, mais la balle n'avait pas fini sa course. Elle partit à l'autre bout du fairway, parallèlement à eux, et atterrit un bon mètre dans le rough.

Emily soupira et tendit aveuglément son club au caddy pour ne pas faire d'autres dégâts. Personne ne dit rien, mais elle n'osa pas les regarder.

Emily, Levi, et leurs deux partenaires avancèrent tandis que l'équipe suivante s'alignait derrière eux.

Elle sortit une balle neuve (inutile de fouiller le rough pour la précédente) et la lâcha sur le fairway à peu près là où la première balle avait pris un aller simple pour le no man's land. Levi passa devant elle, et descendit le fairway jusqu'à l'endroit où sa balle avait atterri, cent mètres plus loin que celle de n'importe qui. Et toute la première partie du parcours se déroula de façon assez similaire.

Au neuvième trou, Emily estima qu'elle devait toucher deux mots à Levi. Non au sujet de son jeu de merde, mais de sa performance à lui.

Elle prit une balle de rechange et la fourra dans la poche de son short. Celle qu'elle venait de jouer s'était égarée aussi. Se tournant vers Levi, elle lui dit d'un air détendu :

— Tu devrais peut-être retenir la puissance de tes coups, Brutus.

Il lui jeta un regard triomphal.

— La puissance de mes coups, hein ?

– Même Wes ne se donne pas à fond.

Levi rit.

– Wes est un joueur de première série. Normal qu'il ne se donne pas à fond. Il a probablement dit à son groupe que c'était un jour « sans ». Et même un jour « sans », il est plus fort que n'importe quel joueur. Il doit leur montrer que ça vaut la peine de prendre des cours particuliers avec lui.

– Tout à fait. Exactement, dit-elle d'un ton sévère. Alors, calme-toi, d'accord ? Si Wes peut mettre son ego de côté, tu le peux aussi. Tu ne comprends peut-être pas ce que disent nos clients, mais tu les énerves ou tu les agaces. Parfois, la traduction est ambiguë. En tout cas, je doute que l'énervement ou l'agacement serve les intérêts du Club Tahoe.

Il fronça les sourcils.

– Je vois ce que tu veux dire.

Levi était le suivant à jouer, mais au lieu de tirer douce-ment, il s'arracha, sa balle atterrissant presque sur le green.

Il passa à côté d'elle et elle lui fila un coup de coude.

– Tu appelles ça retenir ton coup ?

Elle était remontée. Fini le tendre cœur guimauve qui s'écrase contre le gros rocher sexy. Si elle voulait bien faire son travail, elle devait faire preuve de force de caractère.

Il arqua un sourcil.

– J'ai retenu mon coup.

– Non, tu ne l'as pas fait.

– Mon jeu court n'est pas encore parfait. Est-ce ma faute si j'ai un long manche ?

Il lui fit un petit sourire en coin.

Emily resta bouche bée. Un long manche ? Était-ce une insinuation grivoise ?

Elle allait lui montrer ce dont elle était capable.

Quand ce fut au tour de Levi de frapper, elle attendit

qu'il soit au milieu de son swing, baissa la voix pour qu'il soit le seul à l'entendre et dit :

– J'ai une belle paire de balles au creux de la main.

Le bras de Levi dévissa en plein swing et il loupa son tir. Bon, pas aussi mauvais que *chacune* de ses propres frappes, mais assez pour que la balle soit trop courte et atterrisse juste à côté du fairway, dans le rough.

Bien joué.

Il se retourna et elle lui sourit.

– Au cas où j'en aurais besoin d'une de rechange.

Elle bicha et passa devant lui pour prendre position dans l'aire de tir féminine. S'il fallait le déconcentrer pour qu'il arrête de frimer avec ses tirs puissants, elle n'allait pas s'en priver.

Ils finirent par arriver sur le green, et Levi s'apprêta à faire un putt court.

Emily se plaça derrière lui, tenant deux balles de golf dans la paume.

– La vache, pas facile de jongler avec cette paire de balles.

Le putt de Levi dévia et il grogna. Il se tourna vers elle et lui lança un regard meurtrier.

Le granit rencontre la glace.

– Quoi ?

Elle essaya de sourire innocemment, mais c'était une piètre menteuse. Il était très mal vu de parler quand quelqu'un préparait son tir. Surtout de parler de paire de balles, ce qui semblait distraire Levi. Était-ce sa faute s'il avait l'esprit mal tourné ?

Il ramassa sa balle et se dirigea vers le trou suivant.

Si Levi n'aimait pas ses diversions, il ne pouvait s'en prendre qu'à lui-même. C'est lui qui l'avait obligée à jouer au golf.

À aucun moment le jeu d'Emily s'améliora, et ses

talents d'interprète n'étaient guère nécessaires, mais elle avait réussi à calmer le jeu. L'humeur des clients s'était égayée à la fin du parcours, et Levi les avait même fait rire en racontant une anecdote amusante sur un ancien président qui avait amené sa femme et sa maîtresse à l'hôtel — en même temps.

Elle tendit son club au caddy en retournant au club-house et frappa dans ses mains, satisfaite du boulot accompli. Oh, son jeu était à chier, mais elle avait sauvé Levi d'un désastre avec les clients, et c'était tout ce qui importait. Elle tourna pour se diriger vers son bureau. Il y avait tellement de travail à…

Levi lui saisit le bras, son pouce caressant la peau tendre à l'intérieur du coude.

— Tu as décidé de me déconcentrer avec des allusions cochonnes ?

Elle le regarda d'un air suffisant.

— Est-ce de ma faute si tu as les idées mal placées quand je parle de balles de golf ?

Ses yeux glissèrent vers ses lèvres.

— Quand le mot *paire* sort de ta bouche, je ne pense pas au golf. Tu m'as pris au dépourvu et tu le sais.

Si Emily ne le connaissait pas mieux, elle aurait juré qu'il flirtait avec elle. Mais tous les mecs flirtaient. C'était de bonne guerre. Et certains pouvaient se montrer charmeurs. Ça ne voulait pas dire qu'ils avaient envie d'aller plus loin que le simple flirt.

Quand elle avait fait un jeu de mots sans le faire exprès dans son bureau plus tôt, Levi avait souri. Recommencer était la première chose à laquelle elle avait pensé pour le déstabiliser. Elle n'avait pas réfléchi à ce que cela impliquait.

Qu'elle flirtait aussi.

– J'essayais juste de te faire louper ton tir pour que tu arrêtes d'intimider nos clients.

Il passa devant elle en lui frôlant l'épaule.

– Ça a marché.

Chapitre Treize

Le dernier soir avant le départ de Shin Electronics pour la suite de leur tournée Américaine, Emily se contempla dans la glace, puis jeta un coup d'œil à sa sœur, qui se tenait derrière elle.

– Alors ? Qu'est-ce que tu en penses ?

Shin Electronics avait d'autres options pour s'installer sur la Côte Ouest ; le Club Tahoe n'était qu'un des nombreux choix sur leur liste. C'est pourquoi la soirée devait être parfaite.

Lisa hocha la tête.

– Sexy.

Initialement, Emily avait prévu que le bal aurait lieu plus tôt dans la semaine, mais après réflexion, il était plus logique de le programmer le dernier soir pour clore le séjour en beauté.

– Sexy, mais suis-je élégante ? Je ne veux pas attirer les mauvais regards.

Lisa s'agaça.

– Écoute, j'ai été sage toute la semaine sur tes tenues. Genre, j'ai fait un gros effort. Je veux bien te proposer des choses simples, mais tu dois bien m'accorder quelques satisfactions. Cette robe de soirée est une copie d'un modèle de haute couture. Elle est à tomber, et tu dois la porter.

Emily caressa la robe fourreau gris clair qui faisait ressortir ses yeux. Des bretelles spaghetti retenaient le modeste décolleté, mais le reste de la marchandise était couvert. On pourrait penser que c'était une tenue discrète, mais la robe était moulante, légèrement chatoyante, et descendait en drapé jusqu'au sol.

— Tu as raison. Sans toi, j'aurais porté une robe noire toute simple et mal coupée. Alors que celle-ci me va…

— Comme un gant, dit sa sœur avec un sourire malicieux.

La bouche d'Emily se tordit et elle se mordilla la lèvre.

— Je te remercie infiniment pour ton aide, mais tu me jures que ce n'est pas trop ?

Lisa lui claqua les fesses.

— Oui. Alors file, et va leur en mettre plein la vue.

— Et mon maquillage ?

Emily prit un mouchoir en papier pour tamponner son rouge à lèvres.

Lisa lui arracha le mouchoir des mains et la poussa vers la porte, lui remettant en même temps ses clés et un châle.

— Il est parfait. Ciao.

Sur le seuil, Emily se retourna pour protester, mais sa maudite sœur lui claqua la porte au nez. Bon sang !

Lisa avait raison. Si Emily se regardait dans la glace encore une fois, elle risquait de changer d'avis. Et elle était déjà presque en retard.

Elle se précipita dans sa voiture, roula jusqu'au Club Tahoe et se gara devant l'entrée. Cette fois, elle ne portait pas de talons aiguilles (elle avait réussi à mettre son veto), mais elle n'allait pas pour autant se taper quatre cents mètres à pied sur un parking sombre en robe longue.

Elle tendit ses clés au voiturier. Le jeune homme contourna le véhicule pour se glisser derrière le volant. Et il décolla avec son hybride plus vite qu'elle n'avait jamais osé la pousser.

Face à l'entrée imposante ornementée d'un lustre majestueux en verre et fer forgé, Emily eut l'impression d'être une invitée glamour et non une simple employée. Elle laissa ce sentiment infuser en elle.

Son travail était assez génial. Mais il ne pourrait pas durer éternellement. Elle était ambitieuse, et n'envisageait pas d'occuper toute sa vie un poste d'assistante. Et puis, elle ne voulait pas rester trop longtemps sous la coupe de Levi. Il ne la respecterait jamais. Curieusement, cela lui importait.

Emily se hâta de gagner les bureaux du personnel. L'endroit était désert, les employés étant soit rentrés chez eux pour la soirée, soit vêtus de leurs plus beaux atours pour recevoir Shin Electronics et ses clients.

Elle lança son châle sur sa chaise de bureau. Et se figea.

Elle tourna en rond, regardant partout d'un air paniqué, se tâtant le corps. Son cœur s'affola.

— Où est mon sac ? Merde !

— Un problème ?

Elle pivota sur elle-même. Levi se tenait dans l'embrasure de la porte. *Quand est-il entré ?*

— Oui. J'ai laissé ma sacoche chez Lisa.

Elle pressa les doigts sur son front, se maudissant en silence, elle et la robe qui avait occupé toutes ses pensées.

Levi regarda l'heure sur son téléphone.

— On va être en retard. Tu passeras la chercher demain. Tu n'en auras pas besoin ce soir, de toute façon.

— Il y a ma carte d'identité, mon téléphone et ma

tablette à l'intérieur. Toute ma vie et celle du Club Tahoe se trouvent dans ces deux appareils.

Pathétiquement, elle préférait être sans papiers que sans téléphone.

– On survivra sans eux pour un soir.

– Mais…

– Tiens.

Il lui tendit une petite bande de soie noire.

– Ça devrait te faire penser à autre chose pendant une bonne minute. Tu as dit que tu savais faire un nœud papillon ?

Alors seulement, Emily surmonta la panique d'être privée de téléphone et contempla Levi dans toute sa splendeur. Il ne portait pas le pantalon à plis et la chemise classique de l'homme d'affaires ordinaire, au tissu distendu par ses biceps et autres muscles saillants. Ni même un de ses costumes sexy qui la faisaient saliver. Non, Levi portait un smoking ce soir, et Emily se demanda si son cœur était en mesure de le supporter.

Le bourdonnement dans ses oreilles était assourdissant, elle rougissait si fort que sa peau la picotait et ses mains étaient moites. Bref, son système surrénal était en surchauffe.

– Qui t'a habillé ?

Idiote, idiote — d'où ça sortait ?

Levi rit.

– Je m'habille seul à mon âge. Mais je pourrais avoir besoin d'un coup de main pour… dit-il en agitant le tissu de soie.

Elle laissa échapper un soupir discret, qui lui brûla les lèvres au passage.

– Laisse-moi faire…

Elle ramassa un marchepied qu'elle utilisait pour

atteindre les livres en haut des étagères et s'approcha de lui.

Elle plaça le petit tabouret devant Levi et monta dessus, ses yeux se trouvant presque à hauteur des siens. Ce qui ne fit pas descendre l'adrénaline. Elle évita son regard.

– C'est mieux. Les nœuds pap' sont plus compliqués à faire.

Levi leva les mains et lui maintint les hanches pour la stabiliser.

Ses mains s'immobilisèrent. Sa respiration se bloqua.

Respire.

– Merci.

Elle s'éclaircit la voix et passa la bande de soie autour de son cou, puis sous le col de sa chemise de smoking blanche. Les revers de sa veste étaient étroits et sobres, les épaules carrées et ajustées à sa carrure naturellement imposante.

– Et en plus, tu sens bon, murmura-t-elle, en proie à une grande frustration.

Ce n'était pas normal. Son attirance pour Levi était censée diminuer après avoir passé plus de temps ensemble, et non pas s'accroître.

– Merci, enfin je crois, dit-il d'une voix était plus rauque que d'habitude, un peu rocailleuse. Autant t'avouer la vérité sur ce costume de pingouin. Je le dois à Adam. Il a envoyé un Italien prendre mes mesures. Mon frère me connaît trop bien. J'en aurais loué un.

– Adam est le frère que j'ai rencontré avec sa fiancée l'autre soir ?

– Le seul et l'unique.

Il baissa les yeux, observant non seulement ses mains qui s'activaient sur le nœud, mais aussi sa robe.

– Tu sais… tu es ravissante ce soir. Et tu sens toujours bon.

Elle leva les yeux et surprit ses iris bleus errer sur son visage — ses lèvres.

Ses yeux à elle étaient gris. Pas bleus ni verts. Juste gris. Mais Levi avait des iris bleu clair où tourbillonnaient des filaments verts. Elle déglutit.

– Tu sens mon odeur ?

Elle n'avait pas dit ça ? Parce que si elle l'avait dit à voix haute…

Les paumes chaudes sur ses hanches la poussèrent vers lui, puis il se pencha, plaquant sur ses pectoraux les mains d'Emily qui s'affairait au nœud. Il s'arrêta à un cil de sa bouche.

– Dès que j'en ai l'occasion.

Et il l'embrassa.

Sans la langue et à peine assez longtemps pour qualifier cela de baiser, plutôt une caresse des lèvres, mais sa bouche était ferme et super douce à la fois, et ses bras l'enlaçaient encore.

Elle cligna des yeux, fixant ces iris bleus à la pupille soudain dilatée.

– Tu m'as embrassée.

– Oui.

Ses sourcils se touchèrent, mais il ne détourna pas le regard.

– Je suis la petite sœur de Lisa.

Son corps se raidit.

– Je n'ai pas besoin que tu me le rappelles, mais… est-ce un problème ?

– Est-ce un problème pour *toi* ?

Il ne répondit pas tout de suite. Puis son regard se posa de nouveau sur sa bouche, et les mains de Levi remontèrent dans son dos, provoquant toutes sortes de sensations brûlantes et électrisantes le long de sa colonne vertébrale.

Sa montée d'adrénaline avait déjà atteint un pic. Cela

la rendait folle. Se battre ou fuir ? L'envie furieuse de l'assaillir avec sa bouche et de l'embrasser avec toute l'impulsivité du désir qu'elle avait refoulé depuis son arrivée au Club Tahoe devenait irrépressible. Ou elle pouvait sauter du marchepied et s'enfuir. L'un ou l'autre.

Elle ferma brièvement les yeux.

– Quand tu me touches, je n'arrive plus à respirer.

Il baissa le regard.

– Ta poitrine semble monter et descendre normalement.

L'attention de Levi concentrée sur ses seins lui provoqua de drôles de sensations, périlleuses pour son équilibre.

– Et maintenant, mon cœur tambourine à toute allure.

Le nœud papillon à moitié noué lui glissa des doigts et dévala son smoking, tandis qu'elle s'agrippait aux revers étroits et sobres de la veste pour garder l'équilibre.

Pas de fuite, donc. S'il ne se montrait pas prudent, il allait assister à une attaque d'hormones en rangs serrés.

– Tu devrais demander à quelqu'un d'autre de faire ton nœud papillon. Je suis trop nerveuse.

La main de Levi poursuivit sa remontée dans son dos et se glissa dans ses longs cheveux.

– Comment puis-je te calmer ? Je suis doué pour ça, tu sais, murmura-t-il en saupoudrant sa mâchoire de baisers délicats. Faire revenir le calme après la tempête. Un don hérité de mon ancien travail.

Le calme après la tempête ? Oh mon Dieu. Ça lui évoquait des images. *Plein* d'images. Des scènes où un point culminant précédait le calme ultime.

L'expression de son visage dut la trahir, car il se pencha en avant et l'embrassa de nouveau, cette fois en prenant son visage en coupe et en lui écartant les lèvres.

Emily enroula les bras autour de ses épaules et attira sa

poitrine ferme contre la sienne, sa chaleur la faisant frissonner comme une feuille. Levi Cade l'embrassait. *Elle*. Emily Wright.

— Tu penses trop, souffla-t-il contre ses lèvres avant de glisser la bouche sur sa gorge, lui allumant un incendie sous la ceinture.

— Parce que tu m'*embrasses*.

Il lui lança un regard diabolique.

— Et ça me plaît.

Toc, toc, toc.

Emily bondit en arrière au bruit des trois coups frappés à la porte. Mais elle oublia qu'elle était sur un petit tabouret. Elle perdit l'équilibre, vacilla…

L'enlaçant toujours d'un bras, Levi raffermit son emprise et la rattrapa. Il la souleva du tabouret et la déposa sur le sol.

Sa respiration était saccadée.

— Merde.

— Qui est-ce ? s'écria-t-il, la regardant avec un petit sourire.

Il semblait plus détendu qu'il n'aurait dû l'être. Ils étaient au travail et s'embrassaient dans son bureau. Pourquoi il ne flippait pas ?

— Levi ? C'est toi ?

La tête de Levi pivota vers la porte et son corps se raidit au moment où Emily reconnut la voix derrière la porte.

Elle lui jeta un regard, mais sa paralysie faciale temporaire avait fait place à une expression de grande sérénité. Mais elle l'avait surpris. Ce regard de honte, ou de chagrin — elle ne savait pas trop. Et le sourire séducteur qu'il arborait plus tôt avait complètement disparu.

Emily alla ouvrir la porte.

— Salut, dit Lisa en regardant Levi derrière Emily. Je

n'avais pas réalisé… Tiens, ta sacoche. Tu l'as oubliée chez moi. J'ai pensé que tu en aurais besoin. Je ne t'ai jamais vue sans téléphone.

– Merci.

Emily prit la sacoche d'une main raide, le malaise s'emparant d'elle.

Elle jeta un coup d'œil à Levi. Il observait sa sœur.

Et soudain, Emily se sentit indésirable. Invisible.

C'était le petit ami de Lisa. Pas celui d'Emily. Jamais il ne serait le sien. Qu'est-ce qui lui avait pris de l'embrasser ?

Un haut-le-cœur lui souleva l'estomac.

– Je vous laisse à vos retrouvailles.

Emily se faufila dehors et se mit à courir dans le couloir pour s'enfuir le plus loin possible.

Chapitre Quatorze

Elle n'avait pas le temps de songer à la douleur qui lui avait étreint le cœur en voyant la réaction de Levi : il l'avait embrassée, puis avait entendu la voix de sa sœur, et soudain, il était froid comme la glace. La réalité la rattrapait au galop. Levi était toujours amoureux de Lisa, et tout lien existant entre lui et elle comptait pour du beurre.

Elle entra hagarde dans la salle de bal pour se joindre à la réception de Shin Electronics. Et c'est alors que son monde commença à se désintégrer.

Bran traversa la salle, la retrouvant à mi-chemin. Ses cheveux blonds habituellement hirsutes étaient savamment peignés en arrière, mais ses yeux brillaient beaucoup trop fort, et il avait l'air affolé.

– Je viens d'apprendre par la réception qu'un client a eu une intoxication alimentaire. Il prétend que c'est la faute d'un de nos restaurants, débita-t-il en se passant nerveusement la main dans les cheveux, ce qui eut pour effet de les ébouriffer. On doit absolument faire quelque chose. Tu peux t'en occuper ?

Pour la première fois, Emily vit clairement la galère

dans laquelle elle s'était mise. La débâcle financière du Club Tahoe, les fils d'Ethan Cade à la tête du complexe hôtelier et son rôle au milieu d'eux. Pourquoi avait-elle cru que ce serait un tremplin pour son avenir ?

Ethan lui avait demandé une faveur qu'elle n'avait pas pu refuser à l'époque. Pas plus que maintenant. Quoi qu'il arrive, elle avait une dette envers cet homme. Il avait été la figure paternelle qu'elle n'avait jamais eue. Mais elle se trouvait à bord d'un navire en perdition.

Les fils Cade avaient endossé des fonctions pour lesquelles ils n'étaient pas qualifiés. Emily était persuadée que Levi pouvait s'en sortir grâce à ses qualités de leader et à son intelligence, mais même lui devait passer à la vitesse supérieure, et vite, s'il voulait sauver cet endroit.

Avant de travailler au Club Tahoe, Wes était professeur de golf, Bran était serveur, et Hunt… bon, le poste de Hunt était aussi une belle promotion. Il avait toujours eu un bateau et organisait des soirées de beuverie sur le lac. Et aujourd'hui, il était responsable des sports de plage et des activités nautiques du Club Tahoe. Aucun d'eux n'était qualifié pour diriger cet endroit, et pour la première fois depuis qu'elle avait commencé à travailler au Club Tahoe, Emily douta de ses compétences à les aider.

Elle pressa les doigts sur son front et inspira à fond.

– Tu veux que j'arrange les choses… dans un cas d'empoisonnement alimentaire ?

– Je suis presque sûr qu'on n'y est pour rien

– Mais ils pensent que c'est notre faute ?

Bran hocha la tête.

Les mains d'Emily se mirent à trembler. Ça faisait partie de son boulot. Peu importe que sa vie amoureuse soit nulle. C'était déjà le cas avant qu'elle ne commence à travailler ici. Serait-elle tenue responsable de la faillite du Club Tahoe ? C'était peu probable, mais la faute incomberait à Levi. Malgré les sentiments persistants que Levi pouvait éprouver pour Lisa, et l'attirance d'Emily pour lui – *le triangle amoureux le plus pourri du monde* –, elle ne pouvait pas laisser le paquebot sombrer sans se battre. Elle voulait réussir à redresser l'entreprise non seulement pour elle ou pour la mémoire d'Ethan Cade. Elle voulait réussir aussi pour Levi.

Même si elle avait un haut-le-cœur chaque fois qu'elle songeait qu'il l'avait embrassée tout en éprouvant encore des sentiments pour sa sœur, c'était un mec bien. Elle n'allait pas arrêter de se défoncer pour lui juste parce qu'il n'était pas amoureux d'elle… *Mon Dieu*, depuis quand l'amour faisait-il partie de l'équation ? Elle avait juste un béguin pour cet homme. Inutile de partir dans un délire alors qu'elle avait besoin de garder la tête froide.

Les sentiments de Levi étaient légitimes. Il était amoureux de Lisa depuis des années. Et Lisa avait été, du moins à un moment donné, très éprise de Levi.

Emily n'avait aucun droit sur lui.

Elle baissa les bras et redressa les épaules.

– Es-tu certain que la nourriture ne vient pas d'un de nos restaurants ?

–Non. Mais je doute que l'origine de l'intoxication se trouve chez nous. On n'a pas eu de problème depuis plus de dix ans, et le dernier était dû à une contamination par la bactérie E. joli qui a touché plusieurs restaurants de la région. Je me suis renseigné et aucun de mes employés ni la réception n'a eu vent d'un autre cas. Si c'était vraiment une intoxication alimentaire, il n'y aurait pas qu'une seule personne atteinte.

– Mais le client nous accuse ?

Il haussa les épaules.

– Il séjourne à l'hôtel. Donc il part du principe qu'on est responsable.

Emily demanda le nom du client malade et sortit le téléphone que sa sœur avait eu la gentillesse de lui apporter. Elle envoya un message au responsable de l'accueil des clients et lui demanda d'envoyer dans la chambre plus de serviettes et une sélection de boissons et de soupes offertes par la maison.

À part cela, elle ne pouvait pas faire grand-chose, si ce n'est suivre l'évolution de la situation.

— Tes employés ont-ils passé en revue tous les aliments, vérifié les dates et la liste des produits rappelés pour risque de contamination ?

— Mon assistant surveille les rappels de produits et je lui ai déjà demandé de vérifier la moindre miette de nourriture dans nos frigos et placards, mais il n'a rien trouvé jusqu'à présent.

Le regard de Bran se dirigea vers l'entrée, et il fronça les sourcils.

Adam arrivait dans la salle de bal en costume sombre, aussi élégant que le soir où elle l'avait rencontré à la fête de départ d'Esther. Il claqua l'épaule de Bran et regarda autour de lui.

— Ça a l'air sympa ici.

— Tu as décidé de te montrer ? dit Bran. Tu devrais nous aider à diriger ce complexe. Tu es le seul à savoir ce qu'il fait. On a plein d'emmerdes et toi, tu t'amuses à jouer les managers au Blue Casino avec ta fiancée.

Le sourire d'Adam disparut.

— D'abord, ne mêle pas Hayden à ça. Ensuite, j'ai dit que je viendrais ce soir. Et pour info, j'ai déjà passé du temps au Club Tahoe. C'est vous, les quatre crétins, qui ne l'avez jamais fait. Mais pour ta gouverne, sache que les emmerdes font partie du quotidien dans l'hôtellerie. Où est Levi ? Je veux voir s'il porte le smoking que je lui ai envoyé.

— Il le porte, lança Emily d'une voix sèche.

Elle toussota, mais c'était trop tard.

Adam pivota la tête vers elle.

— Mes frères ne te mènent pas trop la vie dure, j'espère.

Lui mener la vie dure ? Est-ce que ça comptait, d'être embrassée et larguée dans la même soirée ? Techniquement, c'est elle qui était partie, mais uniquement parce qu'elle ne voulait pas tenir la chandelle entre Levi et Lisa.

Emily afficha un sourire.

— Tout va formidablement bien.

Hunt les rejoignit ensuite et Emily leva les yeux au ciel. Fallait-il qu'ils convergent tous vers elle en même temps ? Les séduisants frères Cade étaient un fléau.

— C'est quoi cette histoire de Levi en smoking ? demanda Hunt.

Emily répondit tout en demandant par texto à un des responsables du bar d'apporter plus de champagne. Le stock de bouteilles descendait vite.

— Il est avec Lisa.

Les yeux de Hunt s'arrondirent.

— Lisa est ici ?

Au moins, *ce* frère Cade ne se raidissait pas à la mention du nom de sa sœur.

— Je le confirme, dit-elle en les regardant. Puis-je faire autre chose pour vous, messieurs ? J'ai une réception à gérer.

Hunt grimaça.

— En fait, oui. Il y a une fille ivre sur le ponton qui voulait me palper le paquet. Perso, ça ne me dérange pas, mais elle ferait tache dans la salle de bal. Et mes ordres du grand chef sont de rester dans le coin.

Emily soupira et fixa le plafond. N'était-ce pas ce soir qu'elle se disait à quel point c'était génial de travailler ici ?

— Elle ne peut pas être avec le groupe Shin, sinon elle

serait à la réception. Appelle-lui un taxi et renvoie-la chez elle.

Hunt parut déçu.

— J'étais sûr que tu dirais ça. Très bien, je serai sage ce soir.

Il s'éloigna.

— Et tous les soirs, lui cria-t-elle.

Il leva la main sans se retourner. Mais elle avait dans l'idée qu'il ne la prendrait pas au sérieux.

— Houlà.

Bran regardait au-dessus de sa tête. Passer autant de temps avec les frères Cade commençait à lui donner l'impression d'être courte sur pattes.

Le téléphone d'Emily vibra dans sa main, et elle grogna en lisant le texto. *Il n'y a plus de champagne ?* Comment cela ?

— S'il te plaît, dis-moi que ton houlà est provoqué par quelque chose qui n'a rien de grave.

Bran se frotta la mâchoire.

— Ça dépend de ta définition de grave. Wes parle à une employée de Shin.

Elle regarda derrière elle. Wes était en effet en train de bavarder avec une cliente.

— Et ?

Adam observa la scène aussi.

— Ah. Ouais, ça pourrait devenir problématique.

Bran échangea un regard entendu avec Adam.

— Tout à fait.

Emily mima le geste de se trancher la gorge.

— J'en ai jusque-là de vous, les frères Cade. L'un de vous va me dire ce qui se passe avant que je perde la boule ?

Ils la dévisagèrent.

— C'est délicat, dit Adam.

Quand le regard d'Emily devint menaçant, il poursuivit.

— Très bien, la raison pour laquelle Bran a fait remarquer que Wes faisait des avances à l'employée de Shin, c'est qu'il est un peu un chaud lapin avec les femmes en ce moment.

— En quoi est-ce un problème ? demanda-t-elle en regardant son téléphone et fronçant les sourcils. Ce sont des adultes. Ils font ce qu'ils veulent. Peut-être que si elle part d'ici avec le sourire, elle sera plus encline à revenir.

Bran se frotta la nuque.

— Tu vois, c'est ça le truc. Wes n'est pas lui-même en ce moment.

Adam inclina la tête sur le côté.

— Ça fait quoi, trois, quatre ans ?

— À peu près, acquiesça Bran. Donc à cause de cette période difficile, il est un peu…

— Crache. Le. Morceau.

— Salaud. Avec les femmes, dit Bran.

— Un gros salaud, renchérit Adam.

Emily leva les mains et se frotta les tempes.

— Comment l'empêche-t-on d'être salaud avec elle ?

Elle leva les yeux au ciel devant leur silence.

Bran haussa les épaules.

— Je n'ai jamais tenté de casser le coup d'un de mes frères.

— Il y a eu cette fois… commença Adam.

Emily les fusilla du regard.

— Oubliez. Je m'en occupe. Et Bran, trouve du champagne, je me fous de savoir comment. Va dans un magasin d'alcool s'il le faut. On vient d'ouvrir les dernières bouteilles, dit-elle en tendant son téléphone pour lui montrer le texto reçu.

Adam regarda sa montre. Celle qui avait un gros

diamant sur le chiffre douze. Ce frère Cade ne se privait pas des belles choses dans sa vie.

— Hayden a fini de bosser. Je dois y aller, dit-il en regardant autour de lui une dernière fois. Je regrette d'avoir manqué Levi. Souhaite-lui bonne chance de ma part.

Adam sourit.

— Oh, c'est charmant, dit Emily. Tu nous signales les problèmes, puis tu nous plantes.

Bran se gratta la tête.

— Plus de champagne ? J'aurais juré avoir passé une grosse commande il y a quelques jours. Je m'en occupe, déclara-t-il en scrutant la pièce. Les petits fours descendent aussi. Je vais en faire monter d'autres.

En quelques secondes, Emily avait perdu trois frères Cade, et gagné une fille en chaleur sur le ponton, un coureur de jupons en liberté, Wes, et un homme invisible, Levi. Elle supposa qu'il rattrapait le temps perdu avec sa sœur.

Cette soirée était un désastre.

Elle traversa la salle en trombe pour alpaguer Wes.

— Je peux te parler un instant ? On a un… problème au golf.

Elle sourit pour s'excuser auprès de la femme à qui il parlait. Elle était jolie, avec de longs cheveux noirs et une silhouette élancée. Si la robe d'Emily était une copie, cette femme portait un original.

Les employés de Shin ne lésinaient pas en matière de style vestimentaire. Une autre bonne raison pour laquelle elle avait demandé à Lisa de lui préparer une garde-robe chic pour la semaine.

Wes la suivit à distance. Il était bien coiffé, mais c'était le frère Cade qui avait les cheveux les plus longs, et une mèche noire lui tombait sur le front ; c'était assez sexy. Il la ramena en arrière à la manière d'un mannequin Calvin Klein en pleine séance photo.

— Qu'est-ce qui se passe ? Je suppose que la « crise du golf » est un code pour autre chose. Tu sais… vu que nous n'avons jamais eu aucun problème au golf.

Wes avait opté pour un smoking et une cravate argentée dont la couleur faisait ressortir ses yeux bleu foncé.

— Il ne faut jamais dire jamais, rétorqua-t-elle sèchement. Mais non, ce n'est pas la raison de cet aparté. Tes frères étaient trop lâches pour te parler.

— De quoi ?

— Arrête de flirter avec les clientes.

— Pardon ?

— Tu m'as entendu. Plus de flirt. Ou plutôt, tu peux flirter, mais interdiction de toucher, embrasser ou sauter une cliente. En d'autres termes, la femme avec qui tu parles est intouchable.

Il éclata de rire.

— Waouh. Emily, une main de fer dans un gant de velours…

Avait-elle le choix ? Elle se sentait nulle, d'autant que Levi n'était toujours pas réapparu, et que ce n'était pas la soirée d'adieu la plus réussie pour des clients qu'ils voulaient impressionner. Rien n'avait foncièrement mal tourné, mais il restait encore le dîner.

— Je ne rentrerai pas chez moi !

Le cri venait de l'autre côté de la salle de bal. Emily et Wes tournèrent la tête dans sa direction.

Une femme en robe moulante, debout près l'entrée, ramassa un verre sur le plateau d'un serveur qui passait. Hunt, près d'elle, tentait de lui parler.

Emily dut reconnaître le mérite de Hunt. La fille avait

l'alcool mauvais. Elle était bruyante et n'écoutait pas du tout ses incitations polies à sortir de la salle.

– Merde.

Emily se dirigea vers la femme qui titubait au milieu des invités, souriant et s'accrochant aux bras des hommes comme des femmes pour se stabiliser sur des talons aiguilles deux fois trop hauts pour son équilibre fragile.

Était-ce un téton ?

– Hé, s'exclama Wes en rattrapant Emily ; elle n'avait pas vu qu'il la suivait. Je crois que je viens de voir son téton.

Enfoiré.

– Ne me touche pas ! hurla la femme, et cette fois, le silence fut complet dans la salle.

Hunt lui empoignait le bras et essayait de l'entraîner vers l'endroit d'où elle était arrivée tandis qu'elle tirait de toutes ses forces dans la direction opposée, sa poitrine jaillissant de la robe et saluant tout le monde.

– Madame.

Emily remonta la bretelle de sa robe qui avait glissé et provoqué cet étalage mammaire. Elle coinça la main de la femme au creux de son coude.

– J'ai une surprise pour vous, lui dit-elle. Si vous voulez bien m'accompagner ?

– Pourquoi je devrais venir avec vous ?

Les pupilles de la femme louchèrent tandis qu'elle essayait de jauger Emily et de se libérer le bras en même temps. Elle était joliment habillée, mais son haleine avait des relents de distillerie de gin, les vapeurs brûlant les yeux d'Emily.

– Il s'agit malheureusement d'un événement privé, déclara Emily. Mais pour me faire pardonner, j'aimerais vous offrir un massage de quatre-vingt-dix minutes dans le spa de renommée mondiale du Club Tahoe. Qu'est-ce que vous en dites ?

La femme jeta un coup d'œil vers les convives qui la dévisageaient. Elle redressa les épaules.

— Pourquoi pas. On étouffe ici de toute façon.

— Exactement, dit Emily en l'entraînant vers la sortie, Hunt et Wes sur les talons. Je vais demander à la réception de vous donner un bon pour le massage. Revenez quand vous voulez pour en profiter.

N'importe quand après cette semaine, scanda Emily en silence.

La femme jeta un coup d'œil aux frangins et sourit.

— Je peux les emmener à la maison avec moi ?

Oh, mon Dieu.

— Euh…

Hunt s'avança en fanfaronnant et glissa le bras sous celui de la femme.

— Je vais veiller à ce qu'elle rentre chez elle saine et sauve.

— Mmm, tu me plais bien, minauda la femme.

Le réceptionniste s'empressa d'éditer un bon pour le massage, et Hunt escorta la femme jusqu'à la sortie.

— Tu penses qu'il va s'en tirer ? demanda Emily à Wes en regardant Hunt monter dans un taxi.

Wes les salua d'un signe de la main et tourna la tête.

— Hunt est dans son élément.

Il repartit en direction de la fête. Emily lui courut après.

— Tu te souviens de ce que je t'ai dit ? À propos de garder tes mains dans tes poches ce soir ?

Il lui lança un regard irrité.

— Je t'aime bien, Emily, mais tu me gâches ma soirée.

— Je gâche ta soirée… Oh, pour l'amour de…

— Qu'est-ce qui se passe ?

Emily pivota et se retrouva face à Levi.

– Arrête de me faire peur, s'agaça-t-elle.

Il la dévisagea un long moment, son expression étant si dépourvue d'émotion qu'elle avait envie de lui donner un coup de pied. Dans le tibia. Ce n'était pas l'homme chaleureux dont les baisers l'avaient fait fondre plus tôt.

Il se tourna vers Wes.

– Eh bien ? J'ai posé une question.

Emily poussa un gros soupir.

– Où étais-tu ?

Il hésita.

– Parti faire un tour.

– Tout ça parce que Lisa s'est pointée ? s'écria-t-elle malgré elle.

Les yeux de Wes s'arrondirent.

– Lisa est ici ?

– *Était*, répondit Levi en scrutant le hall. Comment se passe la réception ?

– Divertissante, déclara Wes.

Levi observa Emily, qui se grattait les doigts.

– Intoxication alimentaire, dont on impute la responsabilité au Club Tahoe. Femme ivre montrant ses seins dans la salle de bal. Et Wes qui joue au tombeur de ces dames avec une cliente de Shin peu méfiante.

Wes fronça les sourcils.

– Tombeur ?

Elle nota qu'il ne le niait pas. À la respiration accélérée de Levi et au son étrange qui monta de sa gorge (comme un grondement), Wes recula.

– Je vais retourner dans la salle. M'assurer que tout le monde passe un bon moment, dit-il avant de tourner les talons et s'en aller.

Levi toisa Emily.

– Je te laisse seule pendant une demi-heure et voilà ce qui se passe durant mon absence ?

Il… *Quoi ?* Quel culot !

– Écoute moi bien, mon pote, dit-elle en lui donnant un coup de poing dans la poitrine. Tu m'as *embrassée.* Puis tu as fait les yeux doux à ma sœur, que tu es censé avoir *oubliée* depuis longtemps. Et ensuite ! *Et ensuite,* tu as disparu, me laissant gérer une catastrophe après l'autre pendant la réception la plus importante de la saison. Alors, ne me *cherche pas* maintenant.

Levi devint livide.

Emily ne sut pas ce qu'il fit ensuite parce qu'elle décampa. Pour aller voir le client malade. Pour s'assurer qu'il y avait suffisamment à manger, et que le champagne coulait à flots dans salle de réception.

Pour cacher à quel point elle s'en voulait d'avoir imaginé que Levi Cade pourrait un jour tomber amoureux d'elle.

Chapitre Quinze

Emily Wright avait complètement chamboulé Levi. Il l'avait embrassée hier soir… plusieurs fois. Et effleuré des lèvres la peau soyeuse de son long cou. Mais à quoi avait-il pensé ?

Il n'avait pas pensé. Il avait simplement réagi à la présence d'une belle femme dans ses bras. Était-ce du harcèlement sexuel d'embrasser son assistante si elle semblait l'apprécier ? La façon dont elle avait pressé son corps contre le sien…

Il soupira amèrement. Il n'avait pas la situation en main, à en croire la fête d'hier soir. Pas à l'intérieur du Club Tahoe.

Et pas avec Emily.

Adam avait raison. Levi était attiré par son assistante. Et Levi redoutait que ce soit plus qu'une simple attirance.

Il s'aventurait souvent sur le ponton le soir, après le travail. Mais ces derniers temps, au lieu de se soucier du club, c'est Emily qui occupait ses pensées. Il se souvenait du nombre de coachs de bronzette (les garçons de plage) dont elle estimait que le complexe hôtelier avait besoin pour satisfaire les clients – nombre qu'il jugeait excessif – et il souriait. *Ou bien* il pensait au galbe de son mollet quand elle s'était penchée plus tôt dans la journée pour ramasser une feuille qui était tombée de l'éternelle pile de papiers qu'elle avait dans les bras. C'était le genre de pensées qui l'énervaient vraiment, se glissant dans son esprit à l'improviste.

Levi n'avait accordé aux femmes qu'une attention limitée depuis près d'un an. Le fait qu'il pensait à Emily toute la journée… ouais, ça n'allait pas le faire. Il ne pouvait pas sortir avec elle. C'était la sœur de Lisa, bon sang. Et son assistante. Et il avait plus besoin d'elle au club que dans son lit. Il la *voulait* dans son lit, mais il n'était pas impulsif comme ses jeunes frères. Il mesurait les conséquences de ses actes. Et il ne pouvait pas s'autoriser une aventure d'un soir qui nuirait à leur relation professionnelle.

Malgré les raisons logiques de garder ses distances avec elle, il ne pouvait pas non plus se mentir à lui-même et prétendre qu'Emily ne l'attirait pas. Il était plus attiré par elle que par n'importe quelle autre femme depuis longtemps. Peut-être même depuis toujours, car il n'était plus le même homme que lorsqu'il était en couple. Ce qui pourrait expliquer pourquoi il l'avait embrassée dès qu'il s'était retrouvé suffisamment proche d'elle.

Putain, c'était vraiment un Cade. Il se croyait au-dessus des conneries que faisaient ses frères. Eh bien, il avait tort.

Lisa était passée pour déposer la sacoche d'Emily juste à temps. Son arrivée avait versé un seau d'eau glacée sur la flamme qu'Emily avait allumée. Mais il n'avait pas très bien géré la situation. Il était resté planté là comme un idiot, sans rien dire. Cela faisait des années qu'il n'avait pas vu Lisa. Elle était toujours belle à tomber, mais il ne ressentait plus cette attraction qu'elle avait autrefois exercée sur lui, et cela l'avait déstabilisé.

Ça et le fait qu'il venait d'embrasser sa petite sœur. Ce qui était carrément gênant.

Il ne s'était jamais cru capable de se remettre de sa rupture avec Lisa, et de passer à autre chose, et pourtant il avait réussi. Il voulait la voir heureuse, mais il n'avait plus envie d'être avec elle. Et il réalisa que c'était ainsi depuis longtemps.

Il ne pensait pas non plus pouvoir se relever de son rêve d'éteindre des incendies, pourtant il l'acceptait peu à peu.

Il n'était plus le même homme qu'avant, vivant à la frontière entre la vie et la mort, protégeant les autres. C'était tout ce qu'il avait connu. Pourtant, il ressentait ce même sens des responsabilités qui lui donnait un but dans la vie : veiller sur les employés et les clients du Club Tahoe, et sur ses frères. Et la seule façon dont il savait le faire, c'était par la planification et la volonté.

Il n'avait pas planifié Emily. Et elle mettait sa volonté à dure épreuve.

Il avait bêtement pensé qu'il pouvait laisser les choses se faire naturellement pour une fois, et ne pas tout prévoir. Si Lisa n'était pas entrée dans la pièce, Emily serait étendue sur son lit en ce moment, et non pas dans son bureau au bout du couloir à agrafer Dieu sait quels papiers ensemble. Il aurait couché avec la petite sœur de son ex, une employée, et quelqu'un qui lui faisait confiance pour prendre les bonnes décisions.

Il y avait assez de poissons dans la mer. Il n'avait pas besoin de replonger dans la mare aux Wright.

Levi entra d'un pas décidé dans son bureau et plaqua les mains sur ses hanches. Il ne pouvait pas se permettre d'avoir une attitude laxiste face à l'avenir. Il avait trop de responsabilités.

Grace se cogna contre sa jambe. Il baissa les yeux et lui caressa la tête. Elle portait une collerette pour chien aujourd'hui afin de ne pas arracher les points de suture que lui avait faits le vétérinaire après l'ablation d'une tumeur bénigne. Il l'avait emmenée au bureau pour la surveiller.

Il s'installa à son bureau et ouvrit son agenda sur son ordinateur. Il le laissait en veille, protégé par un mot de passe, parce que c'était une vraie plaie d'éteindre la bécane tous les soirs et d'attendre qu'elle redémarre le matin. Eh oui, même cette merde était le genre de truc absurde auquel il s'habituait. Il travaillait sur des ordinateurs toute la journée et le service informatique l'obligeait à changer de mot de passe tous les quinze jours, au point que Levi avait l'impression que sa tête allait exploser à essayer de tous les mémoriser. Il avait besoin de mettre au point un genre de système. Il faudrait qu'il en parle à Emily…

Consulter Emily pour une raison strictement professionnelle pourrait briser la glace qui s'était formée entre eux après le plantage de la nuit dernière. Les remettre sur les rails. Il assumait l'entière responsabilité du fait que sa bouche ait atterri sur la sienne… et s'y soit attardée. Il lui avait été impossible de résister alors qu'elle se tenait si près de lui, si belle et si aguichante dans sa robe moulante. Tant qu'il conservait ses distances, il pouvait garder sa bouche loin de la sienne.

Ce qui signifiait qu'il ne devait plus demander à Emily de nouer ses cravates. Il apprendrait à le faire lui-même, car, merde, il ne pourrait pas résister à la toucher, avec ses yeux charbonneux qui l'hypnotisaient et son discret parfum floral qui lui emplissait les narines. C'était une combinaison à laquelle aucun homme ne pouvait résister.

Il était temps de se conduire en homme et d'aller la voir. Elle ne lui avait pas envoyé d'e-mail ni appelé ce matin comme elle le faisait normalement au moins une demi-douzaine de fois, signe qu'il était encore en disgrâce. Il devait lui faire comprendre qu'il ne retenterait pas le coup d'hier soir. Plus de contact. Il pouvait travailler avec une belle femme sans lui faire des avances. Il le fallait. Parce qu'il avait besoin d'Emily.

Grace leva les yeux vers lui, l'air de dire : *qu'est-ce que tu attends ?*

– Viens Grace.

Levi se dirigea vers la porte, et Grace le suivit dans le couloir.

Il hésita devant le bureau d'Emily. Il l'entendait parler au téléphone, et une étrange pulsation envahissait sa poitrine. Levi se secoua et frappa un coup avant de tourner la poignée et d'entrer.

– Bonjour.

Emily s'excusa auprès de la personne en ligne et raccrocha promptement.

– Bonjour.

Elle pinça ses lèvres roses nacrées comme pour repasser en mode bibliothécaire et refouler la diablesse sensuelle qu'elle avait laissé sortir de sa boîte hier soir. Mais il était impossible de cacher ce que Levi avait vu. Elle n'était pas une paire de jambes sexy ou la petite sœur de son ex. Emily était belle, intelligente et elle lui avait sauvé les miches plus d'une fois depuis qu'elle travaillait ici. Il la respectait. C'est pourquoi il devait retrouver de bonnes relations avec elle. Des relations *platoniques*.

Malgré tout, il l'examina discrètement, tentant de contrôler son regard. Elle portait une de ses blouses larges qui dissimulaient sa silhouette.

Bien. Il préférait les coupes larges. Moins distrayant. Mais ses longs cheveux blonds qui le distrayaient également, lorsqu'ils étaient détachés dans son dos, étaient remontés en chignon à hauteur de sa nuque. Ce qui lui rappelait involontairement la sensation de ses lèvres sur ce cou…

Ressaisis-toi.

– J'ai besoin que tu surveilles Grace.

Ce qui n'était pas du tout la raison pour laquelle il était venu jusqu'ici. Il était venu demander à Emily de trouver un système de mémorisation des mots de passe, mais une fois devant elle, ça lui avait paru une raison stupide de venir dans son bureau.

– Grace ?

Emily jeta un coup d'œil au chien qui attendait patiemment à côté de son maître.

– Ma chienne.

– Je vois ça, dit-elle en fronçant les sourcils à la vue de la collerette en plastique autour du cou de l'animal. Elle va bien ?

– Très bien. Juste quelques points de suture, mais je ne veux pas qu'elle les arrache. Et elle les mâchouillera si je lui enlève la collerette. C'est déjà arrivé. Tu peux la surveiller ?

Emily ouvrit la bouche. Il était censé regarder ses yeux, mais son regard resta posé sur la chair douce et pulpeuse de ses lèvres. En s'y attardant, il s'aperçut qu'elle ne portait pas de rouge à lèvres. Cette couleur rose humide et sexy était naturelle.

Son pantalon devint soudain trop serré.

Elle se leva, lui offrant une meilleure vue, ce qui accéléra le durcissement dans son pantalon.

– J'ai rendez-vous avec deux comédiens et un musicien pour étoffer l'offre de spectacles. Et j'ai plusieurs réunions ensuite pour discuter d'un programme d'activités pour les enfants sur le site. Je n'ai vraiment pas…

– Donc tu es disponible. Très bien.

Il tourna les talons. Il devait sortir d'ici avant que sa

réaction physique ne devienne trop visible — si ce n'était pas trop tard.

– Euh…

Emily fit le tour de son bureau à toute vitesse et regarda bizarrement Grace.

– Je ne suis pas disponible. Tu ne peux pas la laisser à quelqu'un d'autre ? Un de tes frères, peut-être ? Je n'ai jamais eu de chien. Je ne saurai pas m'en occuper.

– Je ne fais confiance à personne pour garder Grace, encore moins à mes frères.

Elle le dévisagea et il tourna la tête.

– D'accord. Je vais la garder, dit-elle en souriant gentiment à la chienne.

– Parfait. Je passerai la chercher plus tard.

Levi s'éclipsa avant qu'Emily ait le temps de se raviser. Son doux parfum flottait dans la pièce, ravivant le souvenir d'elle dans ses bras, qui était le seul endroit où elle aurait dû se trouver, d'ailleurs. Mais cette sensibilité exacerbée allait disparaître. Cela ne faisait pas vingt-quatre heures qu'ils s'étaient embrassés. Il éprouvait une frustration sexuelle résiduelle, voilà tout.

En attendant que ça se calme, Levi se tiendrait à l'écart du bureau d'Emily. Il embaumait son parfum, et ça rendait les choses plus dures — au sens propre comme au figuré. Il l'appellerait plus tard et lui demanderait de lui amener Grace. Inutile de s'aventurer encore dans cette partie du bâtiment.

Levi retourna dans son bureau, où il devait rencontrer deux des avocats pour parler de l'avancée des discussions avec Shin Electronics. L'un des avocats avait participé à un dîner quand l'entreprise était en ville, mais aucun n'avait été présent lors de l'épisode malheureux de l'ivrogne impudique.

Après cela, les discussions avec Shin Electronics

pouvaient tourner court. Seul l'avenir le dirait. La délégation de l'entreprise était partie à la première heure ce matin, mais le PDG avait serré la main de Levi hier soir à la fin de la réception et l'avait remercié pour le séjour divertissant.

Divertissant ? Évidemment, Levi supposait que le PDG avait fait référence au peep-show et non aux deux musiciens qu'ils avaient engagés pour jouer dans le bar deux des quatre soirs où les clients étaient restés à l'hôtel. C'était une station balnéaire très chic. Le Club Tahoe n'avait pas besoin qu'un événement de ce genre entache sa réputation. Il y avait de grandes chances que cette opportunité pour le grand groupe de faire de l'hôtel son centre de conférences habituel sur la Côte Ouest soit tombée à l'eau.

Les avocats lui avaient conseillé de les laisser s'occuper de Shin Electronics, et il avait refusé. S'il s'avérait que les Coréens refusaient de signer avec le Club Tahoe, il serait responsable de cet échec. Mais il ne faisait pas confiance à ses avocats pour gérer le Club Tahoe à sa place. En tant que PDG, Levi s'occuperait lui-même des gros dossiers. Pour l'instant, il devait trouver une autre source de chiffre d'affaires, et vite.

———

EMILY SE PENCHA à hauteur d'œil de chien, pour regarder Grace qui la fixait, assise près du bureau.

— Bon, on est condamnées à passer la journée ensemble. Et pour info, je *suis* très occupée. Ton Papa a préféré ignorer ce fait. Tu savais qu'il était aussi têtu ?

Grace pencha la tête sur le côté, adorable.

— Moi aussi ! Cet homme m'a ignorée presque toute la journée, après m'avoir *embrassée*, et il a le culot de se pointer la bouche en cœur pour me demander un service ? Je pourrais l'étrangler, là, tout de suite.

Pas de réponse de Grace.

Emily fronça les sourcils.

– Je suppose que tu l'aimes de façon inconditionnelle. Eh bien, je vais te dire une chose, il serait bien plus aimable s'il n'embrassait pas et ne troublait pas les gens, dit-il en caressant la tête de Grace. Il est probablement encore amoureux de Lisa. C'est moi qui ai bêtement imaginé que… je ne sais pas ce que j'ai imaginé. Je l'aime bien, c'est tout. Quand il ne me donne pas d'ordres, il est plutôt génial.

Emily soupira et se leva.

– Très bien, Grace. Cessons de nous morfondre. Tu as une collerette autour de la tête et je suis nulle avec les hommes, mais ça ne veut pas dire qu'on est inutiles. On a des choses à faire, toi et moi. Alors on ferait bien de s'y mettre.

Emily attrapa sa sacoche avec tous ses appareils électroniques et se dirigea vers la porte. Puis elle réalisa que Grace ne la suivait pas.

Elle fit des bruits de bisous avec la bouche.

– Par ici.

La chienne pencha de nouveau la tête curieusement.

Emily se tapota la cuisse.

– Grace.

La chienne se leva et la rejoignit en remuant la queue.

Emily acquiesça de la tête et respira à fond.

– Bon, je peux le faire.

Elle jeta un œil par la porte dans le couloir animé, emprunté par personnel exécutif très affairé du Club Tahoe.

– Débarquer en réunion avec un chien. Ça devrait être une journée intéressante.

Chapitre Seize

Emily fixait les dalles de plafond carrées. C'était tellement moche. Pourquoi est-ce qu'on en mettait systématiquement dans les immeubles de bureaux ? Le Club Tahoe ressemblait à un élégant chalet de montagne, et pourtant, même dans les locaux de la direction, ils avaient mis les mêmes vieilles dalles immondes que dans tous les immeubles de bureaux. Elle supposa que la plupart des gens ne regardaient jamais le plafond — vous savez, parce qu'ils ne travaillaient pas allongés sur le dos.

Une grosse langue humide lécha la joue d'Emily avant qu'elle ne puisse la repousser.

– Beurk, Grace ! glapit-elle en s'essuyant. J'ai vu où tu fourres ta langue, et je n'apprécie pas vraiment que tu me laves la figure avec.

Grace posa la tête sur la poitrine d'Emily et la fixa. Comme elle ne bougeait pas, la chienne lui poussa le menton avec son long museau.

Emily grogna.

– *Sérieusement* ? Encore des caresses ? Les poils derrière

tes oreilles vont finir par tomber. Tu vas avoir des zones de calvitie massive si on continue comme ça. Et j'ai des crampes aux bras. Tu vois ? dit-elle en levant les mains avec raideur. Je peux à peine les bouger. Tu n'es pas légère, non plus. Tu sais, si on se mettait sur ma chaise, je pourrais te gratter plus facilement.

Grace donna un nouveau coup de museau au menton d'Emily, y laissant une marque humide à laquelle Emily préféra ne pas penser.

– D'accord, d'accord.

Elle gratta la chienne derrière les oreilles, respirant difficilement avec une masse de quinze kilos sur la poitrine et des poignets endoloris. Si seulement elle pouvait attraper son téléphone. Qui se trouvait sur son bureau, là où elle l'avait laissé. À un bon mètre de distance.

– À l'aide !

Emily tenta de repousser Grace doucement, mais la chienne, qui était un sacré poids mort, avait réussi à s'allonger sur tout son corps. Et Emily ne voulait pas lui faire mal en la bougeant de force.

La chienne aboya, et à ce stade, Emily ne se souciait pas de la faire taire pour ne pas déranger les autres employés.

– À l'aide ! cria-t-elle de nouveau.

Pourquoi tout le monde avait-il décidé justement aujourd'hui de quitter le boulot à dix-sept heures ? Il y avait toujours des retardataires. Bon, d'accord, en général, il s'agissait de Levi et d'elle, mais quand même. Et on était vendredi soir.

– Tu as été si gentille toute la journée. J'ai volé du bacon en cuisine pour toi, tu t'en souviens ? Nous sommes amies. Pourquoi, Grace ? Pourquoi tu me fais ça ?

Levi allait l'entendre dès qu'elle aurait mis la main sur lui, ou qu'il la trouverait.

Mon Dieu. Elle n'allait pas rester ici toute la nuit, hein ? Elle jeta sa tête en arrière et ferma les yeux. Non. Levi finirait par venir chercher son chien.

Et elle le tuerait à ce moment-là.

———

Emily lui faisait la tête. C'était la seule explication au fait qu'elle ne répondait pas à ses appels. Il n'en avait pas envie, mais une discussion avec elle s'imposait. Elle devait penser que le baiser d'hier soir signifiait quelque chose et qu'elle pouvait profiter de son nouveau statut. Ce n'était pas la première fois qu'une femme essayait de profiter de lui, ou de ses frères. Il était simplement surpris qu'Emily le fasse.

Levi se frotta le front et se leva, redressant le dos, furieux d'être obligé d'aller la trouver. C'est elle qui devait venir à lui. Il n'aimait pas aller dans son bureau. Il sentait son parfum, et elle sentait trop bon, mais ce n'était pas la question. C'était *lui* le patron, pas Emily.

Il remonta le couloir à vive allure et ne se donna pas la peine de frapper. Il poussa la porte.

– Emily…

Elle n'était pas derrière son bureau. Ses yeux se posèrent sur le sol, où sa chienne était assise – vautrée pour être plus précis – sur la femme en question. Qui avait l'air plus petite que d'habitude avec Gracie sur le corps.

– Grace !

La chienne descendit d'Emily et courut vers lui.

Un gémissement s'échappa des lèvres d'Emily, mais elle ne bougea pas.

– Qu'est-ce qui se passe ici ? Pourquoi tu es par terre ?

La tête d'Emily se releva d'un coup.

– J'ai un compte à régler avec toi.

Elle était fâchée contre *lui* ?

– Écoute, Emily. Il faut qu'on parle.

– Tu m'étonnes !

Elle s'assit et posa ses bras raides sur ses genoux.

– Tu ne peux pas me laisser ton chien à surveiller. Je ne suis pas dog-sitter. Je suis une assistante de direction avec un MBA de Harvard, et, et… (elle déglutit.) Je suis tellement furieuse contre toi, Levi Cade !

Puis elle grogna.

Levi tiqua. Elle utilisait son nom complet. C'était mauvais signe. Il devrait peut-être prendre du recul. Laisser Grace avec Emily le temps de ses réunions n'était sans doute pas très courtois. Elle avait sa propre charge de travail.

OK, il s'était comporté comme un con. Il cherchait *peut-être* aussi un prétexte pour la voir. Lui confier sa chienne était la seule chose qui lui était venue à l'esprit.

Merde. Il contrecarrait sa propre volonté de rester loin d'elle.

Levi s'approcha et lui tendit la main.

– Comment as-tu fini par terre ?

Emily arracha un poil de la couleur de Grace de son chemisier blanc.

– Elle mordait ses points de suture. J'ai essayé un tas de trucs pour la faire arrêter, mais c'est la seule chose qui a marché.

Elle prit sa main et il la tira d'un geste souple.

– T'allonger sur le sol avec Gracie affalée sur toi ?

Emily lui lança un regard signifiant qu'elle manquait d'humour.

– Bien sûr que non. Je me suis approchée pour la caresser. Ça semblait la démanger derrière les oreilles, là où la collerette lui frotte les poils.

Emily agita la main et grimaça en massant son poignet.

— Tant que je la grattais derrière les oreilles, elle n'avait plus envie de lécher sa blessure — ce qu'elle pouvait faire malgré la collerette, dans une torsion à la Houdini version canine. Tu devrais lui enlever ce truc. Il ne sert à rien et il lui irrite la peau.

— Je t'ai dit qu'elle était intelligente. Je ne peux pas la laisser seule.

— Ouais, eh bien, à un moment donné, elle s'est collée contre moi, et je me suis agenouillée pour avoir un meilleur angle de grattage. Mais avant que je puisse réagir, elle a grimpé sur mes genoux.

Emily haussa les épaules.

— C'était mignon au début. Puis elle a pris ses aises, et posé plus de poids sur moi. Ses pattes aussi. Si j'arrêtais de lui gratter les oreilles, elle aboyait. Au début, j'ai essayé de la faire taire mais ensuite j'ai réalisé qu'elle pesait une tonne et que je ne pouvais pas la faire bouger. J'ai appelé à l'aide, mais personne n'est venu !

Il avait envie de sourire. Le scénario qu'elle décrivait était… mignon. Et il se sentait doublement coupable de lui avoir laissé Grace.

— Tu étais donc assise par terre avec Grace sur les genoux. Comment es-tu passé de la position assise à la position couchée, avec la chienne étalée sur toi comme un édredon ?

Le coin de sa bouche s'abaissa et elle lui jeta un regard noir.

— Ce n'est pas drôle. J'ai dû m'allonger un moment pour me reposer. Grace en a profité pour prendre ses aises et ensuite elle n'a plus voulu bouger, soupira-t-elle en se penchant pour ôter un escarpin. Je ne sens plus mes orteils et je pense que j'ai un syndrome du canal carpien dans le poignet.

Elle tendit le bras pour lui montrer la zone.

Il lui prit délicatement la main, lui massa du bout des doigts, puis remonta vers son avant-bras. D'accord, c'était une excuse pour la toucher, mais bon sang ! Son parfum remplissait la pièce — mélangé à *eau de chien*. Emily était adorable et sexy en diable. À cette distance, il souffrait de troubles d'attouchements impulsifs.

Elle ferma les yeux, et il en profita pour l'observer tout en lui massant le bras et le poignet. Elle était blonde, mais elle avait des cils foncés qui effleuraient sa peau lisse. Son petit nez avait une forme parfaite, et puis il y avait ces lèvres charnues… Son regard s'enhardit, s'aventura sur l'arrondi de ses petits seins que, malgré leur taille, il mourait d'envie de toucher, puis sur son ventre plat et la courbe de sa hanche. Quand il releva les yeux, Emily le fixait.

Au début, il ne détourna pas les yeux, happé par ce regard gris orageux qui aurait dû être glacial, mais qui lui donna chaud. Puis il réalisa qu'elle l'avait surpris en train de la reluquer et qu'elle avait probablement lu toutes les pensées qui venaient de lui traverser l'esprit. Il lâcha son bras à contrecœur et recula.

Il était censé la remettre sur le droit chemin — et lui aussi. Au lieu de cela, il la tripotait en pensant aux autres parties de son corps qu'il aimerait bien toucher aussi.

– Combien de temps est-elle restée sur toi ? demanda-t-il pour la distraire de ce qu'elle pourrait lire sur son visage.

– Une heure ? Peut-être deux ? Je ne sais pas, dit-elle en secouant la tête. J'ai perdu le fil. Je crois que je me suis assoupie une ou deux fois. Elle me tenait chaud et elle est câline. Tu savais ce que tu faisais, n'est-ce pas ? dit-elle à Grace en fronçant les sourcils.

Grace tira la langue, exprimant sans aucun doute un sourire canin.

Les lèvres d'Emily s'ouvrirent.

— Tu as vu ça ? Elle se moque de moi.

Levi ne réprima pas son sourire cette fois.

— Tu ne devrais pas laisser Grace profiter de toi. Elle est accro à l'amour. Elle ferait n'importe quoi pour se faire gratter derrière les oreilles pendant des heures. Tu es sûre que ça va ? demanda-t-il, son sourire s'effaçant.

Elle boitilla jusqu'à son bureau et se laissa tomber sur son siège.

— Oui, mais la prochaine fois, c'est toi qui t'occupes du chien. Merde, je dois y aller, dit-elle en consultant son téléphone. Je n'arrive pas à croire qu'il est si tard.

Emily enfonça le pied dans son escarpin et ramassa son sac en se frottant le bas du dos.

— Tu me dois un massage.

Il arqua un sourcil et elle rougit comme une tomate.

— Un massage au spa, pas… bref, tu vois ce que je veux dire.

Il l'accompagna jusqu'à la porte.

— Entendu. Merci d'avoir pris soin de Grace. Je ne te l'imposerai plus.

Emily sourit à Grace, qui la regarda avec des yeux de chiot innocent… sur un chien adulte. Grace était douée. Sacrément douée.

— Ça ne me dérange pas. Elle est gentille. Je suis peut-être une femme à chien, après tout. Mais préviens-moi la prochaine fois, d'accord ?

Elle vérifia l'heure de nouveau.

— Tu vas où ?

Il n'avait pas le droit de lui demander ce qu'elle faisait après les heures de travail, mais il n'avait jamais vu Emily si pressée de partir du bureau. Son assistante était une vraie accro au boulot.

– J'ai un rendez-vous… Un rendez-vous arrangé. Par les bons soins de Lisa. Souhaite-moi bonne chance.

Avant que Levi puisse réagir, elle avait filé dans le couloir.

Sa gorge se serra, son cœur battait la chamade. *Un rendez-vous amoureux ?*

Chapitre Dix-Sept

Le Fireside Lounge était bondé, le guitariste qu'Emily avait fait venir attirant une nouvelle clientèle plus vivante et festive. Levi était assis avec ses frères, et Wes était clairement en mode repérage.

Levi le fixa sévèrement.

– Ce n'est pas une bonne idée de chasser sur les terres du Club Tahoe. C'était faisable quand Papa dirigeait l'endroit, mais on a une responsabilité envers nos clients maintenant.

Wes lui jeta un regard noir.

– Arrête d'être aussi rabat-joie. Tu n'aurais pas dû annuler notre partie de golf du vendredi. Ça t'aurait détendu.

– Il faut bien que quelqu'un fasse tourner la baraque.

Wes ignora la pique de Levi.

– Depuis quand tu n'as pas tiré un coup ? C'est peut-être ce dont tu as besoin. Tu deviens puritain.

Levi ne répondit pas. Parce que la dernière fois qu'il avait couché avec une fille, c'était avant son accident. Ça remontait à onze mois. Et contrairement à ce que pensait son frère, Levi ne se sentait pas exactement puritain en ce moment. Si Wes avait eu connaissance des pensées salaces de Levi au sujet de son assistante, il le charrierait pour une toute autre raison. Entre sa relation passée avec Lisa et le fait qu'Emily soit sa subordonnée sur le lieu de travail, il était certain de franchir les frontières de la moralité.

Seul problème ? Il ne voulait absolument pas qu'Emily sorte avec un autre.

Il serra les poings et inspira à fond. Il n'était pas censé se soucier des rencards d'Emily. Il était censé oublier leur dérapage de l'autre soir et revenir à une situation normale. Il secoua ses mains. C'était la meilleure chose à faire : lâcher l'affaire.

Lâche. Comme s'il avait son mot à dire sur ses fréquentations.

Il avait besoin d'une autre bière. Peut-être que s'il tannait ses frères sur *leurs* écarts de conduite, il pourrait oublier celui qu'il avait commis. Une fois de plus.

Wes plissa les yeux en fixant Levi, ce qui le rendit méfiant.

– Ta dame de fer a mis son petit pied dans le plat le soir de la réception. Elle m'a ruiné un rencard qui s'annonçait d'enfer.

La chaleur envahit la poitrine de Levi. Emily était coriace… et sexy, et adorable. Elle avait bon goût aussi. *Et merde.*

Peu importe qu'elle ne soit pas son genre habituel de fille. Emily était une maniaque du rangement et des listes, tout à fait capable de se défendre contre ses frères turbulents, le tout avec un charmant sourire. Et elle avait été adorable avec Grace cet après-midi, sa vieille chienne arthritique qui ne sentait pas toujours la rose.

Ses lèvres frémirent au souvenir de la façon dont il les avait trouvées plus tôt. Emily était assez coriace pour ne pas se laisser marcher dessus par ses frères, mais elle s'était laissée renverser par son gentil chien.

– Qu'est-ce qui te fait sourire ? demanda Wes d'un air consterné.

Levi toussa dans son poing.

– Rien. Le fait est que Papa savait ce qu'il faisait quand il m'a engagé et Emily est d'une grande aide. Je suis content qu'elle t'ait remis à ta place.

– Peu importe.

Wes fit un sourire en coin à une blonde au bar, qui lui sourit en retour.

– Il faut qu'on reste tous concentrés, reprit Levi. On pourrait apprendre des choses précieuses de la façon dont Emily mène sa carrière. Même si…

Wes avait dû sentir quelque chose. Sa tête pivota d'un coup.

– Même si ?

– Emily est, euh, tu sais… Elle est sortie ce soir, lâcha-t-il d'une voix étranglée.

Wes se pencha en avant.

– Ton petit bourreau de travail a un plan cul ? Oh. Cool. Elle a besoin de s'envoyer en l'air autant que toi.

Levi agrippa ses genoux sous la table.

– Elle n'a pas besoin de…

– Et elle ? demanda Bran à Wes en indiquant d'un signe discret une zone située à l'autre bout de la pièce. Non, pas celle-là… celle près de la porte.

Wes jaugea du regard la femme en question.

– Pas mal.

La jeune femme que Bran avait désignée était jolie – brune, voluptueuse. Exactement le genre de femme qui plaisait normalement à Levi. Maintenant, il ne s'intéressait plus à quiconque n'était pas intelligente, douce – mais intransigeante quand il le fallait – et gentille avec les chiens.

Mais Levi avait un historique désastreux en matière de relations sérieuses. Il ne pouvait pas se permettre une nouvelle sortie de route. Encore une raison pour laquelle séduire Emily n'était pas au programme.

Wes secoua la tête.

– Je suis d'humeur à me taper une blonde ce soir. Je me suis fait une brune la semaine dernière. J'ai besoin de changer ou je m'ennuie.

Hunt, qui s'était glissé à leur table pendant que Levi pensait à Emily en silence, eut l'air surpris.

– Mec, tu deviens pire que moi.

L'attention de Wes se reporta sur la blonde au bar.

– Personne n'est aussi pervers que toi.

Hunt afficha un sourire carnassier.

– C'est vrai.

– Vous êtes tous des porcs, murmura Levi.

Hunt, Wes, Bran et même Adam qui était resté silencieux durant tout ce temps, regardant sa montre toutes les deux minutes, le dévisagèrent.

– Quoi ? lança-t-il irrité.

Wes échangea un regard avec Adam, qui posa sa bière sur la table et se pencha en avant

Adam avait un jean et un t-shirt de la brasserie West End au lieu des fringues de marque qu'il portait d'habitude lorsqu'ils sortaient ensemble. La soirée ne faisait que commencer pour Adam. Il allait sans doute les abandonner dans quelques minutes pour rejoindre sa fiancée.

– Les frangins se demandent sans doute, dit Adam, ce qui t'est arrivé, bordel.

Levi tendit le cou. Il portait encore son costard avec une cravate qui l'étranglait en ce moment.

– Rien. Je n'ai pas changé.

Adam tapota des doigts sur la table.

– Levi, mon vieux, je ne t'ai jamais vu aussi tendu. Et

ça veut dire quelque chose, parce que tu es d'habitude autoritaire et sûr de toi.

— Où veux-tu en venir ?

— Où je veux en venir, c'est à ce qui te cause plus de stress en ce moment que tout le reste – la mort de Papa, la direction du Club Tahoe… *Attends*, dit-il, ses doigts cessant de jouer des claquettes. Tu as dit qu'Emily avait un rencard ?

— Et alors ?

La voix de Levi était plus sèche qu'il ne l'aurait voulu.

— *Merde*, s'esclaffa Adam. Hayden l'a vu, mais… tu penses sérieusement à avoir une relation avec Emily ?

Hunt ricana en secouant la tête, tandis qu'il regardait s'approcher une serveuse à forte poitrine. Bran, Wes et Adam, cependant, continuaient de fixer Levi dans l'attente de sa réponse.

L'attention combinée de ses frères faisait transpirer Levi, comme s'il était sous le feu des projecteurs.

— Bien sûr que non

Il finit d'un trait la bière qui se trouvait devant lui.

— Non ? Je pense que tu as mis le doigt sur quelque chose, Adam, dit Wes, ses yeux sombres s'illuminant.

— D'accord avec toi, opina Bran, inconscient des regards appuyés de la serveuse à forte poitrine que Hunt était en train de mater.

— En effet, dit Hunt en s'étirant les bras au-dessus de la tête, c'est logique. Emily est une sacrée petite chau…

Levi, à l'autre bout de la table, se jeta sur Hunt pour l'étrangler avant qu'il ne puisse finir sa phrase.

Wes, Bran et Adam bondirent de leur chaise.

— Putain de merde, jura Wes en séparant Levi et Hunt.

Hunt redressa son col de chemise, le visage rouge de fureur, et fixa Levi.

— Je me barre d'ici.

Et il partit en trombe vers la sortie.

Adam força Levi à se rassoir, utilisant tout son poids et l'énergie de sa jeunesse pour lutter contre la pugnacité de son frère aîné.

Levi regarda autour de lui, levant la main pour s'excuser auprès des clients du bar, qui le dévisageaient tous maintenant.

Bon sang. Ce n'était pas le meilleur comportement à avoir devant les clients de l'hôtel. Hunt tapait sur les nerfs de Levi, mais il *était* réellement à cran et tendu.

Se libérer de son attirance pour Emily ne serait pas aussi simple qu'il l'avait espéré.

Chapitre Dix-Huit

— **A**lors, qu'en as-tu pensé ? demanda Lisa en s'affalant à côté d'Emily sur son canapé, un verre de vin à la main. Il ne m'a fallu que *deux semaines* pour te coincer pour ce rendez-vous… ça en valait la peine ?

Emily avait accepté le rendez-vous arrangé par sa sœur, mais entre le séjour des clients Coréens et les heures supplémentaires, elle n'avait cessé de repousser le dîner. Elle essuya la condensation sur son verre, se donnant un moment pour répondre.

— Zander a l'air super. Séduisant et sympa. Mais je ne le connais pas vraiment.

Lisa roula des yeux.

— Jared le connaît et il peut garantir que c'est un type bien. Et tu peux apprendre à le connaître. C'est le but.

Elle s'enfonça dans le canapé et lui donna un coup de coude suggestif, mais comme Lisa avait déjà bu plusieurs verres de vin, Emily la força à se redresser.

— T'inquiète, j'ai compris, rit Emily. Tu veux que je sorte avec lui. Mais comment sais-tu que je lui plais ?

Et en avait-elle quelque chose à faire ? Elle n'avait pas

renoncé à Levi, même s'il lui avait fait comprendre qu'il ne passerait rien. Cependant, la façon dont il l'avait regardée avant qu'elle file pour son rendez-vous… Elle n'était plus sûre de rien.

Lisa laissa tomber sa tête sur le coussin, bouche ouverte.

— Emily, dis-moi, on est vraiment sœurs ? dit-elle en l'observant attentivement. Tu es belle et intelligente. *Évidemment* tu lui plais.

— Mais… tu ne penses pas qu'il faut plus que ça ? Jared et toi, par exemple. Il te *comprend*. Ce n'est pas seulement le fait que tu es belle et qu'il est beau. Vous comblez tous les deux les besoins affectifs de l'autre.

Lisa pouffa.

— Oh oui, il comble mes besoins.

Emily émit un bruit dégoûté.

— S'il te plaît, inutile de me faire un dessin. Tu sais de quoi je parle. Tu as un grand besoin d'affection et Jared, de façon totalement désintéressée, adore prendre soin de toi.

— Parce qu'il m'aime.

— D'accord. Mais est-ce qu'il t'aime parce qu'il peut combler tes besoins, ou est-ce qu'il t'aime pour une raison plus profonde et qui le dépasse ?

Lisa ouvrit la bouche comme un poisson.

— Pourquoi on philosophe ? Je suis trop saoule pour ça. Ou pas assez. Jared et moi avons eu un déclic dès le début, et ça ne fait que se confirmer depuis. Il n'y a rien chez lui qui me dérange au point de douter de l'avenir, et je suppose que c'est aussi vrai pour lui. Ça marche bien, c'est tout. En parlant de ce qui marche ou pas, dit-elle en se mordant la lèvre, j'ai parlé à Levi hier soir en déposant ton sac. Je me suis excusée pour ce qui s'était passé avec Hunter. Je n'ai jamais fait ça, m'excuser pour mon comportement. Ça m'a fait du bien.

Le cœur d'Emily se mit à battre plus fort. Elle savait qu'il avait dû se passer quelque chose après les avoir laissés seuls, mais elle avait trop peur pour le demander.

– Comment l'a-t-il pris ?

– Il a dit qu'il me pardonnait, et j'espère qu'il était sincère. Il ne méritait pas la façon dont je l'ai traité, dit-elle avant de lever la tête, souriant tristement. Il était toujours si sûr de lui, et j'avais l'impression de devoir l'être aussi, ce qui fragilisait ma confiance en moi. Alors ce n'est pas vraiment sa faute si ça n'a pas marché entre nous.

Emily hocha la tête, tentant de masquer à quel point les sentiments entre Lisa et Levi l'affectaient. Elle souhaitait le bonheur de sa sœur et celui de Levi. Mais elle ne pouvait pas s'empêcher d'être attirée par cet homme.

– Je ne me suis jamais sentie suffisamment à la hauteur pour Levi, dit Lisa.

Cela révolta Emily. Indépendamment de ses sentiments pour lui, Lisa était sa sœur.

– C'est n'importe quoi. Tu es parfaite.

À bien des égards, Lisa *était* parfaite. Elle était belle, oui, mais elle était aussi généreuse et bienveillante.

– Bon, d'abord je ne suis pas parfaite, tu le sais sinon tu n'aurais pas mentionné mon besoin d'affection.

Emily leva les yeux au plafond.

– Un petit défaut qui ne compte pas.

– Peut-être, mais tu dois savoir comment est Levi maintenant que tu bosses avec lui. Il est toujours sûr de lui, il sait où il va et ce qu'il fait. Il avait déjà planifié toute notre vie à la fin du premier rencard. Et il est tellement sexy, je n'ai pas protesté, j'ai hoché la tête et je l'ai suivi, mais… je n'ai jamais ressenti cette connexion profonde. Ce que tu voulais dire, je suppose, avec ta philosophie de poivrote.

Elle sourit.

– Je ne suis pas saoule, c'est toi qui l'es.

– Bref, parfois, quand on est pris dans une tornade, la seule façon de s'en sortir est de baisser la tête et d'aller se cacher. Je me suis cachée sous Hunt, pouffa Lisa, pointant ensuite un doigt vers Emily. Ne jamais coucher avec le frère de ton mec. Ça finit toujours mal.

Non, sans blague, pensa Emily. Puis ses paumes se glacèrent et elle déglutit. N'était-ce pas justement ce qu'elle voulait que Levi fasse ? Elle était la sœur de son ex, l'équation était la même.

Seul Levi semblait connaître cette règle. Il avait gardé ces distances depuis leur baiser d'hier soir, alors qu'elle ne voulait que se rapprocher plus encore de lui.

Emily posa son verre sur la table basse de Lisa. Elle resterait loin de Levi, mais elle ne sortirait pas avec un quelqu'un d'autre juste pour avoir un homme dans sa vie.

– Je n'ai pas senti ce déclic avec Zander ce soir. Il a toutes les qualités que la plupart des femmes recherchent : il est séduisant, il a un bon job et on est compatibles. Mais il n'y a pas eu de… déclic.

Lisa regarda le plafond.

– Merde. Je pensais qu'on t'avait trouvé un bon candidat.

– Ouais, merde.

Parce que le seul homme pour lequel Emily avait un déclic et qui l'attirait de plus en plus chaque jour était aussi le seul qu'elle ne pouvait pas avoir.

EMILY PRIT un Uber pour rentrer chez elle et se débarrassa de ses escarpins dès la porte de son appartement deux pièces. Il était situé dans le quartier de Tahoe Island Park, à quelques mètres d'une piste cyclable qui longeait le bois le long d'Emerald Bay Road, la route de la Baie d'émeraude. Ces derniers temps, elle ne se promenait plus le long du chemin. Elle finissait trop tard, puis elle continuait de travailler en rentrant chez elle. À croire qu'elle avait oublié comment était la vraie vie.

Elle savait s'amuser avant. Peut-être pas dans le style glamour de Lisa, mais elle s'amusait quand même. Ce soir, elle ne voulait pas sortir, ni avec ce Zander ni avec un autre. Pas quand son cœur était ailleurs.

Ces deux dernières semaines, Emily avait appris à connaître le vrai Levi, et pas seulement le beau mec sur lequel elle avait flashé étant plus jeune. Ou l'homme qu'elle avait trouvé toujours aussi séduisant en entrant pour la première fois dans son bureau au Club Tahoe. Levi était sûr de lui, autoritaire et sexy à mort. Mais il était aussi dévoué envers ses frères − souvent à ses dépens −, doux avec son vieux chien et il savait gérer la pression. Il était protecteur, et c'était extrêmement sexy. Son père n'avait jamais été là pour elle ou Lisa, alors que Levi s'efforçait depuis son plus jeune âge de prendre soin des personnes qui l'entouraient.

Emily aurait pu se contenter de l'admirer − d'accord, le reluquer aussi − s'il ne la regardait pas dans les yeux comme si elle était une chose fragile et précieuse. Aucun homme, même pas son père, ne l'avait jamais appréciée. Puis Levi l'avait embrassée comme s'il était affamé. Comme si elle était *son* île dans la mer déchaînée. Et de cela, elle ne pouvait pas se remettre. Être voulue et désirée par un homme qu'elle admirait. Mais elle devait renoncer à lui.

Il n'était peut-être plus le mec de Lisa, mais il n'était pas le sien non plus. Comme l'avait dit sa sœur, Levi savait ce qu'il voulait et il l'obtenait, mais il ne voulait pas d'Emily. Il n'avait pas fait la moindre allusion à leur baiser ni essayé de répéter l'expérience.

Donc elle devait passer à autre chose.

Emily fronça les sourcils et s'affala sur le canapé. Elle laissa tomber sa tête dans ses mains.

Ce n'est qu'après la seconde sonnerie du téléphone qu'elle jeta un œil vers son sac à main, à côté du canapé.

Qui lui envoyait des textos si tard ? Il était presque minuit. Personne à part Lisa ne la contactait en pleine nuit, et Emily venait de quitter sa sœur.

Elle se pencha sur l'accoudoir, s'écrasant l'estomac et les poumons au passage, et saisit le sac qu'elle avait jeté en arrivant. Lisa n'avait pas intérêt à lui monter un autre rencard. Elle ne se sentait pas capable de supporter un autre rendez-vous arrangé de sitôt.

Levi : *Comment s'est passé ton rendez-vous ?*

Le cœur d'Emily s'emballa. Ça alors ! Pourquoi Levi lui envoyait-il un texto ? Il y avait une urgence ?

Emily : *Tout va bien ?*

Inutile de lui dire qu'elle ne ressentait absolument rien pour le type avec lequel sa sœur lui avait arrangé un rencard. En plus, ça ne l'intéressait pas vraiment de savoir comment ça s'était passé. Il y avait forcément quelque chose qui n'allait pas.

Levi : *Tu es chez toi ?*

Emily : *Pourquoi tu demandes ça ?*

Levi : *Je m'assure juste que mon employée vedette aura une bonne nuit de sommeil. On commence tôt demain.*

D'accord, il la surveillait ou bien ? Après qu'elle lui ait dit qu'elle avait un rencard. Hum…

Emily : *Grace sera-t-elle au bureau demain ?*

Levi : *Tu n'as pas eu ta dose de mon chien aujourd'hui ?*

Emily : *Elle est très câline. J'ai apprécié ma sieste. Quand je n'avais pas le syndrome du canal carpien à force de lui gratter la tête.*

Levi : *Pas de chien, juste du travail. À demain.*

Emily sourit en relisant les textos. Elle bondit sans doute aussi plusieurs fois de joie sur le canapé.

Levi pensait à elle. Et si elle lisait correctement entre les lignes, il lui demandait de ses nouvelles juste après qu'elle soit sortie avec un autre homme.

Ce qui signifiait que leurs baisers n'étaient peut-être pas aussi insignifiants pour lui qu'elle le pensait.

Chapitre Dix-Neuf

Levi réussit à passer les jours suivants sans poser de questions à Emily sur ce type qu'elle voyait, en plongeant dans le lac tous les soirs pour se vider la tête. Inutile de penser à une femme qui était interdite.

Seul problème ? L'interdiction attisait terriblement la tentation.

Levi n'était pas un adepte des règles, mais elles étaient nécessaires pour un pompier quand la sécurité d'hommes et de femmes dépendait de lui. Il avait élevé en partie ses quatre frères, et cela signifiait qu'il avait gardé un œil sur eux aussi. Ce n'était pas un saint, mais il essayait de se comporter correctement.

Alors pourquoi, pensait-il en regardant la femme en question assise en face de lui avec son chemisier blanc boutonné jusqu'en haut, cherchait-il à repousser *cette* limite ?

Il n'avait pas prévu Emily, et sans plan, il ne pouvait pas la protéger, ni elle ni personne. De toute façon, le club devait être sa priorité numéro un en ce moment. Mais bon sang, il ne pouvait pas s'empêcher de penser à Emily ou à ces baisers.

Il était tenté. *Très* tenté de passer à l'action. Mais elle n'avait pas l'air d'être du genre aventure d'un soir, et il ne pouvait pas lui offrir plus.

— Donc, demanda-t-elle en regardant sa tablette, est-ce que j'ai ton accord pour avancer avec l'équipe marketing et accueil sur un programme pour les enfants ?

Levi cligna des yeux. Et toussota. Il était en train d'observer une longue mèche de cheveux lui effleurer la poitrine tandis qu'elle prenait des notes sur son appareil.

— Prépare-moi d'abord un budget et on en discutera après.

Ses lèvres charnues esquissèrent un petit sourire et elle hocha la tête avant de replonger le nez dans sa tablette. Elle balaya distraitement la mèche sur son épaule, l'éloignant de ses seins, et il poussa un soupir de déception.

Levi n'était pas opposé au programme pour enfants. Il était tout à fait d'accord pour satisfaire ses clients et chercher des revenus supplémentaires, mais il ne pouvait pas se permettre de se tromper, pas avec l'incertitude au sujet de Shin Electronics. Ils n'avaient eu aucun retour venant de l'entreprise et Levi n'était pas optimiste. Cependant, lorsqu'Emily avait demandé à lui parler des activités pour les enfants, cela lui avait semblé être une bonne occasion de la faire venir dans son bureau pour passer un moment platonique ensemble — juste toucher avec les yeux. Mais elle avait avancé des arguments forts qui ne pouvaient pas le laisser indifférent. Ce programme pourrait être bon pour le club à tous les niveaux.

Ils avaient passé toute la matinée avec le directeur financier à étudier les chiffres actuels, et cela s'était révélé moins pénible que d'habitude. Tout était plus supportable quand Emily était là. Et sur une note plus positive, le directeur financier avait déclaré qu'avec les animations du soir qui attiraient un flux de visiteurs supplémentaires, ils pouvaient espérer sortir du rouge d'ici un an — à condition de louer les salles de réunion. Et la seule façon d'y parvenir était d'inciter les entreprises à réserver le Club Tahoe pour leurs séminaires et conférences.

Levi se leva et marcha jusqu'à la fenêtre donnant sur le jardin paysager avec des pins et des buissons taillés en préservant un côté sauvage. Mais rien n'était aussi sauvage que la nature elle-même, et chaque jour où Levi était enfermé dans ce bureau, sa terre lui manquait.

– Des idées pour attirer les entreprises sur le site ? On a perdu cinq de nos plus gros clients, et comme on l'a vu ce matin, ça fait un trou dans nos revenus.

– À ce propos, dit Emily, ses longs doigts graciles tapotant le dossier qu'elle avait sur les genoux. Je ne comprends pas pourquoi on a perdu ces contrats.

Elle fronça le nez en fouillant dans une pile de papiers. Elle en sortit un formulaire qu'elle lut en diagonale.

– Les responsables de l'accueil font un rapport après chaque séminaire pour évaluer la satisfaction client et les points d'amélioration souhaités, poursuivit-elle en tendant la feuille. Que des critiques positives et l'intention de revenir de nos clients. On envoie également un questionnaire anonyme à tous nos clients, pas seulement les participants des séminaires, et on reçoit rarement de commentaires négatifs. Je n'arrive pas à comprendre.

Il se tourna vers elle et appuya sa hanche contre le rebord de la fenêtre, en croisant les bras.

– Que disent les commentaires négatifs ?

Emily lorgna furtivement sa poitrine et ses bras avant de détourner le regard ;

– Oh, euh… bafouilla-t-elle en feuilletant les papiers. Pas assez de coachs bronzage.

Il haussa un sourcil.

– C'est comme ça que tu as identifié qu'on avait besoin de plus de garçons de plage ?

Emily leva les yeux, rougissante.

– C'était juste une intuition.

Elle prit une autre feuille.

– S'il vous plaît, changez les serviettes de plage. J'en ai eu deux qui étaient élimées. Tous les commentaires sont de ce style, ajouta-t-elle en consultant d'autres formulaires. Rien de rédhibitoire.

Il se gratta la mâchoire.

– A-t-on changé les serviettes de plage ?

Elle sourit.

– Je me suis penchée sur la question, et on a changé les serviettes il y a deux mois. Cela faisait déjà partie de la liste des articles à renouveler périodiquement.

– Donc les commentaires sont bons, mais bizarrement, on rate la cible.

Emily tapota les papiers pour les empiler, se leva et arpenta la pièce.

– C'est le truc. On ne rate pas la cible. Le Club Tahoe est connu comme le premier complexe hôtelier de luxe de South Lake Tahoe. Ce n'est pas normal que le Blue Casino ait réussi à nous voler trois de nos cinq grands comptes de longue date. Même si je n'ai rien contre le casino où travaille ton frère, mais…

– Le Blue Casino s'adresse à une clientèle différente — plus moderne par rapport au luxe traditionnel. Et ils n'ont pas les mêmes installations ni qualité de service que nous.

– Exactement.

– Pourtant, ils arrivent quand même à nous voler nos clients, dit-il en regardant par la fenêtre. Je vais parler avec Adam. Voir ce qu'il sait. Pour l'instant, travaille avec le marketing et essayez de trouver d'autres idées pour attirer plus de clients corporate.

Emily opina et se dirigea vers la porte, mais elle s'arrêta à mi-chemin et se retourna, serrant sa pile de dossiers.

– Comment va Grace ?

Levi décroisa les bras et mit une main dans sa poche en riant.

– Elle roupille toute la journée. On lui a enlevé sa collerette, elle se sent beaucoup mieux maintenant.

– Oh, tant mieux. Eh bien, préviens-moi si tu as encore besoin d'une dog-sitter, dit-elle en haussant les épaules et souriant timidement. Ça m'a plu. J'aime peut-être les chiens, finalement.

– Alors je te prête le mien volontiers et je vais accepter ton offre. Je dois me rendre à San Francisco ce week-end. Wes me fait rencontrer un joueur du circuit professionnel qui a des relations au sein de la fédération. On va discuter de la possibilité d'organiser un tournoi de golf ici. Si on n'arrive pas à pêcher trois ou quatre gros clients corporate, ce serait sans doute la meilleure solution. C'est un pari risqué, mais ça vaut la peine de tenter le coup.

– Je serai ravie de garder Grace. Dois-je aller la chercher chez toi ?

– J'ai un grand jardin. C'est plus simple si tu la gardes chez moi. Il y a le Wi-Fi et une parabole si tu préfères la télévision. Je veillerai à remplir le frigidaire.

Elle rit.

– Ne t'en fais pas pour ça. Grace et moi, on survivra. J'ai hâte d'y être.

Emily ouvrit la porte et sortit tout heureuse du bureau.

Levi la regarda partir, puis il se tourna vers la fenêtre. C'était le moment de passer ce coup de fil à Wes. Il n'y avait pas de rendez-vous *officiel* à San Francisco, seulement un embryon d'idée dont il avait discuté avec Wes autour d'une bière l'autre soir. Il n'avait pas vraiment menti à Emily. Mais l'idée qu'elle s'occupe de Grace et passe du temps chez lui, même en son absence, était trop séduisante pour la laisser passer. Il serait à San Francisco, loin de chez lui. Quel mal y avait-il à cela ?

———

EMILY ARRIVA en fin de matinée le samedi. Quand Levi la vit sur le seuil de son chalet, l'air se bloqua dans ses poumons. Elle portait un haut fin en maille qui épousait ses courbes délicates et avait attaché ses cheveux, dégageant son joli visage. Un visage qui ne portait pas un gramme de maquillage, pas même de rouge à lèvres.

Il n'avait jamais vu une femme aussi belle. Elle avait un jean serré de taille aux chevilles qui montrait ses jambes et son cul sous un angle nouveau et intéressant. Une perspective qu'il aurait bien aimé examiner de plus près – si elle n'était pas une femme qu'il voulait à tout prix éviter de toucher.

Il essayait *vraiment* de garder leur relation platonique, même s'il ne pouvait pas résister à l'envie de passer du temps avec elle.

Levi expulsa l'air de ses poumons et ouvrit la porte en grand.

– Entre, dit-il en cherchant son chien. Grace ? Ta masseuse est là.

Grace se précipita vers Emily et lui lécha la main. Elle entreprit ensuite de lui lécher le genou, puis le mollet, et ses baskets blanches, avant de remonter vers le genou.

Grace ne pouvait pas voir une partie du corps sans la lécher. Levi était un peu jaloux de la liberté de sa chienne. Mais s'il commençait à dévêtir Emily et lui donner des coups de langue comme il l'avait fantasmé en la voyant sur son perron, ce serait inapproprié. Et intime. Et enfreindrait la règle qu'il s'était fixée.

— Grace, appela Levi.

La chienne courut vers lui, lâchant Emily pour le moment. Il lui lança un regard d'excuse.

— N'hésite pas à te laver les mains dans l'évier. Le bain de langue de Grace laisse parfois à désirer niveau propreté.

Emily rit et se dirigea vers la cuisine linéaire dotée d'une grande fenêtre avec vue sur les montagnes.

— Ta maison se trouve dans un endroit magnifique. Et elle est vraiment bien conçue. Tu devrais voir l'appart riquiqui dans lequel je vis. Je te jure que le bois de la façade se décroche par endroits.

Il fronça les sourcils.

— Ça ne m'a pas l'air bien entretenu. Tu es sûr que le bâtiment est salubre ?

Elle sourit, mais il ne trouvait pas ça drôle.

— Pompier un jour, pompier toujours, hein ?

Il se frotta la mâchoire, puis esquissa un sourire.

— Difficile de se débrancher… Cela dit, ton appart ne semble vraiment pas un endroit sûr.

Elle secoua la tête.

— Ça va. Ce n'est pas idyllique, mais je n'y vis que temporairement. Je chercherai un autre endroit quand j'aurai économisé. Comment as-tu trouvé ta maison ? Elle est idéalement située. Tu es loin de la foule, mais proche de tout, et tu as vue sur le lac.

— C'était mon travail de connaître ces montagnes.

Elle ferma le robinet et son visage s'assombrit un instant.

— Le métier de pompier te manque ?

Il lui indiqua un torchon attaché au placard du haut.

— Avant, oui.

Elle s'essuya les mains.

— Mais plus maintenant ?

Levi frotta Grace derrière l'oreille en réfléchissant.

— Bonne question. Si tu me l'avais posée il y a un mois ou deux, j'aurais répondu oui sans hésiter. Aujourd'hui… je ne sais pas. Je ne serai jamais capable de reprendre ce métier un jour.

Emily lui fit face, appuyée contre l'évier.

— Ton père m'a parlé d'un accident à l'époque, mais il ne m'a jamais dit ce qui s'était passé.

Levi passa le doigt sur la cicatrice rouge vif au-dessus de son œil. Petite pour une blessure qui avait causé tant de dégâts.

— J'ai reçu un bloc de ciment sur la tête, dit-il en grimaçant. Je dois avoir le crâne dur, parce que ça aurait dû me tuer.

La poitrine d'Emily se souleva brusquement et retomba.

— C'est horrible.

Il haussa les épaules.

— J'ai survécu, et le garçon qui avait allumé le feu dans le local abandonné a survécu aussi, alors ça s'est bien fini. Ça aurait pu être bien pire. Quelqu'un aurait pu mourir ou j'aurais pu prendre plus cher qu'une perte partielle de la vision.

Le pire cauchemar de Levi était de perdre une personne qu'il aimait. C'était pour sauver des vies qu'il était devenu pompier. Privé de cette mission, il avait dérivé un moment. Mais il pouvait protéger les gens qu'il aimait en dirigeant le Club Tahoe. Juste dans un cadre plus policé.

— Alors tu as perdu une partie de ta vision ?

— Pas assez pour que ça me handicape — sauf quand on est pompier. Même une perte minime de la vision périphérique suffit à te coller derrière un bureau pour le restant de ta carrière.

Il fronçait les sourcils en direction de la table de cuisine faite par Jaeg. C'était l'un de ses meubles préférés dans la maison, mais là, il la regardait sans la voir. Il avait accepté l'idée que sa carrière de rêve était terminée, mais c'était encore difficile à avaler.

— Peut-être que c'est mieux ainsi, dit-elle.

Il leva les yeux.

— Pardon ?

— Pas la perte de vision, mais le fait que ton père t'ait mis à la tête du Club Tahoe. Si tu étais resté à la caserne, à regarder tes collègues partir en intervention sans pouvoir les suivre, ça aurait été un rappel constant de ce que tu as perdu. Alors qu'aujourd'hui, tu peux porter des costards chics, et je sais que tu *adores* ça.

Il sourit. Il détestait les tenues de pingouin, et tirait suffisamment souvent sur son col de chemise amidonné pour qu'elle l'ait remarqué.

— *Et*, dit-elle, tu peux donner des ordres à nous autres, tes sous-fifres.

Il se frotta la mâchoire en souriant.

— C'est vrai que j'aime beaucoup cet aspect de ma fonction.

— N'est-ce pas ? Qui ne veut pas passer du temps avec une fille intello obsédée par tous les détails que tu détestes ?

— Encore un autre avantage.

Cette fois, il lui fit un grand sourire. Emily lui avait vraiment facilité la vie. Non, pas facilité, parce qu'être à côté d'elle sans pouvoir la toucher n'était pas facile. Elle avait rendu sa vie *meilleure*. Grâce à l'aide qu'elle lui apportait, bien sûr, mais aussi par sa présence qui rendait chaque moment plus agréable et gai.

Elle sourit timidement, puis regarda autour d'elle.

— Que dois-je faire pendant ton absence ? À part caresser la chienne non-stop. La nourrir ? Lui donner un bain ?

— Je lui ai donné à manger, mais quelques promenades ne lui feraient pas de mal. Pas la peine de lui donner un bain. Je ne t'imposerai pas cette épreuve. Tu finirais trempée de la tête aux pieds, et au lieu de te laver, ça te salirait.

— Compris. Pas de bain. Jusqu'où va ce chemin ? demanda-t-elle en regardant par la fenêtre derrière lui.

Il traversa le salon jusqu'à la fenêtre donnant de l'autre côté de la propriété. Emily le suivit.

— À environ six cents mètres plus loin, dit-il en faisant un geste vers le nord. Il n'est pas pavé, mais il est rebattu et Grace connaît le chemin. Pas besoin de laisse ; elle n'aime pas s'éloigner de ses proches.

Emily fit un grand sourire, et le cœur de Levi vacilla.

— Je fais partie de ses proches ?

— Elle s'est servie de toi comme coussin l'autre jour, alors je dirais oui.

Elle regarda Grace, sa vieille chienne à la langue bien pendue qu'il avait sauvée.

— Ça me fait plaisir d'entendre ça. Je n'aimerais pas être un paillasson, mais un coussin ? Voilà un rôle auquel on peut aspirer.

Son cœur battait fort tandis qu'il s'approcha près d'elle. Elle était adorable, et elle ciselait, de sa main de fer dans un gant de velours, son cœur devenu dur comme du ciment.

Emily dut remarquer à quel point ils étaient proches. Elle avait peut-être même senti la chaleur que son corps générait en sa présence. Elle recula d'un pas.

— Ne te mets pas en retard. Grace et moi, on va se débrouiller.

– Très bien. Je ferais mieux d'y aller.

Il marcha jusqu'à la console près de la porte et ramassa ses clés et son téléphone. Il s'arrêta, regarda autour de lui. Ça lui semblait étrange de laisser Emily chez lui… et réconfortant.

La prochaine fois, il engagerait un garde de chien professionnel. Même s'ils étaient amis, il avait des pensées *très* amicales envers son assistante, du genre dénudé, et cela ne l'incitait pas à la retenue. Elle lui rendait service, et lui ne pensait qu'à l'enlacer et promener ses mains et ses lèvres sur sa peau.

– On prend un petit avion pour aller à SFO, dit-il. Je serai de retour vers onze heures du soir. Grace se débrouillera seule pendant quelques heures, alors ne te sens pas obligée de rester tard à cause d'elle.

– Entendu. Bon vol.

Elle s'assit sur le canapé, où Grace la rejoignit. Immédiatement, Emily se mit à la caresser et la gratter derrière les oreilles, rendant sa vieille chienne plus heureuse qu'il ne l'ait jamais vue.

Levi les salua de la tête et ficha le camp avant de faire une bêtise comme embrasser Emily pour lui dire au revoir. Mais pourquoi le fait de partir sans la toucher était-il un supplice ?

C'était une mauvaise idée. Un plan stupide, complètement improvisé. Tout ça pour quoi ? Pour se rapprocher d'Emily en dehors du boulot ? Ce qui était une mauvaise idée aussi de toute façon, car ils ne seraient jamais en couple. Elle était son employée la plus précieuse, l'aidant plus qu'elle ne pouvait l'imaginer avec ses idées brillantes et ses connaissances qui permettaient au Club Tahoe de tourner sans problème.

– Ne fous pas tout en l'air, marmonna-t-il en marchant vers son SUV.

Il s'installa derrière le volant, vêtu d'un jean foncé et d'une chemise. Dieu merci, il n'avait pas besoin de porter un costume. Une tenue décontractée suffisait pour le pote de Wes, même si c'était un rendez-vous de travail. Il s'engagea sur la route et essaya de ne pas penser à la jolie fille qu'il avait manipulée pour qu'elle garde son chien. Il se le reprocherait plus tard.

Une fois chez lui, il aurait une franche discussion face au miroir sur les limites à ne pas franchir.

Chapitre Vingt

evi ouvrit la portière de voiture et descendit, puis il s'étira en bâillant. Le rendez-vous avec le copain golfeur de Wes s'était révélé être un vrai fiasco. Ils étaient arrivés en ville et venaient de s'asseoir pour dîner quand Wes et son pote avaient commencé à s'enfiler des shots. Le projet de parler boulot était rapidement passé à la trappe, et Wes avait fini la soirée avec une fille. Ce qui avait condamné Levi à faire le retour dans le jet privé qui lui avait coûté un bras et une jambe au milieu de gloussements et d'autres bruits qu'il aurait préféré ne pas entendre. Levi ne voulait pas savoir comment Wes comptait ramener la fille à San Francisco. Il était trop énervé contre son frère d'avoir organisé ce qui s'avérait être un plan cul hors de prix, et aux frais de la société, en plus. Une perte de temps totale pour Levi.

Il se dirigea vers le chalet et s'arrêta au milieu de l'allée. Il fronça les sourcils en apercevant la petite voiture grise métallisée d'Emily toujours garée là. Ce détail lui avait échappé en arrivant.

Il regarda sa montre. Presque minuit. Elle aurait dû rentrer chez elle il y a plusieurs heures.

Il ouvrit la porte et entra sur la pointe des pieds. Les lumières étaient tamisées, et il ne la vit pas tout de suite. Puis ses yeux tombèrent sur le canapé.

Quelque part au fond de sa poitrine, son cœur se mit à palpiter et à gonfler, la chaleur se répandant dans ses membres. Emily était allongée sur le dos, avec Grace sur elle. Exactement comme il les avait trouvées au bureau l'autre jour. Mais cette fois, Emily n'était pas réveillée. Son bras était en travers du corps de Grace, et leurs têtes se touchaient.

Levi regarda le plafond. S'il l'avait simplement trouvée attirante, rester loin d'elle n'aurait pas présenté de difficulté. Il avait réussi à garder ses distances avec de belles femmes durant des mois sans aucun problème. Mais la situation était différente avec Emily. Ce spectacle d'une rare beauté n'avait rien à voir avec le physique, et il se trouvait désarmé face à cela.

Il n'avait pas prévu qu'elle entre dans sa vie. Il n'avait pas non plus planifié leur avenir comme il l'avait fait avec Lisa, visualisant un rêve lumineux et brillant qui ne s'était jamais réalisé. Cette histoire avec Emily était compliquée, mais c'était aussi la chose la plus réelle qu'il vivait depuis longtemps. Peut-être depuis toujours. Il ne l'avait pas prévue, mais elle avait pris néanmoins une place importante dans sa vie, et pas seulement au travail. Elle l'avait harponné sans qu'il s'en rende compte, et il était sur le point de faire une chose encore plus stupide que le merdier dans lequel il s'était retrouvé dernièrement.

Il devait la réveiller. La faire sortir d'ici avant d'agir sur le coup d'une impulsion. Parce que rien n'avait changé. Le Club Tahoe était toujours sa priorité absolue. Mais il ne voulait pas qu'elle s'endorme au volant en rentrant chez elle…

Il posa ses clés et son téléphone sur la console, et Grace leva la tête. Elle le défia avec son regard de chien de la virer de son nouveau coussin.

Il secoua la tête et se dirigea vers l'arrière de la maison, où se trouvait sa chambre. Emily dormait toujours profondément. Il allait se changer, puis la réveiller et la ramener chez elle. Ou lui proposer de rester pour la nuit — non, mauvaise idée. Il se tournerait et retournerait sur le canapé en pensant à elle, couchée dans son lit.

Il allait la reconduire chez elle, fin de l'histoire.

Levi ferma à moitié la porte de sa chambre et prit un pantalon de survêtement et un t-shirt. Il déboutonna sa chemise et l'enleva, puis il se débarrassa de son pantalon. Il venait tout juste de remonter la ceinture de son survêtement sur ses hanches quand il entendit un craquement de l'autre côté de la porte.

Il se retourna et vit Emily dans l'embrasure, à moins d'un mètre de lui, en train de mater son torse nu.

Elle rougit vivement, et il s'empressa d'attraper un t-shirt. Mais elle ne détourna pas le regard. Non. Elle planta les yeux dans les siens.

Levi déglutit et s'avança. *Mauvaise idée. Laisse cette fille tranquille.*

Mais elle ne fit pas demi-tour, ni ne recula, ce qui aurait facilité sa décision. Non. Elle sortit la langue et s'humecta les lèvres.

Aucun homme n'était assez fort. Pas quand une fille comme Emily le regardait les yeux brillants de désir.

– Désolée… j'ai entendu du bruit et je suis venue voir ce que c'était. Je vais… partir, dit-elle.

Il fronça les sourcils, posant les mains sur ses hanches.

— Tu es venue ici parce que tu as entendu du bruit ? Et si ça avait été un cambrioleur ?

Ses yeux étaient scotchés sur son corps.

— Je ne pouvais pas laisser Grace toute seule, dit-elle d'un air absent.

— Alors tu as risqué ta vie pour mon chien ?

Elle opina, sans quitter sa poitrine des yeux.

Il soupira longuement. Sa décision était prise, qu'il le veuille ou non.

— Alors je devrais te remercier…

Il fit ce dernier pas qui les séparait encore et se retrouva face à elle.

Ses cils battirent et elle leva les yeux.

— Me remercier ?

Il passa un bras dans son dos et l'attira vers contre sa poitrine. C'était l'excuse dont il avait besoin. Parce qu'en ce moment, il ne pensait pas avec sa tête.

Il lui prit la bouche et l'embrassa avec tout ce désir qu'il avait refoulé. Il descendit les mains, et lui agrippa les fesses, dans le jean moulant qui l'avait excité plus tôt.

Elle s'agrippa à ses épaules et l'embrassa avec la même fougue.

Il rompit le baiser pour faire courir ses lèvres sur la peau soyeuse de son cou.

— On ne devrait pas faire ça.

— Pourquoi ? demanda-t-elle d'une voix haletante.

— C'est une très mauvaise idée, marmonna-t-il. Mais je suis un homme faible et j'ai envie de toi.

Elle recula et lui jeta un regard étonné.

— Ce n'était pas le cas avant. Tu m'as embrassée et ensuite, tu as fait comme s'il ne s'était rien passé. Tu es sûr que tu en as envie ?

Il l'avait ignorée, mais pas pour les raisons qu'elle pensait.

– Tu mets en doute mon désir pour toi ?

Il colla ses hanches contre les siennes pour lui montrer la preuve de son désir, qui tendait le tissu de son survêtement.

Elle lui lança un sourire aguicheur.

Il soupira.

– Crois-moi, j'ai envie de toi.

C'était une réponse idiote, mais il ne voulait pas lui dire ce qu'il pensait : qu'il désirait autant sa présence que son corps. Il était censé fixer des limites. Et il avait manifestement échoué.

– Dis-moi d'arrêter.

Elle secoua la tête lentement et lui saisit la nuque, puis attira ses lèvres vers les siennes et fit glisser sa langue sur sa lèvre inférieure.

Le feu se propagea au creux de ses reins, avivant son désir. Levi la souleva et la porta jusqu'au lit, l'allongea sur le dos et s'étendit à côté d'elle. Il lui embrassa la gorge, la clavicule, et elle roula sur lui, pressant la cuisse contre sa hanche.

– Je ne veux pas te faire mal, dit-il.

– Tu ne me feras pas mal, tu es doux.

La poitrine d'Emily se soulevait rapidement et sa respiration s'accélérait.

Ça ne lui ferait pas mal ? Les femmes n'étaient pas douées pour avoir une brève liaison. La plupart du temps, elles en voulait plus.

– Physiquement, non, mais… je ne veux pas te faire mal d'une autre façon non plus.

Elle aplatit les mains sur sa poitrine et les promena sur son torse, attouchement sensuel qui accéléra la respiration de Levi. Elle était en train de le tuer.

– Tu vas arrêter de m'embrasser ? dit-elle. Parce que ça me contrarierait beaucoup.

Il la regarda sérieusement.

– Si tu me le demandes, je le ferai.

– Mais seulement si je te le demande ?

Était-ce une question piège ? Son cerveau tournait au ralenti. Trop de sang affluait vers le sud.

– Je… oui, si tu me le demandes.

Elle posa les yeux sur son torse.

– Ne t'arrête pas.

Levi bascula son poids sur ses avant-bras et inséra son bassin entre ses cuisses. Il lui prit la bouche, frottant la partie dure et tendue de son corps contre les parties tendres du sien. Il grogna et sentit le cœur d'Emily battre dans sa poitrine, son souffle s'accélérer. Il glissa une main sous sa hanche et lui empoigna une fesse. Il lui souleva la jambe et la passa derrière sa cuisse, où elle enfonça son talon.

Il était prêt. Tout de suite. Il voulait la déshabiller et lui faire l'amour.

Pas l'amour. Du sexe, seulement du sexe. L'embrasser, ça allait aussi. Aucune femme n'avait jamais eu le cœur brisé par un baiser, n'est-ce pas ?

Et la toucher. La toucher partout. Définitivement, il avait besoin de la toucher.

Levi glissa la main sous son haut en maille, remontant sur sa peau nue jusqu'au soutien-gorge soyeux qu'il dégrafa en deux secondes.

Emily lui mordilla la lèvre, et il dut s'arrêter. Ralentir. Inspirer à fond.

Il devait à tout prix garder le contrôle.

Il sourit et lui enleva son haut par la tête, puis le jeta au bas du lit. Son soutien-gorge suivit le même chemin et alors, ce ne fut plus qu'une douce caresse peau contre peau, ses jolis petits seins pressés contre sa poitrine tandis qu'il l'embrassait et faisait courir ses lèvres sur sa clavicule.

— Tu es tellement belle.

———

AVAIT-ON déjà dit à Emily qu'elle était belle ? Bien sûr. Mais jamais un homme dont elle était amoureuse. Et, lentement, elle avait commencé à tomber amoureuse de Levi. Elle n'aurait pas dû. Il lui avait fait comprendre que c'était une mauvaise idée selon lui. Mais l'attraction qu'il exerçait sur elle était plus forte que tout ce qu'elle avait ressenti auparavant. Oh, il y avait des moments où il la frustrait terriblement, mais c'est ainsi qu'elle avait su que ses sentiments étaient sincères. Parce que même dans ces moments-là, elle préférait être avec lui plutôt qu'avec n'importe qui d'autre.

La grande main de Levi lui engloba la poitrine et elle faillit gémir. Il embrassa l'autre sein, enroula les lèvres autour de son mamelon et le titilla de la langue.

Emily resserra sa jambe contre sa cuisse, intensifiant la friction. Mais pas assez. Vraiment pas assez.

Elle glissa une main entre eux, puis sous la ceinture élastique (très pratique) de son pantalon de survêtement. Elle n'eut pas besoin d'aller loin pour trouver ce qu'elle cherchait. Il était en érection, et le bout de son sexe sortait de son caleçon.

Son cœur martela sa poitrine tandis qu'elle empoignait sa trique épaisse et douce comme du velours.

Levi tressaillit et s'écarta lentement en se tournant, sa poitrine se soulevant et s'abaissant rapidement.

— On doit s'arrêter.

Il lui couvrit la poitrine avec la couverture jetée au bout du lit, puis il fit basculer ses jambes sur le côté, et posa les pieds au sol, appuyant les avant-bras sur ses cuisses.

Elle se redressa.

– Qu'est-ce qui ne va pas ? Ce n'était pas… agréable ?

Il ferma les yeux et étouffa un rire.

– C'était bon. Bien trop bon, dit-il en la regardant avec chaleur. Je crois qu'on devrait s'arrêter là. Je ne m'attendais pas du tout à çà en rentrant à la maison. Je pensais que tu serais déjà partie.

Elle enroula le couvre-lit autour de sa poitrine.

– Je te l'ai dit. Ta chienne est une petite peluche très câline.

– Petite ?

Elle sourit.

– Peut-être pas si petite ! On a fait une dernière promenade et j'allais rentrer chez moi quand elle a eu envie d'une courte séance de caresses… Et tu sais comment ça se termine…

– Tu l'as caressée pendant une heure et tu t'es endormie ?

– Oui, exactement, dit-elle en tordant la bouche d'un air coupable. Désolée. Je n'aurais pas dû me laisser aller.

– Ça me fait plaisir que tu te sentes bien chez moi.

Il se tourna pour ramener ses jambes sur le lit et l'attira contre lui.

– C'était sympa de te trouver ici en arrivant, ajouta-t-il.

– Tu es sûr que ça ne te dérange pas ? J'ai un peu l'impression d'avoir squatté ton canapé sans permission.

Il attira sa tête sous son menton.

– J'ai de la chance. D'habitude, ce sont mes frangins qui squattent mon canapé. Ils crèchent ici à tour de rôle depuis huit ans. À un moment ou à un autre, on a tous eu besoin de s'éloigner de la maison…

Elle pencha la tête et le regarda.

– Ça se passait si mal que ça avec ton père ?

– Par moments.

Il regarda au loin, faisant courir sa main sur son bras.

Elle n'était pas sûre de comprendre pourquoi il avait interrompu brutalement leur étreinte, car elle était au bord de l'implosion, brûlante de désir pour lui. Elle pensa qu'il avait encore un frein mental. Elle travaillait pour lui… Et il y avait son passé avec Lisa. Deux bonnes raisons de s'arrêter avant d'aller trop loin, mais elle espérait bien le faire changer d'avis. Ce soir, c'était déjà un bon début.

— Quand ma mère était en vie, elle faisait ressortir le côté tendre et accessible de mon père, dit Levi. Après sa mort, il s'est cru obligé de se montrer fort pour nous. Il ne nous laissait plus rien passer. Mes frères et moi étions aussi têtus que lui, ce qui provoquait pas mal d'engueulades.

— Ça me désole, dit-elle doucement. Je ne sais pas ce qu'est un père normal. Le mien n'était jamais là, mais le tien était si gentil avec moi. Je pensais que…

— Il était gentil avec toi ?

Elle hocha la tête.

— Il n'était pas méchant avec nous. Et il n'était pas absent comme ton père, mais le travail passait toujours en premier. On est tous très différents, et on est des fortes têtes. Notre père n'était jamais content des choix que nous faisions, surtout s'ils ne coïncidaient pas avec ses désidératas.

Il lui écarta une mèche de cheveux et contempla son visage, plongeant les yeux vers sa poitrine, ce qui la fit rougir.

— Je suis sûr qu'il était gentil avec toi parce que tu es une personne très douce qui fait ressortir le meilleur des gens.

— C'est vrai ?

— Mmm, dit-il en fourrant le nez dans son cou. Sauf avec moi… tu me donnes envie d'être très vilain. Alors, ne me tente pas. J'essaie d'être sage.

En ce moment, elle ne voulait pas qu'il soit sage. Mais il avait dit quelque chose qui la tracassait.

— Et si j'avais pris une partie de la tendresse de ton père qui était destinée à tes frères et à toi ?

Il s'appuya sur un coude.

— Impossible. Réfléchis ; tu n'es pas apparue dans nos vies avant que je déménage de chez lui et commence à fréquenter…

— Ma sœur ?

Sa gorge se serra soudain et la chaleur quitta sa poitrine. Elle ne voulait pas penser à sa sœur dans les bras de Levi.

Il opina.

— Mes frères et moi étions obstinés et orgueilleux. Je comprends pourquoi mon père sentait qu'il pouvait être lui-même avec toi. Tu n'es pas comme nous, tu es douce. Je suis content qu'il t'ait aidée, parce que j'en récolte les fruits maintenant, dit-il avec un sourire suggestif.

Levi essaya de lui retirer la couverture, mais il disait des choses tellement gentilles qu'elle s'y accrocha, ne voulant pas que ce moment se termine.

Elle lui tapa sur la main qui s'aventurait sous la couverture et la remonta sur elle.

— J'espère que tu fais référence à mes compétences professionnelles.

Il battit des cils innocemment.

— Évidemment. Mais ça ne me gênerait pas que tu te balades les seins nus au travail. Ça embellirait ma journée. Enfin seins nus uniquement dans mon bureau. Inutile que les vautours du Club Tahoe profitent de ce qui est à moi.

Ce qui est à moi. Elle aima ce ton possessif.

Elle lui donna un petit coup dans l'épaule et enroula les bras autour de son cou. Il la débarrassa de la couverture dans la seconde.

– Tu es vilain.

– Pas souvent, mais j'ai vraiment envie de l'être avec toi.

Il l'attira vers lui et l'embrassa doucement sur la bouche.

– Alors pourquoi tu ne pourrais pas l'être ?

Levi poussa un gros soupir. Un nuage noir assombrit ses traits. Il se pencha en arrière, étendit le bras sur le côté du lit, ramassa son haut et son soutien-gorge sur le sol, et les lui tendit.

– Je te l'ai dit, je ne veux pas te faire de mal. Tu comptes trop pour moi.

Emily prit ses vêtements et les enfila à contrecœur. Le moment était passé, et elle désirait désespérément qu'il revienne.

Il se leva, et elle s'habilla en réfléchissant à ses paroles. Insinuait-il qu'il voulait y aller doucement ? Vu leur situation, ce ne serait pas plus mal.

Elle se mit debout et se pencha vers lui, traçant le contour de la cicatrice au-dessus de son œil.

– J'aime bien ta cicatrice.

Il rit et colla sa joue contre la paume d'Emily.

– Content qu'elle plaise à quelqu'un. Ce n'était pas la joie quand c'est arrivé.

– Je ne l'aime pas parce que tu as été blessé. Seulement… elle t'a amenée à moi. Et elle me rappelle que tu n'es pas le même homme que celui que j'ai rencontré il y a quelques années. Qu'on a tous les deux changé… Et puis, ajouta-t-elle avec un sourire coquin, les cicatrices *sont* plutôt sexy.

Il tira sur son décolleté et lui embrassa la clavicule, la chatouillant du bout de la langue, car le vilain garçon avait découvert une de ses zones érogènes.

– Ma cicatrice est sexy, hein ?

Elle rit tandis qu'il continuait de lui picorer la peau du bout des lèvres. Elle leva l'épaule pour se défendre.

— Très sexy.

— Hum, ne me donne pas d'idées, Emily, ou je ne te laisserai pas rentrer chez toi.

Si seulement il pouvait mettre sa menace à exécution, pensa-t-elle.

Chapitre Vingt-Et-Un

Malheureusement, Levi avait laissé Emily rentrer chez elle le samedi soir, mais il l'avait suivie en voiture pour s'assurer qu'elle arrive à bon port. Elle l'avait salué de la main à la porte et il était retourné chez lui, arborant un sourire niais durant tout le trajet. Ce dimanche avait été le jour le plus long de sa vie. Depuis qu'il travaillait au Club Tahoe, c'était la première fois qu'il avait hâte d'être au lundi.

Alors que Samuel, l'avocat rouquin dont Levi se souvenait pour une fois du nom, débitait sa tirade sur l'effondrement du chiffre d'affaires, Emily croisa les jambes, le frottement de sa peau soyeuse bruissant joliment dans son bureau insonorisé. Levi bougea sur son siège, la chaleur envahissant son entrejambe.

– En tant que conseil, rôle pour lequel votre père m'a engagé, dit Samuel, je pense qu'il serait imprudent et risqué de lancer ce programme pour enfants. Vous dépenseriez de l'argent que l'entreprise n'a pas.

– Mais ça n'a pas de sens, protesta Emily les mains jointes, visiblement agitée. Ce programme n'est pas coûteux, et si mes estimations sont correctes et qu'on le commercialise bien, ce dont je ne doute pas, il sera rentable. On utiliserait notre newsletter pour en faire la promotion, ce qui ne coûte rien, et on a tout l'espace nécessaire à l'aménagement d'une zone réservée aux enfants. Ethan Cade avait vu grand, il avait anticipé la croissance de l'hôtel et le besoin de services de ce genre dans un complexe de luxe. On pourrait commencer par embaucher une personne, et si le concept fonctionne bien, on pourrait transformer une des salles de réception proches de la piscine en espace pour enfants.

— Et où se auraient lieu les réceptions qu'on y organise actuellement ? rétorqua Samuel, manifestant son irritation.

Un ton qui ne plaisait pas à Levi. Mais alors pas du tout. Emily essayait de trouver des solutions, et ce cul coincé les dégommait toutes les unes après les autres.

— On peut organiser les réceptions, dit-elle, dans les luxueuses salles de réunion à l'intérieur de l'hôtel, dont beaucoup sont vides une bonne partie du temps.

— Mais ce ne sera plus le cas une fois que vous aurez attiré une nouvelle clientèle d'entreprises. N'ai-je pas raison, Levi ?

Le regard suffisant de Samuel migra vers Levi.

Le trouduc l'appelait par son prénom maintenant ?

— Avez-vous de nouvelles idées à ce sujet ? s'enquit Samuel. Pour compenser la perte de Shin Electronics. Je suppose qu'ils ne reviendront pas après les dérapages qui ont eu lieu durant leur séjour.

Samuel commençait à sérieusement lui taper sur les nerfs. Insinuait-il que Levi avait fait capoter le contrat avec Shin ? Et si jamais c'était le cas, ça ne regardait pas son avocat. Il était payé pour le conseiller, pas pour juger de la performance de l'entreprise. Ça, c'était le boulot de Levi.

— Je vous ferai savoir si une de nos initiatives aboutit.

Samuel poussa un soupir.

– Je préférerais être tenu informé de l'avancée des prospections.

Levi se leva et Samuel inclina la tête en arrière, ses yeux s'arrondissant face à la stature imposante de Levi. Était-ce la faute de Levi si son physique intimidait les gens ?

Il marcha jusqu'à la fenêtre et contempla la vue. Il était furieux que Samuel ait conseillé d'enterrer le programme pour enfants avant même qu'il ait vu le jour. C'était pour les mômes, bon sang. Et si Emily et le directeur financier étaient d'accord, ce serait un service intéressant pour l'hôtel.

– On va lancer le programme d'activités pour les enfants, lança-t-il par-dessus son épaule. Si ça ne rapporte rien au bout d'un trimestre, on envisagera de le réduire ou de revoir le plan marketing.

Emily lui fit un sourire reconnaissant. De ceux qui enflammaient son corps déjà en surchauffe. Le simple fait de se trouver dans la même pièce qu'elle lui faisait bouillir le sang.

Levi s'éclaircit la voix.

– C'est tout pour aujourd'hui.

Son attirance pour Emily ne diminuait pas. Elle grandissait, se transformait, pour devenir incontrôlable.

Il attendit que l'avocat et Emily partent, n'osant pas adoucir son expression dure et laisser filtrer ses pensées. Puis il s'affala dans son fauteuil de bureau moelleux et se perdit dans la contemplation du parc du Club Tahoe.

Mike, le jardinier, taillait des arbustes non loin de là. Il faisait partie du personnel du Club Tahoe depuis aussi longtemps qu'Esther. Ancien soldat d'élite des Marines, Mike avait enseigné à Levi et ses quatre frères la sécurité nautique par des exercices militaires et des tactiques de camp d'entraînement. Levi sourit. C'était la meilleure éducation qu'il avait reçue d'une figure paternelle. S'il y avait une chose que le père de Levi avait su faire, c'était de s'entourer des bonnes personnes pour élever ses fils.

Le reste de la journée fut pénible. Tandis qu'Emily mettait en place le programme pour enfants et cherchait de nouvelles activités de loisirs pour le site, Levi prospecta des entreprises à qui offrir des nuits gratuites pour découvrir le Club Tahoe. Entre les difficultés financières du club et ses efforts pour ne pas toucher Emily, Levi était d'une humeur de chien à la fin de la journée.

L'horloge indiquait vingt-deux heures. Il se frotta les yeux et se leva en s'étirant le dos. Il mit son ordinateur en veille et sortit de son bureau en fermant la porte à clé derrière lui. Il se dirigeait vers la sortie du personnel quand il aperçut une lueur au fond du couloir. La partie du bâtiment où se trouvait le bureau d'Emily.

Levi bifurqua dans cette direction sans réfléchir. Juste pour vérifier. Il n'y avait aucun mal à ça. C'était une bonne idée de s'assurer de qui était encore présent.

À moins que ce ne soit une excuse pour voir Emily. Parce que c'était son bureau qui était éclairé et il le savait pertinemment. Personne, mis à part eux deux, ne restait aussi tard.

Levi s'arrêta devant la porte ouverte du bureau. Il prendrait des nouvelles, puis rentrerait chez lui. Du moins, c'était ton intention.

Il toqua doucement et entra dans la pièce.

— Tu es encore là ?

Elle leva le nez de son ordinateur et lui fit un grand sourire.

— Oui, mais j'allais partir. Et toi ?

— Je m'en vais.

Elle acquiesça de la tête et se leva, ses mains s'agitant

nerveusement au bout de ses bras ballants tandis qu'il la déshabillait du regard, puis remontait vers son visage.

Visiblement, il n'était pas le seul à se réfréner. Attendait-elle qu'il fasse un geste ?

Il devrait partir. Ce serait plus simple pour eux deux. Ils pourraient faire comme si l'épisode de samedi soir n'avait pas eu lieu.

Exactement. Tout comme il avait prétendu que le baiser le soir de la réception n'avait pas existé.

Il s'avança vers le bureau au moment où elle en faisait le tour. Ils hésitèrent pendant une fraction de seconde, sans se parler. Un regard rapide sur sa bouche, ses seins. Le contact chaud des yeux d'Emily sur ses épaules, sa poitrine, et ses abdos avant de remonter.

Et Levi la prenait dans ses bras et l'embrassait.

– Tu m'as manqué cet après-midi, murmura-t-elle.

Les battements de son cœur martelèrent sa poitrine. Même si c'était bon à entendre, une petite partie de lui-même craignait que ça n'aille trop loin.

Mais elle tira sa chemise de son pantalon noir, la lui remonta sur la poitrine et ses réserves disparurent immédiatement. Peut-être qu'il avait tort et qu'elle était partante pour une aventure d'un soir.

Levi s'arrêta de l'embrasser le temps de passer sa chemise par la tête, puis il la débarrassa de son chemisier. Le soutien-gorge suivit.

Emily détacha la ceinture et le bouton de son pantalon, puis elle le caressa à travers le tissu.

Il inspira fortement. Son sang bouillonnait déjà. La tenir dans ses bras était comme mettre le feu à une grange.

Elle baissa sa braguette ; l'air climatisé rafraîchit sa peau brûlante. Sa petite main l'empoigna et il serra la mâchoire. Elle le rendait fou — parce que la seconde d'après, il la soulevait et posait son petit cul ferme sur le bureau. Il retroussa sa jupe étroite, mais heureusement extensible, jusqu'en haut des cuisses.

Levi fit courir une main le long de ses jambes jusqu'à sa petite culotte où il glissa les doigts, jusqu'à son point sensible.

Emily haleta.

– Ne t'arrête pas.

Sa main était déjà dans sa culotte, et enfonça un doigt dans sa fente une seconde plus tard. Ils poussèrent tous les deux un râle étouffé.

Elle était prête — tellement prête et mouillée.

Pourquoi s'arrêter ? Ils étaient adultes.

– J'ai envie de toi.

– Oui.

Emily faisait coulisser sa main sur son sexe, ce qui n'était vraiment pas nécessaire. Il était plus dur qu'un gourdin.

Il sortit une capote de son portefeuille, dans la poche du pantalon qui tenait à peine sur ses cuisses. Il l'enfila tout en lui embrassant la poitrine et le cou.

– Tu sens tellement bon.

Il descendit sa culotte sur ses jambes et la fit passer par ses talons, puis il la lança sur le côté et se positionna entre ses cuisses. Elle le regarda avec un sourire sexy et aimant… *aimant*.

Il déglutit et le doute s'insinua dans son esprit obsédé et embrumé. Il devait s'assurer qu'elle n'allait pas le regretter.

– Ça te va si c'est juste une histoire d'un soir, alors ?

Au moment où les mots sortirent de sa bouche, il sut qu'il avait merdé.

Emily se crispa et son sourire s'évanouit.

– Notre relation est très récente, mais… tu veux dire que… dit-elle en indiquant d'un geste leurs parties intimes qui se touchaient mais pas encore d'assez près, que c'est tout ce que tu veux ?

— Je veux dire que c'est tout ce que je suis capable d'offrir pour le moment.

Emily se couvrit la poitrine et Levi se maudit intérieurement. Il aurait dû fermer sa grande gueule.

Mais alors, il aurait eu l'impression de mentir. Même s'il était attiré par Emily, sortir avec elle compliquerait les choses.

— Pourquoi ? demanda-t-elle.

Il enleva la capote et remonta son pantalon, même s'il était à deux doigts de décharger.

— Ce n'est pas évident ? rétorqua-t-il d'un ton qu'il voulait aimable, mais la frustration prit le dessus, et sa voix se tendit. Tu travailles pour moi, et j'essaie d'éviter au club de faire faillite. Et j'ai aussi un passé avec ta sœur. Ce serait bizarre qu'on sorte ensemble.

— Bizarre.

Des flammes dansèrent dans ses beaux yeux gris. Elle glissa du bureau et récupéra son soutien-gorge et son chemisier. Elle enfila son haut par la tête, abaissa sa jupe, et se pencha pour ramasser la culotte qu'il lui avait enlevée.

— C'est drôle, moi je ne trouve pas ça bizarre, mais plutôt bon, très bon même d'être dans tes bras.

— De tout mon cœur, je suis d'accord avec toi, mais tu dois admettre que certaines choses doivent primer sur notre attirance mutuelle. Je dois m'occuper de mes frères et du complexe hôtelier. Et toi et moi, on n'a pas vraiment de raison d'être un couple.

Elle opina, mais ce n'était pas un signe de tête amical. Elle pinça les lèvres, ses mouvements étaient saccadés. Elle avait l'air sur le point de piquer une colère monumentale.

— Je vois. Alors ma sœur est assez bien pour toi, mais pas moi ?

– Non, ce n'est pas ce que je voulais dire.

Maudite bouche. Il aurait dû garder ce commentaire pour lui. Son corps trouvait un sens parfait à leur couple. Son esprit, cependant, ne pouvait pas le concevoir.

– Seulement je ne vois pas comment on pourrait avoir une relation durable avec ce lourd passif.

– Je n'ai pas de passif, Levi.

– Mon passif.

– Parce que tu ne t'es toujours pas remis de ta rupture avec ma sœur ?

Il se passa la main sur le visage.

– Non, enfin si, j'ai oublié ta sœur. Mais ça ne change pas le fait que je l'ai aimée autrefois, grimaça-t-il. Si on peut parler d'amour vu le peu d'expérience que j'avais à l'époque.

– Donc parce que tu l'as aimée autrefois, tu ne peux pas m'aimer ?

Il ne répondit pas. Ce qui en soi était une réponse. Mais la vraie raison de son silence était qu'il n'avait pas pensé à Emily en termes d'amour. Il avait pensé à l'envie, au désir et au besoin. Pas à l'amour.

– Alors c'est uniquement sexuel pour toi ?

Sur le principe, c'est ce qu'il était en train de dire, mais en réalité, il voulait bien plus. Seulement il pensait qu'ils n'y avaient pas droit. Ils n'étaient pas faits pour être ensemble. Sinon, il aurait remarqué Emily dès le début et non sa sœur. Il n'aurait pas oublié jusqu'à l'existence d'Emily avant qu'elle ne débarque de nouveau dans sa vie.

Elle prit sa sacoche et s'enfuit du bureau.

– Attends.

Il froissa le préservatif dans sa main et le jeta dans la poubelle, le laissant aux bons soins de l'équipe de nettoyage. Ce n'était probablement pas la meilleure chose à faire, mais il s'en foutait complètement.

Il courut après la femme qui voulait le fuir.

– Emily, dit-il, si j'ai dit ça, c'est uniquement parce que je ne veux pas te faire souffrir.

Elle s'arrêta, mais ne le regarda pas.

– Ne t'inquiète pas pour ça. Je suis une grande fille.

Elle se remit en marche et poussa la porte de la sortie du personnel, puis disparut dans la nuit.

Ses poumons le brûlaient. Il enfonça les doigts dans ses hanches, son menton lui tombant sur la poitrine. Qu'avait-il fait ? Il se sentait mal. La dernière chose qu'il voulait, c'était lui faire de la peine. Mais c'était la seule façon de mettre un terme à leur jeu. Il le savait. Il avait préféré l'ignorer parce qu'il la désirait.

Emily méritait mieux. Plus. Il ne pouvait tout simplement pas lui donner.

Mais il ne voulait pas non plus qu'un autre lui donne.

Et soudain, après toutes ces années, la jeune fille timide et studieuse dont il avait oublié jusqu'à l'existence était en train de devenir la seule femme qu'il ne pourrait jamais oublier.

Chapitre Vingt-Deux

Levi ne pouvait pas rentrer chez lui après ce qui s'était passé dans le bureau d'Emily — et quasiment *sur* son bureau. Piquer une tête dans le lac ne suffirait pas à l'apaiser. Il envoya un texto à ses frères. Il inclut même Hunt dans la boucle, signe qu'il était vraiment désespéré.

Ils convinrent de se retrouver au Blue Casino, ce qui était ironique étant donné les problèmes que le Blue causait au Club Tahoe. Le Blue organisait un événement ce soir, et Adam et Hayden travaillaient encore malgré l'heure tardive, aussi Adam avait donné rendez-vous à tout le monde dans la boîte de nuit.

Levi ne prit pas la peine de se changer. Il entra dans la boîte du casino et repéra Adam et les autres dans le coin salon. Le volume de la sono était assourdissant, et l'endroit était bondé en raison de l'événement – manifestement une soirée disco –, mais Adam leur avait réservé une table dans un coin.

Il observa Levi venir vers eux.

– Qu'est-ce qui se passe ? Pourquoi ce besoin urgent de nous voir ?

Levi prit un siège qui faisait face à la salle. Regarder des gens ivres se trémousser dans des fringues des années soixante-dix était le meilleur moyen de ne pas penser à Emily.

— Je n'ai pas dit qu'il avait une urgence.

Bran passa distraitement les doigts dans ses cheveux blonds sous le regard admiratif d'une femme assise à la table voisine.

— Tu as écrit dans ton texto « RDV dès que possible » ce qu'on a pris pour une urgence, sans pour autant qu'il y ait danger de mort.

Levi tambourina des doigts sur la table. Il avait pensé avoir désespérément besoin du soutien de ses frères. Il commençait à avoir de sérieux doutes sur le sujet. Ils allaient le vanner, et il ne pouvait pas parler de ce qui le tracassait réellement.

Adam sirotait un cocktail bleu qui ressemblait à une boisson de fille.

— Crache le morceau.

— Il n'y a rien à cracher, dit Levi en louchant sur le verre d'Adam. Tu n'es pas un peu vieux pour les boissons de Schtroumpfs ?

Adam fronça les sourcils.

— Tu veux notre aide ou pas ? Parce que Hayden est à l'étage et ça ne me dérangerait pas de la tirer dans la réserve des fournitures pour me détendre un peu. Et pour info, c'est le Martini signature du Blue. Tu devrais essayer.

Levi fixa les danseurs.

— Il s'est passé un truc, mais je ne peux pas en parler.

— Putain, Levi, soupira Wes. Arrête d'être évasif. On n'a pas toute la nuit. Fais de l'œil à la serveuse, dit-il à Bran. J'ai besoin d'une autre bière et mon charme ne fonctionne pas. Va savoir pourquoi. Y a sans doute trop de monde ce soir.

Bran secoua la tête.

– Et tu crois que j'aurai plus de chance ?

– Oui, répondirent-ils d'une seule voix.

– Contente-toi de lui sourire, dit Wes. Et magne-toi. Je suis en train de me déshydrater. Si Levi nous a traînés jusqu'ici pour rester assis à nous morfondre en silence, je vais avoir besoin de quelques bières avant d'aller donner l'estocade finale à ce quatuor féminin, dit-il en indiquant une table du menton.

Hunt, qui était resté silencieux depuis l'arrivée de Levi, réagit à la tirade de Wes.

– J'irai avec toi, frérot.

Wes le regarda de travers.

– Je ne suis pas Levi. Je n'ai pas l'intention de partager les femmes.

Levi le fusilla du regard.

– Je ne *partage* pas.

Son ton était lugubre. Il était à deux doigts de s'en faire un. Ce rendez-vous était une mauvaise idée.

Bran secoua la tête et fronça les sourcils.

– Tu sais, Wes, Levi avait raison l'autre jour. Hunt et toi vous êtes détraqués.

L'ignorant, Wes jeta un regard de biais et pencha la tête.

– La voilà. Attire son attention.

Bran soupira, puis regarda la serveuse et se fendit d'un sourire charmeur.

Elle bifurqua dans leur direction, accentuant ostensiblement son déhanchement.

– Je te l'avais dit, s'esclaffa Wes.

– Va te faire voir, abruti. C'est un coup de chance.

Wes et Hunt grommelèrent.

– Mec, dit Hunt, si j'avais ces yeux bleus, je baiserais beaucoup plus souvent que je ne le fais déjà.

— Tu sautes une fille différente tous les soirs, dit Bran.

— Disons plutôt un soir sur deux. Où veux-tu en venir ?

Bran interrogea Levi du regard.

— Ne me regarde pas. Je suis en panne de réponses.

Ils se tournèrent tous vers lui.

— Quoi ? s'exclama Levi juste au moment où la serveuse arrivait.

Bran le dévisagea.

— Tu n'es jamais à court de mots dès qu'il s'agit de nous engueuler.

— Je ne suis pas si horrible, grommela Levi.

Ils commandèrent à boire et la serveuse s'éloigna. Mais pas avant de toucher l'épaule de Bran au moins trois fois. Cela fit ricaner ses frères et excéda Bran.

Adam enleva sa veste de costume et remonta les manches de sa chemise blanche. Il était officiellement en service, d'où sa tenue chicos.

— Levi, quel est l'objet de cette réunion exactement ? À moins que je ne le sache déjà ?

Levi tourna la tête pour ne pas croiser le regard de son frère. À force de fréquenter sa petite amie futée, Adam était devenu trop perspicace.

— Est-ce qu'on est vraiment en train de parler d'Emily ? demanda-t-il.

Levi grogna. Il n'aurait jamais dû laisser Adam entrer l'autre matin.

— Emily ? Ta nouvelle assistante ? s'étonna Wes. Tu as vraiment un faible pour les filles Wright, hein ?

Si ces paroles étaient venues de Hunt, Levi aurait sauté par-dessus la table et lui aurait fichu son poing dans la figure, mais Wes ne faisait qu'énoncer une évidence. Et il n'avait pas trahi Levi.

Il avait effectivement un faible pour une fille Wright.

Les sentiments amoureux qu'il avait éprouvés pour Lisa étaient morts depuis longtemps.

– Peut-être.

– Ouah, dit Hunt en prenant part à la discussion.

Levi lui jeta un regard noir et lui fit signe de zipper ses lèvres.

– Je ne fais pas de commentaires, juste… ouah.

– Je l'aime bien, dit Wes. Tu n'es pas assez bien pour elle, mais je l'aime bien. Elle a du chien.

– Évidemment, je ne suis pas assez bien pour elle, dit Levi en avalant une gorgée de bière. Ce n'est pas la question. J'ai des sentiments et je ne peux rien faire.

– Pourquoi pas ? demanda Adam.

– N'est-ce pas évident ? Elle bosse pour moi. Et j'ai un lourd passif, j'ai tendance à tout faire foirer. Ça ne marcherait jamais entre nous.

Wes haussa les épaules.

– En fait, ça pourrait marcher. La question est de savoir si tu le veux.

Avant que Levi ne puisse répondre, une tête rouquine traversa son champ de vision, attirant son attention. Des cheveux roux sur la tête d'un binoclard au visage de fouine.

– Qu'est-ce que Samuel fout ici ?

Adam jeta un coup d'œil.

– Qui, Samuel Miller ? Il possède des parts de la nouvelle maison mère du groupe. Il aime bien venir vérifier par lui-même de temps à autre que les affaires marchent. En parlant du rachat de Blue, ai-je mentionné que Hayden et moi avons touché le pactole avec la vente ? Préparez-vous pour le mariage du siècle au printemps. On ne se privera de rien. Et vous feriez mieux de ne pas oublier nos fiançailles demain soir, bande de nases. Hayden et Emily préparent la fête depuis des semaines. Dix-neuf heures dans la salle de bal du club. Ne soyez pas en retard.

Levi posa sa bière.

– Reviens en arrière. *Samuel Miller* détient des parts de Blue Casino ? Tu te rends compte que Papa l'a engagé comme conseiller, n'est-ce pas ?

Les yeux d'Adam s'arrondirent. Il secoua lentement la tête.

– Je l'ignorais.

Bran se gratta les cheveux.

– Ça ne paraît pas très réglo.

– S'il travaille pour nous, dit Wes, qu'est-ce qui l'empêche de dévoiler les secrets de notre stratégie au Blue Casino ? On sait qu'on peut faire confiance à Adam. Il a autant à gagner que nous dans la réussite du Club Tahoe.

– Eh ben, merci les mecs, dit Adam. Content de savoir que c'est la raison pour laquelle vous me faites confiance, et pas parce que je suis *votre frère*.

Levi fit rouler sa tête et entendit son cou craquer. Il avait envie de briser une nuque — celle d'un avocat fouineur ferait l'affaire.

– On s'est fait piquer trois de nos plus gros clients par le Blue Casino depuis la mort de Papa.

Adam jeta un regard à l'homme en question.

– Tu penses que Miller a quelque chose à voir dans l'histoire ?

– J'en mettrais ma tête à couper.

———

Levi rentra chez lui vers une heure du matin et tomba dans son lit. Cette histoire avec l'avocat le mettait hors de lui, mais ce n'est pas ce qui l'empêchait de dormir. Il avait eu raison d'être franc avec Emily tout à l'heure. Alors pourquoi était-il si mal ?

Il ne pouvait pas imaginer d'avenir avec Emily étant donné son passé foireux avec sa sœur. S'efforcer de présenter un front uni pour sauver le Club Tahoe était sa seule ambition pour le moment. Ce qu'il devrait faire, c'était dire *merde*, se remettre en selle et étancher sa soif de sexe avec une autre femme demain soir. Une qui n'exigeait pas d'avoir une relation sérieuse. Il y avait plein de belles filles au Blue ce soir. Ce ne serait pas difficile.

À ceci près qu'il les avait à peine remarquées. Car la seule femme qui occupait ses pensées était Emily.

Chapitre Vingt-Trois

Emily était en pilote automatique ; elle parcourait les couloirs des bureaux de la direction, déposait des documents ici, organisait des réunions là. Levi ne voudrait jamais d'elle. L'histoire prouvait qu'elle n'était pas la femme que les hommes chérissaient. C'était sans doute l'absence de père qui avait semé cette idée dans sa tête, mais elle restait valable. Pourtant, à un moment donné, sans même se l'avouer, elle s'était pris à penser qu'il existait un lien spécial entre elle et Levi. Jusqu'à ce qu'il lui balance qu'il ne voulait qu'un plan cul. Pas en ces termes, mais il lui avait bien fait comprendre qu'il ne voulait rien de sérieux.

Cela lui avait fait mal. Très mal.

Maintenant, juste pour le plaisir, c'était un compliment incroyable. Emily n'était pas une bombe sexuelle. Qu'un homme, *n'importe lequel,* soit attiré par elle au point d'aller à l'encontre de son propre jugement était flatteur. Mais merde, ses mots lui avaient troué le cœur. Elle ne voulait pas un plan cul avec Levi. Elle voulait le rêve. Elle voulait tout de lui.

Emily s'arrêta et posa la main sur le bureau devant elle en fermant les yeux.

– Est-ce que tout va bien ?

La secrétaire assise derrière le bureau sur lequel s'appuyait Emily la dévisagea avec une inquiétude flagrante.

– Oui, ça va. Savez-vous si M. Cade est dans son bureau ?

Levi était la dernière personne qu'elle avait envie de voir en ce moment. Elle avait sa fierté. Mais la paperasse ne s'était pas envolée, et elle avait des contrats à lui faire signer, pour lesquels il était impossible de procéder à une signature électronique. Le spectacle doit continuer, comme disait la chanson. À moins qu'elle ne démissionne. Ce qui la tentait de plus en plus. Elle avait promis au père de Levi qu'elle travaillerait au moins pendant un an au Club Tahoe pour accompagner la transition, mais elle doutait qu'Ethan Cade lui-même voudrait qu'elle reste étant donné la situation entre elle et son fils.

– Il a une réunion dans trente minutes, mais il devrait être encore dans son bureau.

Emily la remercia d'un hochement de tête et marcha d'un pas raide vers le bureau de Levi. Elle pouvait le faire. Faire comme s'il ne l'avait pas jetée de la façon la plus humiliante qui soit. *Bombe sexuelle*, se motiva-t-elle. Ce n'était pas comme s'il ne la désirait pas. C'est juste qu'il ne voulait pas d'une relation à long terme avec elle.

Ce monologue intérieur ne servait à rien.

Elle secoua la tête et poussa la porte du bureau de Levi, qui était entrouverte. Mais il n'était pas là.

Deux hommes tournaient autour de son ordinateur. Un assis au bureau – Paul, du service informatique – et l'autre qu'elle reconnut immédiatement à ses cheveux roux.

– Oh, excusez-moi Samuel. Je cherche Levi.

L'avocat du Club Tahoe pivota, masquant Paul qui lui jeta un coup d'œil nerveux avant de continuer à bidouiller l'ordinateur.

— Il est sorti. Je lui dirai que vous êtes passée, dit Samuel avec un sourire coincé.

Quelque chose lui semblait bizarre. Elle s'approcha.

— Qu'est-ce que vous faites ?

— Juste des mises à jour standards, la routine.

Elle jeta un coup d'œil sur l'écran qu'il essayait de masquer de son corps maigrichon.

— Si c'est la routine, pourquoi vous êtes ici ?

Il croisa les bras sur sa poitrine en redressant le dos.

— Pour rien, ne vous inquiétez pas.

Emily opina, mais elle n'en crut pas un mot. Elle le contourna et jeta un œil sur l'ordinateur avant que l'informaticien ne réduise la fenêtre.

— Les dossiers clients de Levi ? Qu'est-ce que vous allez en faire ?

L'avocat se tourna vers Paul.

— Terminez la mise à jour et laissez-nous.

L'informaticien ferma plusieurs fenêtres et s'éclipsa promptement, ce qui confirma à Emily qu'il n'y avait pas de mise à jour en cours et que Samuel cachait quelque chose. Les mises à jour informatiques prenaient du temps et ce n'était pas une tâche requérant la présence d'un avocat en droit des affaires.

Est-ce qu'il espionnait ? Pourquoi ?

Samuel s'approcha d'elle.

— Si vous voulez bien m'excuser, je dois partir. J'ai d'autres réunions cet après-midi.

Elle le regarda franchir la porte. Puis elle s'installa dans le fauteuil de Levi et essaya d'afficher l'écran, mais l'ordinateur était verrouillé et elle ignorait le mot de passe. Elle pourrait rappeler l'informaticien, mais à quoi cela servirait-il ? Il travaillait *pour* Samuel. Donc, ils étaient complices de la même machination.

— Qu'est-ce que tu fais ?

La voix sèche de Levi la fit sursauter. Son regard passait de l'ordinateur à ses mains sur le clavier.

Emily se leva immédiatement et lissa sa jupe.

— Il y a un truc louche avec Samuel. Je l'ai surpris avec l'informaticien en train de regarder dans tes dossiers clients. Je lui ai demandé ce qu'il faisait, mais il n'a pas voulu s'expliquer.

Levi posa les doigts sur son front et ferma les yeux, réaction émotive à laquelle Emily ne s'attendait pas.

— Tu sais de quoi il s'agit ? demanda-t-elle.

— Oui.

Elle fit le tour du bureau.

— Et tu vas me le dire ?

Il baissa la main.

— Laisse-moi régler ce problème.

Elle s'avança, tout en respectant la distance intime.

— Levi, c'est dingue. Samuel n'a rien à faire dans ton bureau en ton absence. Dis-moi ce qui se passe.

Il la regarda sans émotion, masquant le trouble qu'elle avait vu sur son visage un instant plus tôt.

— Et toi, tu es venue ici pour quelle raison ?

Elle desserra la mâchoire. Ils étaient partenaires. Du moins, c'est ainsi qu'elle le voyait : ils travaillaient *ensemble*. Oui, elle voulait plus, mais même sans ce plus, Emily avait besoin de se sentir qu'il l'estimait et lui faisait confiance. Levi avait pris l'habitude de se tourner vers elle quand des problèmes professionnels survenaient. Et là… là il était distant. Fermé.

— Pour ça, dit-elle en déposant un dossier sur le bureau. Signe ces papiers quand tu auras un moment.

Elle se sauva sans un regard. Une brillance suspecte lui

embuait les yeux et il n'était pas question qu'elle laisse voir ses larmes.

———

Emily contemplait les robes étalées sur le lit de sa sœur.

– Tu en as pris *quatre* ?

Lisa les examina.

– J'ignorais laquelle tu voudrais porter ce soir. Et elles étaient toutes si ravissantes. J'en rendrai une si ça ne te convient pas.

– Seulement une ?

Lisa brandit une paire de boucles d'oreille pendantes devant la joue d'Emily.

– Tu as eu besoin de deux robes de soirée en trois semaines. Tu devras assister à d'autres fêtes comme celle-ci en travaillant au Club Tahoe.

Emily agita la main.

– J'en doute. Il s'agit d'un événement spécial ce soir, la fête de fiançailles du frère de Levi. J'ai aidé la fiancée à l'organiser, alors elle m'a invitée.

– Tu es sérieuse ? Un des frères Cade va vraiment se marier ?

– Pas Hunt, évidemment. C'est Adam qui se fiance.

– Ah. Adam n'était pas un gros queutard comme les autres, mais c'était un enfoiré avec les filles.

– Lisa !

– Quoi ? dit-elle innocemment. C'est vrai. En couple, il était du genre à larguer la fille plus vite que son ombre.

– Eh bien, il est fou amoureux de Hayden. Et elle est géniale.

Lisa approuva d'un signe de tête.

– C'est bien pour Adam. Je parie qu'elle s'est défoncée pour que ça marche.

Connaissant les frères Cade, Lisa avait probablement raison. Seule une femme forte pouvait faire tomber les barrières dressées par ces hommes revêches.

— Bon, dit Lisa, quelle robe as-tu envie de porter ce soir ? Et surtout, je pense que tu devrais toutes les garder pour les prochains événements.

Emily s'affala au bout du lit.

— Je ne sais pas. Je ne vais peut-être plus travailler là-bas très longtemps.

Lisa s'assit à côté d'elle, les coudes posés sur les genoux.

— Pourquoi ? Je pensais que tu adorais travailler au Club Tahoe.

— J'aime bien mon travail. Ou je l'aimais bien. Ça devient bizarre avec Levi.

Les yeux de sa sœur s'étrécirent.

— Bizarre dans quel sens ?

Emily inspira à fond.

— On s'est embrassés, avoua-t-elle en jetant à coup d'œil à sa sœur, mais Lisa ne sembla pas surprise. C'est sans conséquence. Levi ne veut pas d'une histoire sérieuse et je ne veux pas sortir avec un mec qui ne voit pas d'avenir pour nous.

Cette dernière phrase fit froncer les sourcils de Lisa.

— Pourquoi il ne voit pas d'avenir avec toi ?

— Tu sais, à cause de son passé avec *toi*.

— Et alors ? T'es la meilleure chose qui soit arrivée dans sa vie. En dehors de moi, ajouta-t-elle en affichant un sourire confiant. Il devrait te charmer et te faire la cour comme un malade.

Emily loucha.

— Pourquoi réagis-tu comme ça ?

— Comment ?

— Comme si ce n'était pas bizarre que j'aie embrassé ton ex.

— Peut-être parce que ça n'a rien de bizarre ?

Emily voulut protester quand elle réalisa que cela irait à l'encontre de ses propres intérêts.

— Tu es sûre que ça ne t'embête pas ? Il y a peu de chance qu'on s'embrasse encore, mais… sérieux, ça ne te fait rien ?

Lisa se leva en prenant une robe, qu'elle tint devant elle.

— Écoute, Emy. J'ai de l'affection pour Levi. Je veux qu'il soit heureux. Et je t'*aime*. Ça fait des années que je suis sortie avec lui, et quand ça s'est terminé, c'était mieux ainsi. Je n'étais pas amoureuse de lui.

Emily secoua la tête.

— C'est trop bizarre. Comment pouvais-tu ne pas aimer cet homme ?

Lisa lui sourit tendrement.

— Je ne l'aimais pas, c'est tout. Mais on dirait que *tu* l'aimes…

— Je l'aime *bien*, nuance.

Mais Emily craignait secrètement que l'adverbe soit en trop.

— C'est carrément compliqué de l'ignorer. Les hommes avec qui je suis sortie dans le passé n'étaient pas du tout comme Levi.

— C'est vrai, j'ai douté de certains de tes choix, mais tu as eu un ou deux copains qui avaient du potentiel. Tu es une jolie fille et tu as toujours attiré les mecs. Du moins ceux capables de dépasser ton côté intello coincée.

— Ce qui n'est pas arrivé très souvent.

Lisa leva les yeux au ciel.

— En tout cas, ça ne m'embête pas que tu sortes avec Levi — tant que ce bloc de granit te traite bien. Je ne plaisante pas. Je demanderai à Jared de lui casser la gueule s'il ne te traite pas comme une déesse.

Emily éclata de rire, non seulement parce que l'idée était ridicule – Levi devait faire dix centimètres et dix kilos de plus que Jared –, mais parce que sa sœur était complètement dingue.

– Je ne pense pas qu'on ait besoin de faire appel à lui, s'esclaffa-t-elle, puis son sourire s'estompa. Je t'ai déjà dit que je ne l'intéressais pas.

Lisa reposa la robe et mit la main sur l'épaule d'Emily.

– Alors il ne te mérite pas.

Emily opina, sans vraiment y croire. Levi était un homme bien. Même Lisa l'avait choisi à un moment donné. Mais s'il ne voulait pas être avec elle, sa sœur avait raison : elle devait passer à autre chose.

Lisa frappa dans ses mains si fort qu'Emily sursauta.

– Bon, quelle robe ?

Emily posa une main sur sa poitrine.

– Doux Jésus, ne fais pas ça. Je suis déjà à cran.

Elle jeta un coup d'œil aux quatre robes sur le lit. Trois étaient longues et élégantes. Très classe. La dernière était courte, noire et élégante aussi… mais beaucoup plus sexy.

– La noire.

Quitte à descendre en flammes, autant le faire avec style.

Chapitre Vingt-Quatre

— **A**lors ? Est-ce comme tu l'avais imaginé ?

Emily étudia le profil de Hayden tandis que la jeune femme découvrait la salle de bal transformée en chalet élégant du pays des merveilles.

Des milliers de petites lumières blanches illuminaient les arches en pierre et le mur de baies vitrées, des guirlandes lumineuses s'enroulaient autour des poutres du plafond, et des lustres en cristal créaient des centres de table en hauteur. L'effet d'ensemble était époustouflant. La seule installation des éclairages avait mobilisé l'équipe technique du Club Tahoe toute la matinée, et certaines illuminations avaient exigé l'intervention de spécialistes extérieurs.

Hayden, les yeux écarquillés, porta la main à sa bouche.

— C'est époustouflant.

Les baies ouvertes qui donnaient sur le patio laissaient entrer une brise légère, et les braseros allumés à l'extérieur créaient le plus bel effet. Dans la salle, des tables rectangulaires aux nappes ivoire s'ornaient de mille photophores disposés en spirale autour de pots en cuivre martelé remplis de bouquets éclatants de roses ivoire et pêche. Emily trouvait que la décoration était très réussie, mais le seul critère important, c'était que Hayden soit heureuse…

Elle se tourna vers Emily, rayonnante.

— Sincèrement, je n'aurais pas pu imaginer quelque chose de plus beau. Tu as pris mes idées et tu les as concrétisées de façon spectaculaire.

Un grand soulagement envahit Emily et ses épaules se détendirent.

— Tu peux remercier Pinterest et les captures d'écran. J'en ai envoyé des dizaines aux fournisseurs après notre conversation. Mais en réalité, il ne faut pas grand-chose pour faire resplendir cet endroit.

— C'est vrai, pouffa Hayden. N'empêche, Adam va être impressionné.

Emily balaya la pièce. Elle était magnifique, mais le complexe hôtelier entier était de toute beauté.

— Tu crois ? Mais pourtant, il doit être habitué à ce genre de chose ?

— Sans doute, mais là, c'est décoré spécialement pour nous. Il va être époustouflé par ce que tu as fait.

Le regard de Hayden se porta sur le « A&H » massif en bois sculpté fixé sur le mur opposé, et rétroéclairé. C'était un bois rugueux, mais noble. Un ami d'Adam était venu le déposer cet après-midi.

— Et la sculpture ! C'est Jaeg qui l'a faite ?

Emily confirma d'un signe de tête.

— Il a dit que les lettres étaient leur cadeau, à lui et sa fiancée.

Hayden opina lentement.

— On ne savait absolument pas que Jaeg fabriquait

quelque chose pour nous, dit-elle en inclinant la tête. Je ne sais pas comment elle va s'intégrer à notre intérieur. Je suis sûr qu'Adam lui trouvera une place dans sa garçonnière.

— Sa garçonnière ?

— Oui. La maison que j'ai achetée à mes parents était trop petite, alors Adam a construit une salle de détente indépendante dans la cour. Son copain Lewis dirige une entreprise de construction, et tu as vu les prouesses que réalise Jaeg avec le bois. La garçonnière était censée être une chambre d'amis, mais avec Adam aux commandes, elle s'est transformée en un immense salon avec un frigo, la plus grande télé que tu n'as jamais vue et un canapé en cuir avec des fauteuils inclinables. Je dois prendre rendez-vous pour lui rendre visite là-bas, car elle est toujours pleine de copains. Oh, et mon père. Si mes parents ne vivaient pas à Reno, Papa viendrait tous les jours profiter de son hospitalité.

Emily rit.

— Je pourrais la voir ? Ça ne me gênerait pas d'avoir une garçonnière.

Hayden se pencha vers elle et baissa la voix.

— Une fois par mois, les filles l'investissent. Cali, la fiancée de Jaeg, a laissé une boîte de tampons sur le bar une fois, juste pour emmerder les mecs, gloussa-t-elle.

— Brillante idée. Je ne connais pas Cali, mais je l'aime déjà.

— Adam n'a jamais parlé du « cadeau ». Il est simplement entré dans la maison et a secoué la tête en souriant. Ses copains sont beaucoup plus possessifs avec cet endroit. Je pense que c'est parce qu'ils n'ont pas leur propre garçonnière.

Elles continuèrent de bavarder pendant qu'Emily aidait Hayden à apporter des cadeaux pour ses demoiselles d'honneur. Bientôt, Adam arriva dans un costume bleu marine sombre. Il était presque aussi beau que Levi en costume, avec une carrure plus petite. Adam incarnait à la perfection l'archétype du beau ténébreux.

Les frères Cade pouvaient se plaindre autant qu'ils voulaient de leur père, le fait est qu'Ethan avait transmis à ses fils des gènes exceptionnels.

Adam prit Hayden dans ses bras et l'embrassa.

– Salut, ma beauté.

Emily regarda ailleurs et s'occupa les mains en déplaçant des photophores parfaitement agencés. Elle n'avait jamais beaucoup pensé au mariage. Elle s'était juste dit qu'elle aimerait bien se marier un jour et avoir un ou deux enfants. Le vrai problème avec ce genre de plans, c'était de trouver l'homme qu'il lui fallait.

Ceux avec qui elle était sortie n'étaient pas des phobiques de l'engagement, mais elle n'avait jamais été capable de s'imaginer mariée à l'un d'entre eux. Son dernier petit ami était un connard, ce qui n'avait pas aidé. Elle n'avait jamais ressenti ce lien si fort… qu'elle ressentait pour son patron, ce qui posait un vrai problème.

Elle consulta ses emails sur son téléphone pour s'assurer que l'hôtel tournait sans problème avant que les bureaux ne ferment pour la nuit — et c'est à ce moment-là qu'elle *sentit* la présence de Levi.

L'atmosphère avait changé, ou la tension qui existait entre eux s'était abattue sur elle. Ou alors, peut-être qu'à un niveau subliminal, des effluves de son odeur propre et virile l'avaient pénétrée, comme un troupeau de phéromones en folie. En tout cas, elle l'avait senti avant de lever les yeux.

Emily baissa son téléphone et surprit Levi en train d'admirer la pièce. Son regard glissa vers elle.

Il salua Adam et Hayden, échangea quelques mots, puis il marcha vers elle.

– C'est toi qui as fait ça ?

– Ce sont les idées de Hayden.

Il hocha la tête.

– Bon boulot.

Ses joues rosirent. Peu importe leur différend, son compliment lui allait droit au cœur.

– Les invités vont bientôt arriver.

Elle jeta un coup d'œil à son costume et remarqua son nœud de cravate impeccable.

– Ce sont les filles de la boutique qui ont noué ta cravate ?

Il baissa les yeux et toucha le nœud. Un sourire d'enfant apparut sur son visage ; le côté plus léger de Levi qu'elle avait appris à connaître.

– Je l'ai fait moi-même. J'ai appris sur YouTube.

Emily éclata de rire, et mon Dieu que c'était bon. Levi sourit aussi. Puis elle se souvint de leur dernier échange et du fait que tout n'allait pas si bien entre eux. Loin de là. Son sourire disparut.

– Tu as parlé à Samuel ?

Il serra la mâchoire et détourna le regard, le visage dur.

– Non. J'ai parlé à notre comptable maintenant que je sais quoi chercher. Or il s'avère que Samuel a également détourné des fonds de la société. Sans doute pour financer ses investissements dans d'autres sociétés. Ça n'a pas été facile de remonter la piste, mais le directeur financier pense que l'un des grands comptes qu'on a perdus pourrait être relié à Miller.

– Putain de merde !

Elle regarda autour d'elle et baissa la voix.

– Je veux dire, mince. Tu es sérieux ? C'est à cause de lui que le Club Tahoe perd de l'argent ?

– Miller n'a pas eu le temps de détourner beaucoup

d'argent. Peut-être cent mille. Pas assez pour nous mettre dans le rouge, mais les revenus perdus avec les clients qu'il a volés et envoyés au Blue Casino – et, si je ne m'abuse, dans d'autres hôtels dans lesquels il a investi – sont suffisamment importants pour nous ébranler financièrement.

– Il travaille ici. Pourquoi ne pas investir dans le Club Tahoe ? Pourquoi en aurait-il après vous ?

Ce sourire était froid et menaçant.

– Ce n'est pas contre nous. C'est juste une affaire de gros sous ; il ne pense qu'au fric. Et il ne s'agit pas que de nous ; le capital du Club Tahoe n'est pas public. C'est une entreprise familiale divisée en cinq parts égales entre mes frères et moi, déclara Levi en glissant les mains dans les poches de son pantalon. Ce qui me rend fou, c'est que même si l'entreprise est faite pour dégager des profits, on en redistribue une partie. Dix pour cent vont à des organismes de bienfaisance locaux et nationaux, vingt pour cent dans les rénovations et aménagements du site, et une bonne partie est reversée en prime aux employés. Miller a nui à tout le monde dans la société, pas seulement à nous. Avec la crise financière que nous traversons, j'ai réduit à zéro les dividendes de mes frères et moi et diminué nos salaires jusqu'à ce qu'on trouve une solution. Je ne toucherai ni aux salaires ni aux primes du personnel. Pas si on arrive à redresser la situation. Mes frères et moi, on a les reins assez solides pour encaisser le coup, mais nos employés ne devraient pas avoir à se sacrifier.

Emily l'écoutait bouche bée. Ce n'était pas la philosophie d'un homme d'affaires. C'était la voix d'un homme qui avait passé son existence au service des autres. Levi était toujours un pompier dans l'âme.

Elle déglutit et détourna le regard.

– Tu es un homme bien, Levi.

Son regard l'épingla, peiné et contrit.

– Je n'ai pas l'impression d'être un homme bien après hier soir. Je t'ai blessée. Si les choses étaient différentes…

Elle pressa les lèvres en un semblant de sourire.

– Mais ce n'est pas le cas.

Une employée se tourna vers elle et lui fit signe, la priant en silence de venir.

– Je dois y aller. Il reste des choses à préparer. Profite bien de la fête.

Elle passa devant lui et il tendit la main pour lui effleurer le bras. Il plongea les yeux dans les siens.

– Tu es très belle ce soir.

– C'est Lisa qui a choisi la robe

– Ta beauté n'a rien à voir avec ce que tu portes, même si tu embellis cette robe. Tu sais que ça n'a rien à avoir avec toi, n'est-ce pas ?

– Vraiment ?

Emily s'enfuit avant de se mettre à pleurer. Maudit soit-il ! Pourquoi avait-il besoin de remuer le couteau dans la plaie alors qu'elle se sentait déjà si vulnérable ? Il avait dit qu'ils ne pouvaient pas être ensemble. Alors pourquoi lui dire ensuite qu'il la trouvait très belle ?

Aucun homme ne l'avait regardée comme Levi. Mais elle refusa de se laisser déstabiliser par ce regard. Pas maintenant, en tout cas. Plus tard, peut-être, quand elle pourrait noyer son chagrin dans l'intimité de son appartement et une boîte de cookies.

Les invités commençaient à arriver, Emily accrocha un sourire de façade et les accueillit, montrant aux gens leur table et leur indiquant le buffet des boissons.

Les parents d'Adam étaient décédés, mais des relations d'affaires et des amis de la famille le félicitaient en lui serrant affectueusement l'épaule ou en l'embrassant, dans le cas des femmes. Et puis il y avait la famille et les amis de Hayden qui se mêlaient aux invités plus fortunés des Cade.

La mère de Hayden avait fait partie du conseil pédagogique local, et travaillait aujourd'hui pour le système éducatif de Reno. À eux deux, Adam et Hayden avaient des relations issues de toutes les couches de la société. Le mélange de la haute société du lac Tahoe et de la classe moyenne locale faisait s'élever dans la salle une quantité surprenante de bavardages et de rires.

Hayden avait de la classe, tout en gardant les pieds sur terre. Et même si Adam était le plus rupin des frères Cade, sa fiancée faisait clairement ressortir son côté sympathique. Cela se voyait dans leurs échanges, mais aussi dans leur capacité à réunir dans la même fête des personnes issues de différents milieux.

En fin de compte, le lac Tahoe formait une petite communauté, et la plupart des gens se connaissaient, ou avaient des connaissances communes. Ce qui tournait parfois à une sorte d'inceste. Par exemple, Emily tombant amoureuse de l'ex petit ami de sa sœur.

Amoureuse… Elle pressa les doigts contre son front et se massa les tempes. Ça passerait — ses sentiments pour Levi et la gêne entre eux. Il le fallait bien.

Le plat principal était terminé et le dessert allait bientôt être servi. Les serveurs resservaient à boire aux invités qui discutaient en attendant que le légendaire plateau des desserts du Club Tahoe fasse son apparition. Emily se dirigea vers la baie ouverte et avala une grande goulée d'air frais. La réception touchait à sa fin.

– T'as assuré ce soir.

Elle pivota et se retrouva face à Hunt. Elle jeta un coup d'œil dans son dos et, bien sûr, Levi regardait dans leur direction sourcils froncés.

Elle soupira. Levi ne voulait pas d'elle, mais il ne voulait pas non plus qu'elle sorte avec un autre homme. Ou alors, il ne voulait pas qu'elle sorte avec Hunt. Levi et son plus jeune frère avaient un sérieux contentieux, ce qui ne facilitait pas les choses au travail.

— Tout va bien ? demanda-t-elle.

Hunt sourit. Un sourire capable de faire fondre la plus forte des femmes. Mais il n'eut aucun effet sur Emily, car Hunt n'était pas Levi. Ne serait jamais Levi. Au contraire, elle ressentit un léger agacement. C'était le type qui avait trahi son frère pour Lisa, et Emily était quasiment sûre qu'il n'hésiterait pas à faire un autre sale coup à Levi.

— Je voulais savoir comment ça se passait avec le programme pour les enfants. J'ai entendu dire que tu avais convaincu Levi de donner son accord.

Une troisième voix se joignit à leur conversation.

— De quoi tu parles ?

Emily se retourna et vit Levi à un mètre de là.

— Elle ne t'a pas dit ? s'étonna Hunt.

Que faisait-il ? Il lui avait fait promettre de ne pas dire à Levi que l'idée venait de lui. Et maintenant qu'elle connaissait mieux Levi, elle réalisa qu'elle se trouvait dans une situation sacrément délicate.

— J'ai demandé à Emily de te parler du programme pour les enfants. Je savais que tu n'accepterais jamais le projet s'il venait de moi. J'ai pensé que ça passerait mieux venant d'elle vu que tu as une affection particulière pour les sœurs Wright.

— Tu es un connard, déclara Levi.

— Alors tu n'as pas d'affection particulière pour Emily ?

Le regard de Levi se posa furtivement sur elle, avant de se détourner.

— Non ? insista Hunt. Dans ce cas…

Avant qu'Emily ne puisse anticiper le geste de Hunt, parce qu'elle essayait encore de comprendre ce qu'il mani-gançait, il la saisit et la fit basculer en arrière, puis il écrasa sa bouche ouverte sur ses lèvres.

Elle le repoussa des deux mains, mais il ne la lâcha pas tout de suite. Pas avant que quelqu'un ne l'arrache à elle d'un coup sec.

Hunt se redressa et s'essuya la bouche en souriant.

— Elle a un goût sucré. Exactement comme…

La comparaison que s'apprêtait à faire Hunt fut écrasée par un méchant crochet du droit au menton.

— Garde ta bouche puante loin d'Emily, dit Levi en se penchant sur son frère, qui gisait au sol. Elle n'est pas à toi.

— Elle est à toi ? railla Hunt.

— Oui !

Levi le frappa de nouveau, mais dans une prise de kung-fu improvisée, Hunt fit basculer son frère sur lui. Dès que Levi se releva, Hunt lui balança son poing dans l'estomac, forçant Levi à reculer. Le temps de reprendre son souffle et il se jeta sur Hunt. Ils luttèrent en se donnant des coups de poing, tandis qu'une foule se formait autour d'eux.

— Arrêtez ! hurla Emily en cherchant des yeux Adam ou Bran, qu'elle vit se frayer rapidement un chemin à travers la foule.

Elle portait ces stupides escarpins sexy que sa sœur avait choisis — et qu'Emily avait validés dans un moment de faiblesse. Elle pouvait à peine marcher avec, encore moins s'interposer dans une bagarre.

— Bon sang, Levi ! enragea Hunt. Tu ne m'as même pas frappé quand j'ai baisé Lisa.

Levi lui donna un violent coup de coude dans la tête, qui le sonna.

— Ne parle pas comme ça de la sœur d'Emily, grogna-t-il. Si jamais tu touches encore Emily…

— Tu feras quoi ? Me renier ? Papa l'a déjà fait, connard.

Puis, face à l'expression de surprise de Levi, il ajouta :

— Tu aurais dû regarder de plus près le testament, grand frère.

Hunt se releva et décampa au moment où ses frères parvenaient enfin à s'extraire de la foule.

Tout le monde guetta la réaction de Levi.

Sans jeter un regard en direction d'Emily, il rajusta son costume et s'adressa à Adam.

— Je serai dehors si tu as besoin de moi.

Adam hocha la tête et passa le bras autour des épaules de Hayden. Ils semblaient inquiets l'un comme l'autre.

Emily s'approcha d'eux en se tordant les mains.

— Je suis désolée. Sincèrement désolée.

Hayden lui sourit gentiment.

— Ce n'est pas ta faute.

— Ils ne s'entendent plus depuis des années, dit Adam, mais sa bouche se tordit. Je ne savais pas pour notre père et Hunt… ni pour le testament. Aucun d'entre nous n'était intéressé par ce qu'il y avait dedans après sa mort. Une fois qu'on a appris qu'on était responsables du club, on n'a pas cherché plus loin. Je devrais aller le voir, ajouta-t-il en regardant dans la direction où Levi était parti.

— Non, dit Emily. J'y vais. Vous deux, occupez-vous de vos invités.

Elle regarda vers la salle et poussa un soupir de soulagement.

— La pièce montée vient d'arriver. Les gens oublieront peut-être la bagarre ?

Adam pouffa.

— Tu plaisantes ? Ils vont en parler pendant des semaines. Dans le genre potin, celui que mes frères viennent de déterrer est un morceau de choix.

Bientôt, la salle vrombit de nouveau de joyeux bavardages, mais un ton plus haut.

Emily n'était pas sûre que les rumeurs sur les frères

Cade soient une bonne publicité pour l'hôtel, mais elle ne pouvait rien y faire.

— Bon, je ferais mieux d'aller voir Levi.

Hayden approuva de la tête.

— Vas-y. On s'occupe des invités.

Chapitre Vingt-Cinq

Emily balaya des yeux les alentours de la piscine, mais elle savait où trouver Levi. Il se tenait au bout du ponton, tournant le dos à l'hôtel.

Elle ferma les yeux et s'arrêta au bord du sable avant de poser le pied sur la jetée en bois. Que pouvait-elle lui dire pour arranger les choses ? Au moment où ses jambes se mirent en marche, elle n'en avait toujours pas la moindre idée.

Il avait dit qu'elle était à *lui* tout à l'heure, mais il ne le pensait pas, car il lui avait fait comprendre qu'il ne voulait rien de sérieux. Prétendre que quelqu'un est à vous appartient au registre du sérieux, alors à quoi jouait-il ?

— Levi ?

Ses épaules ne se raidirent pas et aucun signe extérieur n'indiquait qu'il avait enregistré sa présence. Sans doute parce qu'il l'avait entendue arriver. Elle n'était pas discrète avec ses talons aiguilles qui claquaient sur le bois. D'ailleurs en y pensant, elle en avait marre de ces satanés escarpins. Ils lui avaient écrasé les orteils toute la soirée.

Emily leva un pied et ôta sa chaussure, puis l'autre, et

les déposa sur le banc près de l'extrémité du ponton et de Levi. Elle soupira.

— Je ne voulais pas te cacher la vérité. Quand Hunt m'a parlé du programme pour les enfants, j'ai trouvé l'idée excellente. Il m'a demandé de ne pas dévoiler de qui venait la suggestion. Mais je lui ai dit que si tu me posais la question, je te le dirais. Je suis désolée si ça a l'air d'un mensonge.

Son épaule se contracta légèrement et il jeta un bref regard avant de reporter son regard vers l'eau.

— Ce n'est pas grave. Ça n'a rien à avoir avec toi. Hunt sait comment me pousser à bout et il le fait dès qu'il en a l'occasion.

C'était ce qui la dérangeait depuis la première fois où elle avait vu Hunt.

— C'est ça le truc ; on dirait qu'il cherche à te provoquer. Il n'avait pas envie de m'embrasser.

Levi tourna vraiment la tête vers elle cette fois, un sourire moqueur aux lèvres.

— Tu crois ça ?

— Je ne dis pas que Hunt *regrette* d'avoir embrassé une fille, mais il ne l'a pas fait pour lui. Il l'a fait pour attirer ton attention. Réfléchis, Levi. Il n'est pas venu te présenter son idée géniale parce qu'il savait que tu le rembarrerais. Tu descendrais n'importe quelle idée venant de lui.

— Parce que tout ce qui sort de sa bouche est répugnant et immature.

— Tout ?

Levi se retourna vers le lac comme s'il ne voulait pas l'écouter. Mais c'était bien le problème. Il avait *besoin* de l'entendre.

— Hunt était sincère quand il m'a parlé de l'idée du programme pour les enfants ; il est venu me voir presque timidement. Ce que tu as vu ce soir, c'est un Hunt en colère qui essayait d'attirer ton attention.

– Il n'aurait pas dû te toucher. Il ne devrait pas utiliser les femmes pour m'atteindre.

– Tu as raison. Mais parfois, quand les gens sont désespérés, ils font des choses idiotes. C'est ce qu'a fait ma sœur en couchant avec ton frère. Votre relation ne la rendait pas heureuse et elle l'a foutue en l'air. Mais je pense que Hunt tenait sincèrement à elle. Je ne crois pas qu'il ait couché avec Lisa pour te faire du mal.

– Je ne sais même pas pour quelle raison on parle du passé ? grogna-t-il. Ce qui est fait est fait, et je ne peux pas lui pardonner. Je ne pouvais pas à l'époque et encore moins maintenant qu'il t'a touchée.

– Pourquoi pas ? Tout le monde mérite le pardon, encore plus un frère qui t'aime. Tu ne seras pas heureux et tu ne pourras pas avancer tant que tu ne l'auras pas pardonné.

Il ricana.

– Hunt ne sait pas ce qu'est l'amour.

– Il en sait plus sur l'amour que toi.

Levi pivota, ses yeux brillant dans la pénombre.

– Qu'est-ce c'est censé vouloir dire ?

Les poumons d'Emily s'enflammèrent.

– Je ne peux pas être la seule à ressentir *ça*, dit-elle en faisant un geste énergique entre eux. Tu as dit que j'étais à toi ce soir. Tu m'as embrassée. Plusieurs fois. J'ai ressenti ces baisers dans chaque fibre de mon corps.

Il détourna le regard, le menton haut.

– Bon sang, Levi ! soupira-t-elle agacée. Je comprends que certaines personnes baisent à droite à gauche pour s'amuser, mais ça ne te ressemble pas. Surtout après ton histoire avec ma sœur. Tu ne me choisirais pas pour une aventure d'un soir. Il y a forcément autre chose. Et pour info, je ne trouve pas que notre relation est une erreur. C'est la chose la plus vraie et la plus juste que je n'ai jamais ressentie.

Levi serra la mâchoire et se retourna.

– C'est le problème. Je ne t'ai pas choisie. Ce n'était pas prévu. Je ne suis pas prêt à vivre une histoire sérieuse.

Emily leva les yeux en pestant.

– Tu es un homme borné, têtu. Tes plans les plus réfléchis – devenir pompier, épouser ma sœur et fonder la famille parfaite – sont tombés à l'eau. Tu l'as même reconnu toi-même sur le terrain de golf quand tu étais détendu et de bonne humeur pour une fois. Mais là, tu fais marche arrière et tu essaies de tout contrôler. Comme si cela allait nous préserver. Te préserver. Eh bien, j'ai un scoop pour toi. Ça n'arrivera pas. Il se passe quelque chose de spécial entre nous, et tu veux tout gâcher. Pourquoi ? Parce que tu ne t'y attendais pas. Que faut-il faire pour abattre ce mur que tu as dressé autour de toi ? Je me suis mise à nu devant toi. Je t'ai dit ce que je ressentais.

Elle passa les mains dans son dos et descendit la fermeture éclair de sa robe.

Levi suivit des yeux le mouvement de ses bras.

– Qu'est-ce que tu fais ?

– À ton avis ? Je t'ai vu sauter dans le lac. C'est là que tu trouves la réponse à tous tes problèmes ?

Elle fit glisser sa robe jusqu'à la taille, dévoilant sa poitrine pigeonnante dans des dessous chics.

Le regard de Levi plongea, ses yeux s'assombrissant plus qu'ils ne l'étaient déjà dans la pénombre.

Lisa n'avait pas seulement fourni à Emily des tenues de travail seyantes ; elle lui avait aussi donné la lingerie appropriée. Relativement pudique, compte-tenu de la personnalité d'Emily, mais le joli ensemble rouge n'en était pas moins affriolant.

Elle enleva entièrement sa robe, ne gardant que son soutien-gorge et sa culotte.

Levi déglutit, les yeux rivés sur son décolleté.

– Emily, si tu as l'intention de sauter dans le lac pour prouver que tu as raison, je te le déconseille. Tu vas le regretter, dit-il en matant sa poitrine, puis sa taille… ses jambes.

Elle lui passa devant et se posta au bout du ponton.

– Je veux voir ce que tu trouves ici au milieu de la nuit. Est-ce là que tu es enfin honnête avec toi-même ?

Elle regarda l'eau noire. Elle était *vraiment* noire. Mais Levi nageait tout le temps dans le lac la nuit. Et elle en avait marre d'être tenue à distance de sa vie. Elle n'avait jamais pris un tel risque pour un homme. Mais elle ferait n'importe quoi pour Levi.

Ne sachant pas quelle était la profondeur de l'eau au bout du ponton, elle s'assit sur le bord et se laissa glisser, les pieds en avant.

Elle le regretta instantanément.

– Oh mon Dieu, oh mon Dieu !

Elle se débattit, agitant frénétiquement les bras pour sortir son corps de l'eau.

– C'est glacial ! Pourquoi tu fais ça, bon sang ?

Levi soupira. Il se débarrassa de ses chaussures et chaussettes, arracha sa veste et plongea dans le lac. Il émergea gracieusement et s'ébroua la tête.

– Tu sais nager, n'est-ce pas ?

– Pas quand la température est en dessous de zéro !

Elle nagea immédiatement vers lui et s'agrippa à lui comme à une bouée, enroulant les bras et les jambes autour de son corps.

C'était son patron… *Peu importe !* Il faisait un blocage au sujet de leur couple potentiel ? Dommage pour lui ! Elle avait besoin de chaleur, et tout de suite.

— Elle est à quinze. Bien assez chaud, dit-il, mais il l'entoura d'un bras protecteur.

— Ouais, quand tu fais office de chaudière. Pourquoi es-tu si chaud ?

Elle pressa son visage contre sa joue, puis grimpa sur son corps pour sortir sa poitrine de l'eau.

— Ne bouge pas, et ne t'avise pas de me lâcher, dit-elle. Je pourrais mourir d'hypothermie.

Elle le resserra son étreinte, et un frisson violent lui traversa le corps. Elle l'étouffait peut-être, le privant d'air, mais c'était un gars costaud, il pouvait gérer.

— J'apprécie la vue, dit-il le nez sur ses seins.

Qui s'étaient peut-être écrasés contre son visage. Là encore, ce n'était pas son problème. Il y avait le froid, et il y avait *ça*. Elle était en train de se transformer en sorbet.

— Quoi qu'il en soit, je t'avais dit de ne pas sauter.

Il nagea tranquillement à l'indienne, tandis qu'elle s'agrippait à lui.

Il lui faisait la leçon ? Maintenant ?

— Où tu vas ? On est en mode survie. Hors de question d'aller barboter.

Son bras puissant lui enlaçait le dos, la tenant contre lui, mais il ne changea pas de rythme.

— Je ne suis pas en train de barboter. Je t'emmène sur le rivage.

Ses dents claquaient contre le crâne de Levi.

— Bonne idée.

Emily resta agrippée à Levi, les bras et les jambes enroulés autour de son corps, tandis qu'il sortait de l'eau. Et il ne faisait pas plus chaud dehors, le soleil étant couché.

— Je suis sérieuse. Je pourrais vraiment mourir d'hypothermie.

Un grondement semblable à un rire s'échappa de la poitrine de Levi.

— Il n'en est pas question.

Il avança sur la plage.

— Où m'emmènes-tu ?

— Quelque part où te réchauffer.

— S'il te plaît, ne me dis pas que tu vas nous faire traverser la salle de bal, ou mon humiliation sera complète ce soir.

Il l'entoura de son deuxième bras — eh oui, il avait porté jusqu'ici tout le poids de son corps d'un seul bras. Cet homme avait été *pompier*.

— Il est hors de question que je te fasse traverser la foule dans cette tenue et… mouillée.

— Ça a l'air tellement cochon dit comme ça.

Il pencha la tête en arrière et lui fit un sourire amusé.

Voilà, c'était le Levi dont elle était tombée amoureuse. L'homme derrière le Levi écrasé sous le fardeau des responsabilités. L'homme capable de rire et de plaisanter. Celui qui était tendre avec son vieux chien, et tendre avec elle. Sauf quand il s'agissait de la laisser entrer dans son cœur.

Levi s'arrêta devant un petit bâtiment près de la piscine où, heureusement, aucun invité ne traînait, et il tapa un code sur le boîtier. Ils pénétrèrent dans un vestiaire, avec des fenêtres en hauteur qui laissaient entrer la lumière. Des serviettes blanches du Club Tahoe étaient empilées sur une étagère dans un coin, où étaient aussi suspendus des peignoirs propres en éponge.

Elle ne connaissait pas cette pièce. Elle travaillait au Club Tahoe depuis un mois et n'avait pas encore visité toutes les installations. Elle était bien trop occupée à aider Levi.

Il la déposa sur le sol carrelé et elle croisa les bras sur son corps pour se réchauffer. Levi lui tendit une serviette, puis examina les peignoirs. Il en prit un petit et lui posa sur les épaules.

Elle glissa rapidement les bras dans les manches et leva les yeux vers lui en claquant des dents.

Il secoua la tête et enleva sa chemise trempée. Son pantalon suivit.

Déjà à moitié délirante sous l'effet du froid, elle faillit s'évanouir à la vue du corps de Levi presque nu.

Il s'essuya avec une serviette sèche et s'assit sur le banc capitonné le long du mur. Il drapa une autre serviette autour de son abdomen et s'allongea sur le dos.

– Grimpe sur moi.

Elle n'hésita pas un instant. Elle rampa sur lui en tremblant de froid et plaqua son corps contre la chaleur de sa peau.

– Ça va mieux ?

– Un peu, réussit-elle à dire entre deux frissons. Il y a un courant d'air.

Utilisant un genre de super force masculine, il la souleva et la retourna d'un seul mouvement, de sorte qu'elle se retrouva allongée sur le dos, Levi au-dessus d'elle.

– C'est bon maintenant ?

Emily le saisit par le cou et le tira jusqu'à ce que sa tête recouvre sa poitrine, la réchauffant là aussi.

– Bien mieux. Reste comme ça jusqu'à ce que mes membres dégèlent s'il te plaît.

Il rit, ce qui provoqua une friction entre leurs corps.

– Je t'avais dit de ne pas sauter dans l'eau.

– Tu m'as assez grondée. Et puis, tu nages tout le temps dans le lac la nuit.

– Je suis un homme. Le froid ne me mord pas autant. Pas assez de graisse sur ces os pour te tenir chaud, dit-il en lui pinçant la taille.

– Je suis athlétique, pas maigre.

– Je n'ai pas dit que tu étais maigre.

Sa main descendit jusqu'à sa hanche, qu'il empoigna.

La chaleur lui envahit le bas-ventre, et elle eut soudain moins froid. Tous les endroits où leurs corps se touchaient s'enflammèrent.

Elle récupéra le contrôle de ses mains qui étaient repliées sous la poitrine de Levi et les enroula autour de son dos, sentant la douce déclivité de sa colonne vertébrale.

– Je t'écrase ?

Il se souleva légèrement.

– Ne t'avise surtout pas de bouger.

Elle le plaqua contre elle et continua l'exploration de sa colonne vertébrale jusqu'à ses épaules larges, puis à nouveau vers les reins. Elle gara ses mains sur la courbe lisse à la frontière entre son dos et son fessier. Elle avait envie de glisser les mains plus bas, mais ce serait profiter de la situation. Ce qu'elle faisait déjà, car elle commençait à vraiment apprécier le moment.

Le nez de Levi effleurait la vallée entre ses seins.

– Qu'est-ce que je vais faire de toi ?

Qu'est-ce que c'était censé vouloir dire ? Elle pensait à tout un tas de choses qu'il pourrait faire avec elle, et elle en aurait été ravie. S'il la voulait vraiment.

Pour défier son obstination, descendit les mains et empoigna son cul bien ferme.

– Je ne sais pas, *Levi*. Qu'est-ce que tu vas faire de moi ? Je ne partirai pas, tu sais.

Elle avait pourtant envisagé de le faire, démissionner et rompre la promesse faite à Ethan Cade.

Levi poussa un long soupir. Il remonta la main vers un sein et le pressa, donnant à sa bouche un meilleur angle pour l'embrasser et le titiller.

– Je ne veux pas que tu partes.

Sa main s'immobilisa sur la fesse qu'elle pétrissait avec délectation. C'est la partie la plus facile, pensa-t-elle. Leur attirance physique mutuelle n'avait jamais fait aucun doute. C'est l'autre partie qui posait un problème : la relation et l'avenir possible ou non entre eux.

— Si tu ne veux pas que je parte, alors arrête de me repousser.

Il se souleva et caressa la tempe d'Emily en sondant son regard un long moment.

— Je ne peux pas faire de promesses.

Emily déglutit, le cœur serré. Elle lui avait ouvert son cœur, s'était mise presque à nu devant lui, avait sauté dans l'eau glacée… et ça n'avait rien changé.

Peut-être que c'était leur position, collés l'un à l'autre. Ou la lumière tamisée à l'intérieur de la pièce. Ou peut-être qu'elle se fichait du reste finalement. Elle souleva les hanches, se frottant contre lui.

Levi serra la mâchoire et jeta un regard plongeant vers son corps.

— Tu es sûre de vouloir faire ça ?

— Je ne sais pas, dit-elle d'un ton impertinent. Peux-tu supporter un tel degré d'intimité ? Je ne voudrais pas te faire fuir.

Il s'écarta et ouvrit le bas de son peignoir, enroulant ses jambes fines autour de sa taille. Il l'embrassa ensuite dans un baiser à couper le souffle, à cambrer les hanches, à se frotter contre lui et à recevoir des décharges brûlantes de plaisir.

Emily arracha la serviette qui avait glissé de sa taille. Il ne portait rien d'autre que son caleçon. Entre ce caleçon et sa lingerie mouillée, c'était comme s'ils avaient été complètement nus.

La respiration de Levi s'accéléra quand il écrasa son sexe bandé sur elle. Il lui enleva le peignoir des épaules.

Avant qu'elle ne puisse lister toutes les raisons pour lesquelles c'était une mauvaise idée, Emily passa ses mains maintenant chaudes sous son caleçon et les glissa le long de son cul jusqu'à ses cuisses musclées. Elle leva les yeux ; il la regardait fixement.

Il posa la main sur sa hanche, puis il lui enleva sa culotte en même temps que son caleçon.

Le cœur d'Emily s'emballa. Son souffle se hacha et ses mains tremblèrent. C'était peut-être stupide, mais elle l'aimait et elle ne voulait pas laisser passer sa chance d'être avec lui.

Elle pouvait le faire. Juste du sexe. Parce que si elle ne saisissait pas ce moment, elle risquait de le regretter toute sa vie.

Levi inséra le bassin entre ses jambes, son érection brûlante palpitant contre sa cuisse. Il lui embrassa la clavicule, la poitrine et la souleva prestement. Le temps qu'il la repose sur le banc, son soutien-gorge était au sol et sa bouche était autour de son mamelon, en train de le sucer.

Des étincelles jaillirent au creux de son ventre, et elle lui saisit le bras, le tirant vers elle pour lui signaler qu'elle voulait qu'il monte plus haut. Il était trop costaud pour qu'elle puisse le bouger.

Il remonta le long de son corps, lui embrassa le menton, lui prit la bouche et y glissa la langue, mimant, espéra-t-elle, ce qui allait se passer plus bas.

Puis il lui effleura des lèvres le coin de la bouche.

– Pilule ? murmura-t-il.

– Oui, mais es-tu… ?

– Je suis clean.

Et il s'enfonça en elle. Emily frissonna bien qu'elle soit brûlante. Ses frissons n'avaient rien à voir avec le froid et tout à voir avec l'homme qu'elle avait aimé en pointillé depuis leur première rencontre. Seulement aujourd'hui, elle ne reconnaissait plus ce jeune homme arrogant. La version adulte de Levi était gentille, douce, protectrice – *incroyablement bornée* – et plantée en elle jusqu'à la garde.

Levi lui caressait les seins, l'embrassait, la pénétrait à un rythme lent qui faisait tambouriner son cœur et déclenchait des étincelles de plaisir à chaque point de contact entre leurs corps.

Il approcha la bouche de son oreille, le souffle brûlant.

– C'est tellement bon d'être en toi. Tellement bon.

Il posa un pied par terre et lui caressa le clitoris sans cesser de la pénétrer.

Elle avait une vue parfaite de son corps magnifique. Des épaules et une poitrine large, et un ventre plat d'où saillaient les contours finement tracés des abdominaux. Jamais elle n'avait vu une telle perfection chez un homme. Soumise à la caresse de ses doigts et au va-et-vient de son pénis épais, elle se sentit perdre pied. Ou jouir.

Elle tourna la tête sur le côté et se mordit la lèvre quand un tourbillon de plaisir et de convulsions la balaya. Un cri jaillit de sa bouche. Le souffle haletant, elle s'accrocha à lui au moment où l'orgasme explosait en elle.

Il lui plaqua les bras au-dessus de la tête et la pénétra vigoureusement, de plus en plus vite.

– Oh, Emily. C'est tellement bon.

Il l'embrassa, bouche ouverte et exigeante, provoquant une nouvelle éruption de plaisir dans son ventre.

Elle le sentit grossir en elle, puis se tendre, le corps secoué de spasmes quand l'orgasme déferla en lui.

Après un moment, sa respiration ralentit et il laissa tomber sa tête sur le banc à côté de la sienne, la jambe plantée au sol pour soutenir son poids.

Prenant appui sur son pied, il se déplaça et s'assit avec précaution, la tirant sur ses genoux. Il l'enveloppa dans le peignoir de bain.

— Rappelle-moi de ne pas te séduire sur un banc la prochaine fois.

Elle lui lança un regard de biais, s'interrogeant sur ce qu'il ressentait.

— Tu m'as séduite ? Je pensais être la séductrice. Je me suis déshabillée la première.

— Un point pour toi. Rappelle-moi de te rappeler de garder tes vêtements jusqu'à ce qu'on soit dans un endroit où je puisse vraiment aimer ton corps. Ce banc limite les manœuvres.

Elle tendit le cou pour mieux voir son visage.

— Il y aura donc une prochaine fois ? Je croyais que tu ne voulais pas.

Il détourna le regard et ferma les yeux.

— J'aimerais qu'il y ait une prochaine fois. Mais je t'ai dit…

Pas de promesses, avait-il dit. Ce qui commençait à ressembler au scénario de leur relation.

Sa gorge la brûla et elle se sentit nauséeuse. Qu'il soit maudit. *Maudit.* Elle savait qu'il voulait juste un plan cul. Elle était d'accord avec ça il y a un quart d'heure… mais maintenant ça lui faisait un mal de chien. Parce que faire l'amour lui avait ouvert le cœur encore plus. Mais il était toujours réfractaire.

Elle se retourna sur ses genoux, se leva et resserra son peignoir.

— J'ai compris.

Il leva les yeux, mais son regard n'exprimait pas la joie. C'était un regard déterminé, et même apeuré.

C'était idiot d'avoir été aussi loin. Il lui avait clairement expliqué sa position, et elle avait quand même fait l'amour avec lui. Parce qu'elle avait espéré qu'il baisserait la garde, qu'il réaliserait qu'ils étaient faits l'un pour l'autre.

Mais ça n'était pas le cas, et elle était assez intelligente pour s'en rendre compte.

– Vraiment, ça va, tout va bien.

Elle essaya de sourire, mais sa mâchoire était crispée.

Ne sachant que faire, Emily ouvrit la porte et se glissa dehors, puis elle courut vers le ponton où elle avait laissé sa robe et ses chaussures. Elle se faufila ensuite le long du bâtiment près de l'entrée du personnel et se rhabilla dans l'obscurité, ignorant les appels lointains de Levi. S'enfuir revenait à avouer ses sentiments, mais elle ne pouvait pas rester. Pas une minute de plus. Elle alla récupérer son sac dans son bureau et sortit de l'hôtel.

Elle devait oublier Levi. Renoncer à son rêve. Pas celui qu'elle avait fait à un vingt-et-un ans, mais celui qui avait mûri en elle ces dernières semaines quand elle avait découvert le vrai Levi.

Et était tombée amoureuse de l'homme, pas du fantasme.

Chapitre Vingt-Six

Emily avait appelé ce matin pour dire qu'elle était malade, mais sans parler à Levi. Non, il en fut informé après coup par le secrétariat.

Il n'aimait pas ça.

Il avait merdé. Encore une fois.

Il se frotta le front. Il ne pouvait penser qu'au corps magnifique d'Emily et à son désir terrible pour elle. Il l'avait cherchée après qu'elle soit enfuie, mais il faisait nuit et elle avait filé à l'anglaise. Ses affaires n'étant plus sur le ponton, il en avait déduit qu'elle était partie. Elle n'avait pas répondu à ses trois textos. Si elle n'avait pas appelé ce matin, il aurait envoyé une équipe à sa recherche.

Emily pensait qu'il ne la trouvait pas assez bien pour lui ? Elle se trompait. C'est lui qui avait un lourd passif et ne la méritait pas. Dès qu'elle tomberait amoureuse d'un autre, elle s'en rendrait compte.

Levi fronça les sourcils. Il détestait l'imaginer avec un autre. Ça lui déclenchait des pulsions violentes.

Il croisa les bras sur son t-shirt, leva les pieds et laissa retomber ses boots sur le rebord de la fenêtre de son bureau. Il se sentait nul à chier ce matin, alors il avait abandonné les costumes guindés de ces dernières semaines au profit d'une tenue plus décontractée.

Peu importe à quel point il était chamboulé par Emily, il devait détourner son attention de la femme qu'il désirait, mais ne pouvait pas avoir, et la reporter sur ce foutu problème avec Samuel Miller. Ce traître avait volé des informations au club avec l'aide d'au moins un des employés de Levi — leur informaticien. Il avait aussi volé de l'argent, délit sur lequel enquêtait le directeur financier du club en pestant. L'entreprise avait grossi. Le directeur financier avait besoin de personnel en renfort depuis un certain temps, c'est pourquoi il n'avait pas remarqué tout de suite la disparition de cet argent. Le détournement de fonds faisait ressortir le manque de ressources humaines de l'entreprise et mettait son directeur financier à cran.

Levi devait trouver un collaborateur ayant de solides qualifications pour l'assister, et plus vite il trouverait quelqu'un, plus vite il pourrait signaler le détournement aux autorités. Il n'avait plus aucune confiance en les avocats qui les conseillaient ordinairement ; il devait donc également trouver un nouvel avocat.

Les gens pensaient pouvoir profiter de lui et de ses frères ? Que les fils d'Ethan Cade étaient des bons à rien et qu'ils n'étaient pas capables de diriger le complexe ? Ils avaient tort.

Levi composa le numéro qu'il avait obtenu de Lisa un peu plus tôt.

— Bonjour, Jared. Levi Cade à l'appareil.

— Salut… Levi. Emily va bien ?

Levi pressa les doigts sur ses orbites.

— Je, euh, oui. Enfin, elle est malade aujourd'hui, mais je ne pense pas que ce soit grave. *Si ce n'est qu'elle me déteste.* J'appelais pour te proposer un poste. Emily dit que tu es l'un des meilleurs financiers de la ville. J'ai déjà un directeur financier, mais on a une situation délicate ici et mon directeur pourrait avoir besoin de renforts. J'avais l'intention de faire appel à quelqu'un d'autre depuis un moment, et cette nouvelle situation a accéléré ma décision. Je te paierai dix pour cent de plus que ce que tu gagnes actuellement. Je veux quelqu'un en qui je peux avoir confiance, et disponible immédiatement.

— D'accord. Je ne m'attendais pas à ça, mais c'est une offre intéressante… J'aimerais te rencontrer pour parler de la situation délicate que tu as mentionnée. Rencontrer le directeur financier également. Je dois aussi en parler à Lisa et m'assurer qu'elle est d'accord.

— Bien sûr.

Ils raccrochèrent en se fixant un rendez-vous pour le lendemain matin.

Emily avait raison sur un point. Le passé était derrière nous et seul l'avenir importait. Il était déterminé à assurer l'avenir du club et de ses employés, ainsi que celui de ses frères. Avec de telles responsabilités sur les épaules, les désirs personnels de Levi n'avaient pas d'importance.

———

Le lendemain, puis le jour suivant, Emily manquait toujours à l'appel. Levi était à deux doigts de craquer. Leur enquête sur Samuel Miller avançait ; Jared avait accepté le poste de responsable financier et commençait aujourd'hui. Mais Levi se sentait mal, sentiment qui ne voulait pas disparaître.

Jared était arrivé à cinq heures du matin, et il avait travaillé avec le directeur financier à l'heure du déjeuner pour préparer le dossier. La police était prévenue et attendait que Levi apporte les pièces à conviction au poste.

Même s'il n'était plus pompier, il pouvait encore éteindre des incendies. Il aurait dû s'en réjouir, mais pour le moment, tout ce qu'il ressentait, c'était un profond agacement.

Emily ne répondait pas à ses appels et ne se présentait pas au travail. Si elle n'avait pas discuté avec la secrétaire ce matin encore, il serait allé chez elle pour s'assurer qu'il ne lui était rien arrivé. Mais le seul malheur qui lui soit arrivé, c'était lui.

Il était capable de résoudre le problème Miller, mais ce n'était pas drôle sans Emily à ses côtés, le suivant avant sa tablette et l'obligeant à travailler. Pas qu'il en avait besoin, mais… ça lui plaisait. Il aimait l'avoir au bureau, et même chez lui, comme le jour où il lui avait demandé de garder Grace.

Levi pouvait faire tourner le Club Tahoe, mais sans Emily, l'endroit manquait de chaleur. Bon sang, elle avait fait entrer la chaleur dans sa *vie*.

Était-ce une erreur de faire du club sa priorité ? Merde, son père avait fait la même chose et ça leur avait gâché la vie. Mais qu'avait-il dans le crâne, bon sang ? Ces deux derniers jours, il ne comprenait même plus pourquoi c'était un problème de sortir avec la sœur de son ex. Peut-être que ça ferait tiquer certains, mais il commençait à se dire qu'il s'en foutait.

Depuis qu'Emily l'avait laissé seul dans le vestiaire de la piscine quelques nuits auparavant, il avait l'impression d'avoir perdu une de ses jambes. Comme s'il sautillait en rond sur un pied. Emily n'avait pas eu besoin d'être secourue comme la plupart des femmes avec qui il était sorti. Elle avait été là pour *lui*. Et il l'avait repoussée.

Et merde.

Levi sortit de son bureau et le ferma à clé pour la journée. Il n'avait pas pris la peine de porter un costume de toute la semaine. Trop contraignant, et il avait besoin de toute la force dont il disposait pour mettre un pied devant l'autre. Étrangement, il se sentait aussi déprimé qu'après l'accident. Ce qui était absurde en y pensant. À part ses frères, rien n'avait plus compté pour lui que la caserne des pompiers.

Pour la première fois, tout se mettait en place au Club Tahoe. Les finances étaient en ordre depuis qu'ils avaient identifié l'origine des dégâts et engagé des poursuites légales. Levi avait embauché un nouvel avocat, ainsi qu'un nouveau responsable informatique, avec une solide formation en codage pour s'assurer que l'informaticien renvoyé n'avait pas mis en place une porte dérobée dans le système pour pomper d'autres informations. Et le programme pour enfants faisait un carton au niveau des réservations. Mais Levi se sentait très mal, et cela n'avait rien à voir avec le stress lié à la gestion du complexe hôtelier.

– Je m'en vais, dit-il au réceptionniste, qui était un type aujourd'hui. Ils avaient deux réceptionnistes qui travaillaient à mi-temps. Une jeune femme qui allait à l'université locale, et un serveur qui voulait avoir une expérience de bureau. Le gamin avait une tenue de circonstance, costume, chemise blanche et cravate. Il était plus présentable que Levi ces derniers jours.

Il faudrait bien qu'il recommence à porter un costume de pingouin. Même si sa vie privée était merdique, il ne pouvait pas venir au travail en jeans et en bottes plus longtemps s'il voulait que ses employés et ses clients le prennent au sérieux.

En sortant, il fit un crochet par la boutique de golf.

Et il trouva Wes derrière le comptoir, l'air renfrogné.

– Qu'est-ce qui ne va pas ?

S'il lui arrivait une autre galère pourrie cette semaine, Levi allait péter un câble.

— Rien, grommela Wes en cochant les articles d'une liste posée sur le comptoir.

Ça n'en avait pas l'air. Wes avait les lèvres pincées et ne voulait pas lever les yeux.

— Tout va bien sur le parcours ?

— Oui.

Levi regarda autour de lui. La boutique semblait en bon état et quelques clients flânaient dans les rayons.

— Alors pourquoi tu fais cette tronche, bon sang ? dit-il tout bas pour que seul Wes l'entende.

Ce dernier finit par lever les yeux, mais pas vers Levi. Il observa de l'autre côté de la boutique un couple qui regardait les t-shirts de golf portant le logo du Club Tahoe.

L'homme avait l'âge de Levi, et la femme aussi — peut-être un peu plus jeune. Jolie.

— Tu as un problème avec le couple là-bas ?

Wes lui jeta un regard noir.

— Je n'ai aucun putain de problème. Je veux juste qu'ils se cassent d'ici.

Levi leva les mains.

— Du calme. Si c'est comme ça que tu traites nos clients, il va falloir qu'on parle.

Wes s'agrippa les cheveux, les yeux luisant de fureur.

— Pourquoi viendrait-elle ici ?

Levi les observa de nouveau.

— La fille ?

— Oui, *la fille*, siffla son frère.

— C'est qui ?

Wes détourna le regard.

— Personne.

Levi secoua la tête.

— *D'accord*. Ta journée est finie. Tu pars. Tout de suite. C'est un ordre. Il y a quelqu'un qui peut te remplacer ?

Wes fit signe à un vendeur qui rangeait des vêtements

en rayon. Il les rejoignit au comptoir et Wes lui donna les clés du magasin.

— Tu fermes ce soir et assure-toi que la vitrine est nickel avant de partir.

Sur ce, Levi et Wes quittèrent la boutique.

— Tu viens chez moi, dit Levi. Rien de tel que le travail manuel pour se changer les idées.

Wes était en si piteux état qu'il ne protesta même pas.

Levi le questionna alors qu'ils traversaient le parking.

— Il s'est passé quoi là-bas ? Je ne t'ai jamais vu si remonté contre une fille.

Wes regarda droit devant lui.

— Je suis sorti avec elle à l'école.

— Au lycée ?

Levi hésita.

— À l'université.

Levi s'arrêta au milieu du parking.

— C'est la fille avec qui tu es sorti pendant deux ans et qui t'a largué juste avant que tes performances en circuit pro ne piquent du nez, c'est ça ?

Le regard que lui lança Wes confirma à Levi ce qu'il savait déjà. Il le laissa tranquille. Après tout, il avait ses propres problèmes sentimentaux. Inutile de s'encombrer de ceux de Wes.

— Alors, quel est ce travail manuel dont tu parlais ?

Wes s'arrêta devant sa voiture et regarda vers l'endroit où Levi était garé.

— On va construire une structure pyramidale au-dessus du brasero.

Levi roula les yeux.

— Est-ce que tu as jamais songé à demander, avant de balancer des ordres ? Je ne suis pas ton esclave.

Levi soupira.

— Tu as mieux à faire ? Je me suis dit qu'il valait mieux

te sortir de la boutique avant que tu te transformes en homme des cavernes.

Wes grogna et monta dans sa voiture.

Avant de démarrer, Levi s'assura que ses autres frères les rejoignaient également à la maison.

Ce que Levi n'avait pas dit à Wes, et qu'il ne dirait à aucun d'entre eux, c'est qu'il avait plus besoin d'eux qu'ils n'avaient besoin de lui ce moment.

Chapitre Vingt-Sept

Levi enfonçait des clous dans la plateforme qui serait le futur plancher de la tente à charpente en bois, en écoutant la fréquence radio de la police.

Wes, qui préparait les planches à scier, fronça les sourcils.

– Pourquoi tu écoutes encore ce truc ?

– Ça me calme.

Il était tout sauf calme, mais saturer son cerveau d'informations lui permettait de ne pas penser à Emily. Il avait merdé et il ne savait pas comment rattraper le coup. Écouter les appels radio l'aidait parfois à se détendre.

Il avait mesuré, creusé et coulé le béton pour les piliers de fondation hier, en se basant sur les dimensions exactes de la toile qu'il avait reçue. La vieille tente igloo toute simple le satisfaisait amplement jusqu'à maintenant. Mais soudain, il avait eu envie de quelque chose de mieux pour dormir à la belle étoile. Un endroit où il pourrait inviter quelqu'un de spécial.

Il s'était dit tellement de fois depuis qu'Emily travaillait au Club Tahoe qu'il ne pouvait pas coucher avec elle. Que c'était interdit. Tout comme il s'était interdit depuis long-temps d'avoir une relation sérieuse. Mais il se demandait maintenant s'il n'avait pas fait la plus grosse erreur de sa vie. Plus son absence s'éternisait, plus son agitation grandissait.

Wes sciait du bois dans un coin, le visage renfrogné, probablement à cause de la femme de la boutique, tandis qu'Adam tapait sur des planches en face de Levi.

Adam posa le marteau sur sa cuisse.

— J'ai parlé de Miller à notre nouveau PDG. Il va aller voir le conseil d'administration avec les infos que tu m'as données. On ne peut pas faire grand-chose, aucune loi n'interdisant d'acquérir des actions de la société, mais le Blue Casino ne prendra plus les clients amenés par Miller. Après ce que je leur ai dit, ils désapprouvent fortement ce manque d'éthique.

Levi grommela. Le Blue Casino avait profité de l'opportunité de rentrer de nouveaux clients. Quelle entreprise ne le ferait pas ? Mais il comprenait le sous-entendu de son frère. Le casino avait un passé de pratiques commerciales douteuses. Il semblait que la nouvelle direction préférait être réglo en affaires.

À ce moment-là, Jaeg remonta l'allée, un pack de bière sous le bras.

— J'ai entendu dire que tu avais besoin d'un coup de main.

Il fit un signe de la tête à Adam, l'un de ses meilleurs amis du lycée.

Levi était grand, mais Jaeg était immense. Un gentil géant. C'était un skieur professionnel avant qu'une blessure au genou ne le mette sur la touche. Malgré l'abandon de sa carrière sportive, il avait toujours eu un cortège de belles femmes à ses trousses. Jusqu'à ce qu'il rencontre Cali. Maintenant, le gars était aussi accro à Cali qu'Adam l'était à Hayden. Fini les nuits blanches entre potes — ces deux-là restaient avec leur femme, ce que regrettait leur bande de copains.

Mais Levi commençait à trouver cette perspective séduisante. Avec la bonne compagne, ça ne le dérangerait pas de rester chez lui. En fait, la seule chose qu'il désirait en ce moment, c'était de voir Emily.

Il prit la bière que Jaeg lui tendait, mais il la posa sur une planche. Il avait la poitrine serrée et les mains fébriles, raison pour laquelle il avait entrepris cette construction.

Jaeg était un artiste ; il avait sculpté les initiales massives accrochées au mur lors de la fête de fiançailles d'Adam et Hayden, sans parler des tables en bois qu'il avait réalisées pour la maison de Levi. Bref, c'était un maître artisan du bois. Ce truc qu'ils construisaient aujourd'hui était un jeu d'enfant au regard des travaux complexes qu'il réalisait ; c'est pour cette raison que son soutien leur était d'autant plus précieux.

– Merci d'être venu.

– Pas de souci. Cali fait une soirée entre filles avec Hayden, Mira et Gen. Je devais me barrer. Pas le choix. Elles étaient en train d'ajouter des tonnes de tâches assignées à l'homme sur la liste de Cali.

Adam s'accroupit sur les talons et se gratta la tête.

– Cali a une liste des tâches ? Merde. Je pensais que Hayden était la seule. Plus je fais de trucs, plus cette liste s'allonge de façon exponentielle.

Le rire guttural de Jaeg gronda dans l'air du soir. Il ramassa un marteau et se mit au travail à l'autre bout de la plateforme.

Les gars se plaignaient d'une liste de tâches alors que Levi ne pensait qu'au bonheur d'avoir une femme dont il pourrait s'occuper, mais pas n'importe quelle femme. Les filles qui avaient besoin d'être sauvées ne l'intéressaient plus. Non, il voulait une femme qui l'apprécie. Quelqu'un pour qui faire des choses simplement parce qu'il en aurait envie.

Bran descendit d'un trait la bière que Jaeg lui avait donnée et broya la canette, puis il la jeta sur le tas des déchets empilés dans un coin. Il s'accroupit pour soulever une pile de planches de deux mètres. Mais dès qu'il se redressa, le bois bascula et renversa un plan de travail où se trouvait du matériel coûteux.

— Tu ne peux pas faire attention ? pesta Levi. Depuis quand tu as deux mains gauches ?

Bran lâcha la planche.

— Connard ! On est là pour *toi*. As-tu déjà pensé à nous remercier au lieu de nous siffler dès que tu as besoin d'un coup de main ?

Adam, Wes et Jaeg s'interrompirent. Hunt n'avait pas été convié. Levi n'était pas sûr de réinviter Hunt un jour, depuis qu'il avait osé toucher Emily. Cette seule pensée lui fit bouillir le sang.

— Je t'ai souvent aidé au fil des années.

— Et je t'ai remercié !

Bran avait le visage rouge, mais il n'avait bu qu'une bière, donc il n'était pas ivre.

— T'es tendu comme un string depuis deux semaines, ajouta-t-il. Qu'est-ce que tu as, bon sang ?

Adam se redressa et jeta son marteau en regardant Levi.

— Bran a raison. Si je ne t'ai pas viré à coups de latte quand tu as agressé Hunt à *ma fête de fiançailles*, c'est uniquement parce que Hayden a adoré tout ce qu'Emily avait préparé. Ma fiancée a passé un bon moment malgré tes conneries.

Levi serra la mâchoire. Adam savait que Levi pouvait lui flanquer une raclée. Il était plus grand, plus lourd, et surtout il était plus fort que lui. Mais son petit frère amateur de costumes de créateur était un teigneux. Levi ne s'en sortirait pas sans quelques ecchymoses.

– Putain, mais sors avec elle ! cria Adam, sous le regard perplexe de Jaeg. Wes et Bran ont envie de t'étrangler. Hunt aussi, mais ce n'est pas nouveau. Et là, c'est moi qui ne supporte plus de rester plus de cinq minutes en ta présence. C'est pire que lorsque tu as démissionné de la caserne. Qu'est-ce que ça peut foutre si Emily est la sœur de Lisa ? Tu l'aimes, sinon tu ne te comporterais pas comme un sale con avec tout le monde. Arrête de t'apitoyer sur ton propre sort.

Le visage de Levi s'échauffa.

– *M'apitoyer* ? Tu sais à qui tu parles, bordel ?

Levi arracha sa veste et la jeta par terre. Va pour les quelques ecchymoses, tant pis.

– Viens te battre, hurla-t-il. Tout de suite. On ne serait pas dans cette merde si tu ne nous avais pas lâchés pour le Blue Casino.

Jaeg s'interposa entre eux, écartant les bras et posant une main sur chaque torse.

– Tout doux, les gars. Vous ne vous êtes pas battus ensemble depuis que vous étiez gamins. Reprenez-vous. Si c'est à cause d'une fille, dit-il en fixant Levi, sors-la de ta tête.

Adam fusilla ses frères.

– Et j'en ai marre, bande de nases, que vous me reprochiez la merde dans laquelle vous êtes au Club Tahoe. Si vous ne voulez pas y travailler, embauchez quelqu'un d'autre !

– Contrairement à vous quatre, siffla Levi, *je* me sens obligé de satisfaire les volontés de notre père.

– Depuis quand ? Tu n'as jamais fait ce que Papa voulait.

– Depuis qu'il est mort.

– Mais toi, tu es encore en vie, rétorqua Adam. Alors vis ta putain de vie. Même Papa n'aurait pas voulu que tu diriges le Club Tahoe s'il avait su que ça te rendait si malheureux. Peut-être, je dis bien peut-être, qu'il a pensé que ça donnerait un nouveau sens à ta vie après l'accident. Et peut-être qu'il a aussi vu en toi des qualités qu'il jugeait bénéfiques pour le club.

Levi ne dit rien. Parce qu'il n'était pas si malheureux de travailler au Club Tahoe. Ce n'était pas le job de ses rêves, mais il avait mûri. Mais putain, il était furieux qu'Emily s'éloigne de lui.

Une annonce retentit à la radio. Un feu dans un immeuble d'habitation. Levi tourna la tête et écouta attentivement. *C'est l'adresse d'Emily*, pensa-t-il tout de suite.

La seconde d'après, il courait en direction du chalet, tandis que ses frères criaient après lui.

Adam avait laissé la clé de son camion sur le contact. Il sauta dans le véhicule et fit ronfler le moteur. Puis il enfonça l'accélérateur de la vieille guimbarde et dévala le chemin. Heureusement qu'il avait suivi Emily jusqu'à chez elle l'autre soir ; il connaissait la route. Et il avait dû mémoriser son adresse quand elle avait commencé à travailler au Club Tahoe.

Levi avait consulté son dossier aux RH pour s'assurer que ses avocats de merde avaient raison et qu'elle était bien majeure. Aujourd'hui, il ne se souvenait plus pourquoi il l'avait trouvée trop jeune. Elle avait l'air jeune, mais même à l'époque, il essayait déjà de trouver des raisons de garder ses distances — une façon de se convaincre qu'elle n'était pas pour lui. Parce qu'il avait ressenti la fameuse étincelle.

Il avait nié ses sentiments pendant tout ce temps, et maintenant, elle était prisonnière des flammes, son pire cauchemar. Elle était en danger… elle risquait peut-être même sa vie.

S'il était devenu pompier un jour, ce n'était pas tant pour protéger les forêts qu'il chérissait. Et ce n'était pas tant parce que le métier de pompier comblait son besoin de dépense physique et d'ordre. C'était parce qu'il ne voulait plus jamais perdre un être cher comme il avait perdu sa mère et, au sens figuré, son père.

La meilleure façon de ne pas perdre ceux qu'il aimait était d'être capable de les protéger. De protéger Emily. Parce qu'il l'*aimait*.

Emily comblait un vide dont il avait jusqu'alors ignoré l'existence. Une place dans ce cœur qu'il n'avait jamais ouvert. Et maintenant qu'elle l'occupait, son absence le saignait à blanc, sa douleur éclaboussait tout son entourage.

Emily était à lui. Il n'était peut-être plus pompier, mais il faudrait lui marcher sur le corps pour l'empêcher d'aller la sauver.

Il tira si fort sur le volant qu'il faillit l'arracher.

Calme-toi, abruti. Tu vas la retrouver.

Chapitre Vingt-Huit

C*'est un imbécile.* Emily essuya les larmes qui lui dévalaient les joues. Sa seule façon de surmonter une profonde contrariété, c'était de pleurer toutes les larmes de son corps. Mais ce déluge lacrymal durait déjà depuis trois jours.

Elle pédala plus vigoureusement sur son vélo d'appartement, la musique de Spandau Ballet en boucle dans ses écouteurs. Ses yeux étaient tellement bouffis qu'elle n'osait pas sortir dans la rue de peur qu'on la prenne pour une femme battue. De plus, les paquets d'Oreo se trouvaient dans l'appartement.

Elle attrapa un biscuit et le fourra dans sa bouche. I*mbéchile*, pesta-t-elle en postillonnant des miettes.

Levi se trompait. Leur relation *était* spéciale. Comment ne pouvait-il ne pas le voir ?

Un mur de brique, dur comme une tête de mule. Elle n'avait pas cessé de se heurter à ce mur. Eh bien, ça suffisait ! Elle abandonnait. Sa propre sœur avait prédit cette issue parce que Lisa connaissait bien Levi. Emily ne faisait pas exception à la règle. Elle rentrait dans la norme — elle n'était pas différente des autres filles avec qui il était sorti. Sauf Lisa, avec qui il s'était engagé. Emily n'aurait droit qu'au sexe.

Bon, d'accord. Du bon sexe.

Du *très* bon sexe.

Mais elle méritait plus de la part de Levi ou de n'importe quel homme.

Plus que les appels occasionnels qu'elle recevait de son père quand il en avait envie.

Plus que les insultes de son connard d'ex.

Jamais un homme ne l'avait aimée, mais elle méritait de connaître ce bonheur.

Elle avait appris à connaître Levi. Il était fiable, intègre et protégeait ceux qu'il aimait. Mais c'était un connard. S'il n'était pas prêt à la faire passer avant le reste, elle n'allait pas continuer à lui courir après, même si elle tenait vraiment à lui.

Satanés hommes. Elle grogna et une miette de biscuit se logea dans sa gorge, la faisant tousser. Et pour le coup, elle pleura encore plus.

Satanées larmes !

Pourquoi l'univers lui faisait-il ce sale coup ? Elle était tombée amoureuse de l'homme le plus borné du monde. Et maintenant, elle devait vivre avec le regret de ne pas vivre avec lui.

Emily attrapa un mouchoir sur sa table de nuit, mais son vélo d'appartement était trop loin, et elle faillit basculer. Elle sortit un mouchoir de sa poche, mais elle l'avait tellement utilisé que le papier se désintégra dans sa main.

Elle retira ses écouteurs et posa ses jambes vacillantes sur le sol, puis traversa la pièce et se moucha des dizaines de fois jusqu'à ce qu'elle puisse de nouveau respirer.

Et c'est là qu'elle la sentit.

La fumée.

———

Levi se gara devant l'immeuble d'Emily au moment où les pompiers descendaient de leurs camions. Il entendit les mots « intervention rapide » dans l'une des radios de l'équipe, mais il n'avait pas besoin de cette précision. Des flammes jaillissaient déjà d'une fenêtre au dernier étage sur la gauche.

Le cœur de Levi s'emballa et ses muscles se contractèrent.

Tandis que la brigade s'engouffrait dans l'escalier principal et à l'arrière du bâtiment, Levi courut vers la rampe de secours latérale. Il serait dans la merde s'il empêchait les pompiers de faire leur travail, mais il n'était pas question qu'il reste dehors alors qu'Emily se trouvait à l'intérieur. Elle ne répondait pas au téléphone et il ne pensait pas qu'elle serait sortie après avoir appelé le bureau pour dire qu'elle était malade. Même si la vraie raison était de l'éviter.

Bon Dieu. *Emily*. Pourquoi ne lui avait-il pas dit ce qu'il ressentait ? Pourquoi l'avait-il laissée partir ?

Il sauta sur la balustrade qui longeait le premier étage et se hissa jusqu'à la balustrade du deuxième à la force des bras. Sourd aux cris des pompiers, il courut dans le couloir en balayant les numéros des appartements. Il hésita un dixième de seconde devant le numéro 9, vérifia la température de la porte, puis tourna la poignée.

Verrouillé.

– Emily !

Il jeta un coup d'œil par la fenêtre. Il ne vit pas de fumée, Dieu merci. Mais elle allait probablement bientôt se glisser dans son appartement et l'envahir, à moins que les pompiers n'éteignent rapidement les flammes.

Levi donna un coup de pied dans la porte. Puis deux. Un grand craquement retentit après le troisième coup. Il frappa sa botte une quatrième fois contre le bois et la porte céda.

– Emily !

Il vérifia la première pièce, une petite chambre ne pouvant guère contenir plus qu'un lit, un bureau et une chaise.

C'est alors qu'il la vit. Elle se tenait dans le couloir, les yeux rouges et bouffis. On aurait dit à ses cernes sombres qu'elle n'avait pas dormi depuis des jours.

Une bouffée d'air s'échappa de ses poumons. Il s'avança et la serra contre lui.

– Tu vas bien ?

– Que se passe-t-il ?

Sa voix était étouffée contre sa poitrine, alors il desserra son étreinte, mais très légèrement.

– J'ai vu de la fumée, dit-elle, et entendu les sirènes.

Sans répondre, il la jeta simplement sur son épaule et la porta ainsi hors de l'appartement et dans l'escalier où ils croisèrent les pompiers qui montaient.

– Levi Cade ! s'écria le capitaine des pompiers. Une fois que j'aurai éteint ce feu, tu entendras parler de moi.

Levi s'arrêta devant le pick-up d'Adam et hésita, ne voulant pas lâcher Emily.

– Levi, pose-moi, dit-elle en lui frappant le dos. Tu n'avais pas besoin de me porter. J'aurais pu marcher.

Bien sûr qu'elle aurait pu. Mais il s'était senti bien mieux de pouvoir contrôler la situation jusqu'à ce qu'il la sorte du bâtiment en feu. Des choses terribles arrivaient dans les bâtiments enflammés. Des toits s'effondraient. Et des blocs de ciment atterrissaient sur la tête des gens.

Il la posa au sol, la gardant tout près de lui. Il savait ce qu'il devait faire, mais pour la première fois de sa vie, éteindre un incendie était la dernière chose qu'il *voulait* faire. Il devait quand même aller voir l'officier en charge de l'intervention.

— Ça va aller si je t'abandonne quelques minutes ?

— Oui, dit-elle en enroulant les bras autour de sa poitrine, si frêle dans ses bras.

Il avait enlevé sa veste pour se battre avec Adam tout à l'heure, et il se maudissait maintenant de n'avoir rien à lui mettre sur les épaules.

Il passa la main derrière le siège conducteur, attrapa la couverture qu'Adam gardait là, et la drapa autour d'elle.

— Reste ici, d'accord ? Je reviens tout de suite.

Elle hocha la tête et il se dirigea vers l'officier. Il ne voulait pas laisser Emily, mais il devait s'assurer que l'incendie était maîtrisé avant de partir.

Il s'approcha du pompier gradé.

— Besoin d'un coup de main ?

Bill, un ancien collègue de Levi, secoua la tête.

— Tout le monde a été évacué.

Il jeta un coup d'œil vers la porte que Levi avait défoncée.

— On va la barricader. Maintenant, file d'ici avant que les civils s'imaginent qu'ils peuvent entrer dans des bâtiments en feu, le réprimanda-t-il.

Levi n'eut pas besoin qu'on lui dise deux fois. Il retourna immédiatement auprès Emily et la souleva dans ses bras. Il nicha sa tête dans son cou et respira à plein nez son doux parfum floral.

Ses yeux le brûlaient, et ce n'était pas à cause de la fumée.

Il aurait pu la perdre. Le Club Tahoe n'était pas plus important qu'Emily. Pourquoi avait-il été si con ?

Il avait cru son passé avec sa sœur rédhibitoire ? Pas du tout.

Bien sûr, il devait s'occuper du complexe hôtelier, mais il pouvait très bien le faire tout en ayant Emily à ses côtés. C'était le bazar dans les finances du club, et alors ? La vie était un grand bazar et Emily ne semblait pas avoir peur de l'aider à y mettre de l'ordre. Elle avait l'air de s'en réjouir. Alors où était le problème, bon sang ?

Il avait beau être capable d'éteindre des incendies – au sens propre comme au figuré –, cela ne l'intéressait plus s'il n'avait pas Emily.

– Je me suis comporté comme un imbécile. Je pense que j'avais peur de perdre un autre être auquel je tiens. Je m'excuse pour tout.

Il la sentit déglutir.

– Tu es sûr ?

Il baissa les yeux vers elle et lui embrassa le nez.

– J'ai fait passer mon travail et mon foutu passé – qui doit rester dans le passé – avant toi. Entrer dans un immeuble en feu m'a toujours paru facile. Être obligé de diriger une entreprise sans rien y connaître m'a vraiment fait chier au début. Mais ce qui m'a terrifié, c'est de me mettre en danger face à toi. Tu ne faisais pas partie du plan, mais au diable les plans. Je le sais aussi bien que n'importe qui. Je me fiche de tout ça aujourd'hui. Plus rien n'a d'importance si tu n'es pas avec moi. Je suis prêt à prendre un risque pour nous, mais est-ce que tu veux toujours de moi ? Je ne t'en voudrais pas si tu avais changé d'avis.

Un rire étouffé secoua la poitrine d'Emily.

– Tu es têtu comme une mule. Bien sûr, je veux toujours de toi, mais je ne peux rien faire si tu ne t'investis pas complètement.

Il enroula les bras autour d'elle jusqu'à ce que le bout

de ses doigts touche les côtés de ses hanches et qu'elle soit entièrement enveloppée dans son étreinte.

— Je suis partant à cent pour cent.

Elle frissonna et se blottit contre lui.

— Comment as-tu fait pour savoir qu'il y avait un incendie ? Pour info, j'ai senti la fumée et j'allais sortir de l'appartement, sans problème.

— Je n'ai voulu prendre aucun risque, marmonna-t-il dans ses cheveux. J'ai entendu l'alerte sur la fréquence de la police. Je l'écoute de temps en temps. Une vieille habitude.

Il plaça une main derrière sa tête et baissa les yeux vers elle.

— Il y aura toujours des feux à éteindre. Mais celui qui brûle pour toi dans ma poitrine, j'aimerais qu'il ne s'éteigne jamais. Je veux qu'il me réchauffe longtemps, très longtemps.

Il posa les lèvres sur les siennes et l'embrassa passionnément.

Elle s'écarta, haletante.

— Il faut que tu saches que je ne me suis pas lavé les dents.

— J'adore ton goût sucré.

Il lui embrassa la pommette, puis fit une nouvelle tentative pour l'embrasser sur les lèvres.

Elle fronça les sourcils.

— Ça doit être tous ces Oreos que j'ai mangés en essayant de me convaincre que je pouvais t'oublier.

Son visage devint sérieux.

— Ne m'oublie pas.

Elle effleura la cicatrice au-dessus de son œil.

— Ne me repousse pas. Tu dois m'écouter.

Il mit la tête dans son cou.

— Je t'ai toujours écoutée. Mais je n'écoutais pas mon

instinct. Je ne ferai plus cette erreur. Tu me laisses une autre chance ? demanda-t-il en la serrant plus fort.

Elle soupira.

— Je suppose. Ces Oreos allaient me tuer de toute façon. Au moins maintenant, je peux arrêter de boulotter pour me réconforter.

— Tu peux toujours en manger. Mais mange-les chez moi. Dans mon lit.

Chapitre Vingt-Neuf

Ils roulèrent sans s'arrêter jusqu'à chez Levi. Adam se tenait devant la maison quand ils arrivèrent. Il secoua la tête, et Emily supposa que cela avait à voir avec le fait que Levi conduisait son camion.

Ils sortirent du véhicule et Levi lança les clés à son frère en lui faisant un clin d'œil.

Ils n'avaient pas prononcé un mot de tout le trajet, mais Levi ne lui avait pas lâché la main, lui caressant la peau d'un mouvement circulaire du pouce.

Adam monta dans son camion et partit au moment où ils entraient dans la maison.

Il ferma la porte et la souleva en l'empoignant sous les fesses.

Elle enroula les bras autour de ses épaules. Il la regardait comme s'il la trouvait belle alors qu'elle n'avait jamais été aussi moche de sa vie. En tout cas devant lui. Il effleura ses lèvres et la porta vers l'arrière de la maison, un million de pensées jaillissant comme des étincelles dans son regard brûlant. De vilaines pensées… si elle lisait bien.

Un frisson d'excitation lui parcourut l'échine.

– Je devrais sans doute rentrer chez moi. Récupérer mon sac. Mon téléphone… dit-elle soudain nerveuse alors qu'il ouvrait la porte de sa chambre.

Allaient-ils vraiment faire ça ? Après qu'il l'ait si profondément blessée ?

Il l'embrassa doucement.

– Primo, tu n'as plus de porte. Je l'ai défoncée. Les pompiers vont obstruer l'ouverture avec des planches. Deuxio, ton alarme incendie ne sonnait pas quand je suis arrivé, ce qui signifie que l'appart que tu loues n'est pas aux normes de sécurité. Et tertio, tu n'auras pas besoin de sac ni de téléphone dans les prochaines vingt-quatre à quarante-huit heures.

Elle arqua un sourcil, lui jetant un regard qui se voulait sévère.

– Et pourquoi ça ?

– Parce que, dit-il en lui pressant les fesses, j'ai l'intention de te garder – il repoussa gentiment Grace pour qu'elle n'entre pas dans la pièce – très –il referma la porte du pied et la jeta sur le lit – occupée.

Levi la rejoignit sur le matelas et se pencha vers elle, lui recouvrant une partie du corps, et nicha son visage au creux de sa grande main. Puis ses lèvres trouvèrent sa bouche, l'amadouant et faisant fondre ses réticences.

Il releva la tête et lui caressa le menton du pouce.

–J'aurais pu te perdre.

Elle secoua la tête.

– À cause de l'incendie ? Ils l'avaient maîtrisé.

– Oui, mais j'aurais aussi pu te perdre parce que je suis un imbécile, parce que je me trompais de priorité et j'essayais de me protéger.

Elle passa les doigts dans ses cheveux soyeux.

– Tu as réalisé ton erreur. C'est ce qui compte. Que

vas-tu faire de moi maintenant ? ajouta-t-elle avec un petit sourire coquin pour détendre l'atmosphère.

Il lui fit en retour un rictus grivois qui trahissait ses mauvaises intentions.

— Pour commencer, dit-il en s'asseyant et en lui ôtant son pantalon de yoga d'un geste fluide, je vais te débarrasser de ce truc.

— Tu n'as pas enlevé mes chaussures !

Elle avait l'air bête en sous-vêtements et baskets en toile.

Il sourit et dénoua les lacets de ses tennis avec précaution, puis il les jeta l'un et l'autre par-dessus ses épaules sans la quitter des yeux. Il leva le menton d'un coup sec.

— Tu n'auras pas besoin de ce sweat-shirt non plus. Et si tu l'enlevais ?

— Mais je vais avoir froid.

Elle se retenait de sourire, surtout parce qu'elle aimait ce côté joueur de Levi. Ce côté confiant et séducteur, un rien lubrique, qu'il cachait le plus souvent.

— Tu ne peux pas le garder.

Levi se jeta sur elle, ce qui la fit glapir de surprise. Il sourit et saisit le bas de son sweat, lui chatouilla le ventre et lui passa le vêtement par la tête.

Ses yeux se figèrent sur sa poitrine, et ses narines s'évasèrent.

— Tu n'as pas de soutien-gorge ?

— Je faisais du sport, se justifia-t-elle. Ce qui en théorie exige de mettre un soutien-gorge, mais j'étais chez moi… et il n'est pas impossible que je porte encore les fringues avec lesquelles j'ai dormi cette nuit.

La main de Levi la pelotait déjà, sa bouche se frayant un passage jusqu'à son téton.

— Mmm. Tu ne devrais jamais porter de soutif en ma présence. Du moins, pas chez moi.

– Ça veut dire que je reviendrai ? Ou tu vas t'éloigner encore après cet épisode ?

Elle ne voulait pas casser l'ambiance, mais elle avait besoin de savoir.

Il s'immobilisa et la regarda dans les yeux.

– Je te veux.

Elle déglutit. Le regard bleu de Levi était plus sincère que jamais.

– Tu as déjà dit ça.

Il fronça les sourcils et lui prit les mains, les levant légèrement au-dessus de sa tête.

– Pas seulement dans mon lit. Je te veux dans ma vie. Dès que tu es entrée dans mon bureau, j'ai su que tu allais me causer des problèmes. Me tenter et me compliquer la vie. Ce que je n'avais pas réalisé, c'est que tu allais embellir chaque jour de ma vie. J'aurais beaucoup de chance de t'avoir pour petite amie. Si tu veux toujours de moi, bien sûr.

Sa petite amie. Elle en avait envie, mais…

– Tu m'as blessée.

Sa mâchoire se crispa et son regard s'attrista.

– J'essayais de tout faire bien, mais ça a merdé.

– Pas tout. Cela dit, tu t'améliores. Et tu as fait un excellent travail à la tête du Club Tahoe, même si tu ne t'accordes pas assez de mérite.

Il lui lâcha une main et dégagea une mèche de son visage.

– Diriger le complexe n'est pas aussi pénible que je le pensais. Même si j'ai réalisé depuis que tu es *malade, dit-il* en la regardant d'un air entendu, parce qu'à l'évidence elle se cachait et n'était nullement malade, que c'est trop chiant quand tu n'es pas là. Je me fiche que tu travailles au club, mais je te veux dans ma vie. Tu es plus gentille que moi, plus empathique, et tu me donnes envie d'être un homme meilleur. Et je ne peux pas m'empêcher de te regarder, dit-il en lui embrassant le menton. Et puis, tu n'hésites pas à me remettre à ma place, ce qui m'amuse parce que personne d'autre que mes frères n'ose le faire.

Elle souriait jusqu'à ce qu'il aborde ce dernier point.

— En parlant de tes frères, tu dois arranger les choses avec Hunt. Il a fait une erreur quand il avait dix-huit ans. Il ne voulait pas te faire de mal. Je pense qu'il tenait vraiment à Lisa. Comment te comportais-tu avec les femmes à son âge ?

Levi ricana, son expression trahissant sa culpabilité.

— *Exactement,* dit-elle. De l'eau a coulé sous les ponts, et Hunt a besoin de toi. Vous avez besoin l'un de l'autre, surtout depuis la mort de votre père. Sa punition a assez duré.

Levi laissa échapper un gros soupir.

— Je ferai un effort.

Elle tendit le cou et l'embrassa sur la bouche.

— Ça veut dire que tu me donnes une autre chance ?

Elle serra ses épaules carrées, palpant ses muscles à travers la chemise.

— Je suppose. Mais si tu vois des Oreos sans le coin, ça voudra dire que tu as merdé. Et puis, arrête d'être aussi borné et écoute-moi à partir de maintenant.

— Je t'ai toujours écoutée, seulement je préférais ignorer ce que tu me disais.

Elle lui donna une tape sur le bras, ce qui le fit rire.

— Jusqu'à aujourd'hui, bien sûr. Je n'ai jamais prétendu être parfait.

Il picora ses lèvres pincées qui, malgré ses efforts pour les durcir, fondirent à son contact.

— Je suis tombé amoureux de toi. Je crois même que je suis tombé amoureux de toi quand tu m'as cassé les couilles sur le terrain de golf. Et plus encore quand tu as cassé les couilles de mes frères à la réception de Shin. Et j'ai été totalement conquis quand je t'ai trouvée endormie avec Grace sur mon canapé, mais je ne voulais pas l'admettre. Je pensais qu'en ignorant mes sentiments, ils disparaîtraient et je ne te perdrais pas. Mais en réalité, c'était le meilleur moyen de te perdre. Ce n'était pas prévu et il n'y a pas de règles, seulement cette intime conviction dans mon cœur que tu es faite pour moi.

Elle attira ses lèvres contre les siennes et l'embrassa, avant de s'écarter de lui tout aussi volontairement.

— Tu promets que tu ne changeras pas d'avis ? Parce que je vais te casser plus que les couilles si tu me refais ce coup-là.

Il pouffa et lui empoigna les fesses.

— Je suis sûr. Je suis un vrai mec.

— Je sais. Je le sais depuis le début, mais tu es une vraie bourrique quand tu as décidé autre chose.

— Je rêve ou tu viens de me comparer à un âne ?

— Tu ne rêves pas. Et qu'est-ce que tu comptes faire en représailles ?

Il se redressa.

— Pour commencer, tu es seins nus, et j'en remercie le ciel, mais je crois qu'on devrait être à égalité.

Il enleva sa chemise et plaqua son torse contre sa poitrine.

— Hum, je commence à comprendre pourquoi Grace a fait de toi son nouveau coussin. Je pourrais dormir comme ça tous les soirs.

Elle lui tapota gentiment le crâne des phalanges.

— Seulement dormir ?

Ce n'était *pas* ce qu'elle avait en tête.

Elle le sentit sourire contre son sein. Il pétrissait l'autre dans sa paume.

— Après.

— Après ? répéta-t-il amusé.

Levi souleva une de ses jambes, insérant son bassin entre ses cuisses.

— Après t'avoir fait l'amour sur le lit. Et sur le canapé.

Il passa une main derrière ses fesses, et glissa le bout des doigts le long de la chair tendre de sa cuisse et du pli de sa jambe.

La respiration d'Emily devint irrégulière.

— Ça me plaît bien… même si le banc était une expérience agréable.

Il pencha la tête, fit courir ses lèvres le long de sa clavicule, puis attrapa un téton dans sa bouche.

— Tu es une fille qui aime les expériences osées ?

Ses joues s'enflammèrent.

— Je ne le croyais pas, mais… je pense qu'il y a beaucoup de choses que j'aimerais avec toi.

Il glissa les doigts dans sa culotte.

— On va voir ça.

Il caressera ses doux replis, faisant des cercles du pouce autour de l'endroit qui se languissait d'être touché, tout en enfonçant un doigt en elle. Puis il retira sa main.

Emily ouvrit les yeux — apparemment, elle les avait fermés à un moment donné. Il s'était assis en arrière et observait son corps.

Elle s'appuya sur les coudes.

— Qu'est-ce qui ne va pas ?

— Je veux un meilleur accès.

Il baissa délicatement sa culotte le long de ses jambes, la jeta par terre, puis il lui prit la main et la releva. Ses cuisses s'écartèrent largement tandis que Levi la tirait sur ses genoux pour qu'elle le chevauche. Il la saisit par les hanches et la rapprocha de lui, amenant sa poitrine devant sa bouche.

— C'est beaucoup mieux.

Elle posa les mains sur ses épaules.

– Attends. Et ton jean ?

Sa bouche s'immobilisa sur son sein et lui fit un dernier baiser avant qu'il se lève, Emily dans ses bras, le temps de baisser son jean et son caleçon, sans la quitter des yeux.

– C'est bon ?

– Oui, dit-elle le souffle court, baissant la main vers la partie saillante de son anatomie, chaude contre son ventre.

Il était en train de l'embrasser à pleine bouche lorsqu'elle le guida vers sa fente et s'empala sur lui.

Le doigt de Levi retrouva le chemin de son intimité et il caressa le faisceau de nerfs niché à cet endroit, ce qui la rendit toute chose et toute chaude, son bassin coulissant plus vite sur lui.

– Je ne peux pas me retenir, haleta-t-elle. Je vais…

– Ne te retiens pas. Ce n'est que le premier round.

Ses lèvres s'enroulèrent autour de son téton qu'il titilla du bout de la langue.

L'orgasme la frappa de plein fouet — frustrée comme elle était ces derniers jours de peur de l'avoir perdu. De devoir renoncer à l'homme qu'elle aimait tant.

Son ventre se contracta, puis le plaisir se répandit en elle comme une traînée de poudre, et un gémissement rauque jaillit de sa gorge.

Quand elle reprit son souffle, Levi la pénétra vigoureusement, tremblant de désir. Il s'accrocha à elle, sa poitrine se soulevant et s'abaissant tandis que des spasmes lui secouaient le corps.

Sa respiration s'apaisa et elle s'affaissa sur le lit, entraînant Levi dans sa chute. Il s'allongea à moitié sur elle, à moitié sur le matelas, le visage écrasé contre sa joue et ses cheveux. Elle avait une vue imprenable sur son cul hyper sexy et partiellement dénudé. Ni plus ni moins.

Il lui attrapa un sein et déposa un baiser sur sa tempe.

– N'oublie pas. Tu m'appartiens pour les prochaines vingt-quatre à quarante-huit heures. Plus longtemps, si ça ne tenait qu'à moi.

Le mec n'avait même pas enlevé son pantalon et il pensait déjà au deuxième round ?

Que Dieu la sauve.

Elle était amoureuse. Son cœur était si débordant d'amour qu'elle pensait qu'il n'y avait pas de place pour autre chose. Et le plus beau dans tout ça ? Levi l'aimait aussi. Elle l'avait toujours senti, mais maintenant elle l'entendait de sa bouche.

Et rien n'était plus merveilleux que d'être aimée par Levi Cade.

Chapitre Trente

Levi avait recommencé à porter ses costards au travail, même s'il détestait cela. Emily adorait lui enlever, et il ne voulait surtout pas la priver de ce plaisir.

Il sourit en se remémorant le soir où ils avaient étrenné la nouvelle tente. Il avait construit un cadre de lit en bois et acheté un nouveau matelas pour l'orner. Il avait édifié la tente à l'endroit préféré d'Emily sur la propriété, bien qu'il n'ait pas admis que c'était pour elle à l'époque. Il voulait un lieu où elle pourrait profiter de la vue sur le lac, les montagnes et les étoiles. Car soudain, plus rien dans la vie ne l'enchantait si elle n'était pas à ses côtés.

Le téléphone sonna sur son bureau et il décrocha, chassant les souvenirs de sa petite amie nue dans leur nouvelle tente.

— Levi. J'écoute.

— Bonjour M. Cade. Hwan Kim de Shin Electronics. On m'a demandé de vous contacter pour réserver votre hôtel pour notre séminaire annuel de l'an prochain. Nous allons doubler le nombre de participants et nous souhaitons réserver tôt pour que vous prépariez un programme pour un groupe plus nombreux. Un de nos gros clients américains nous a contactés après notre séjour chez vous cet été, et nous a dit combien il avait apprécié le Club Tahoe. Il souhaite y revenir l'année prochaine, et nous voulons absolument le satisfaire.

Levi n'en croyait pas ses oreilles. Il pensait avoir ruiné ses chances de contrat avec le groupe Coréen après l'impression désastreuse laissée par la dernière soirée.

– C'était un plaisir de vous accueillir. Nous serions très heureux de recevoir votre groupe l'année prochaine. Laissez-moi vous mettre en relation avec Emily Wright, ma nouvelle directrice du complexe hôtelier. Elle veillera à ce que tout se déroule exactement selon vos souhaits.

Levi avait promu Emily. Bien sûr, c'était sa petite amie, mais elle avait en réalité assuré ce poste de direction sans en avoir le titre. Il avait confié le travail administratif qu'elle faisait à ses deux secrétaires et à l'un des cadres de son équipe, tous les trois ravis de l'augmentation de salaire associée.

Il avait été prudent financièrement ces derniers mois, mais avec le contrat de congrès annuel qu'il avait signé pour quatre ans la semaine dernière et maintenant, Shin Electronics qui réservait pour son séminaire de l'année prochaine, les choses allaient en s'améliorant. Emily avait également envoyé la deuxième vague de marketing direct pour le nouveau programme pour les enfants. Les retours étaient extrêmement positifs, les réservations ayant encore augmenté de dix pour cent.

Après avoir perdu quelques gros clients, et un petit pourcentage du capital – le tout à cause de Samuel Miller – ils s'étaient battus pour remonter la pente. Ils devaient encore rester vigilants et poursuivre sur leur lancée, mais dès que Levi avait découvert les activités occultes de Samuel Miller, il avait renvoyé l'homme et toute sa clique.

Grâce aux informations rassemblées par son directeur financier et Jared, il avait porté plainte contre Miller et consorts.

Le petit ami de Lisa, Jared, était un chic type, et il s'était rapidement intégré à l'équipe du Club Tahoe. Il avait même trouvé pour le Club un nouveau moyen d'économiser de l'argent, ce qui avait permis à Levi d'ajouter une nouvelle association caritative sur sa liste des donations. Levi n'aurait jamais espéré cela d'un type qui bossait dans la finance. Lisa avait trouvé un homme en or et il était très heureux pour elle, et pour lui — il y avait gagné un talentueux responsable financier.

Hunt gratta à la porte ouverte.

— Tu voulais me voir ?

— Entre.

Levi se leva et alla s'adosser à la fenêtre, les bras croisés sur la poitrine. Le moment était venu de parler à son frère. Il n'était pas sûr de pouvoir dissiper l'animosité qui couvait entre eux depuis des années, mais il était prêt à essayer.

— Assieds-toi.

Hunt laissa échapper un souffle rauque.

— Je préfère rester debout. J'ai du boulot qui m'attend.

— Très bien. Je voulais te proposer une partie de golf cet après-midi.

Hunt lui lança un regard noir.

— Pas besoin de jouer au golf. Dis-moi juste où tu penses que j'ai foiré, et je retourne bosser.

Levi soupira. Manifestement, ça ne s'arrangerait pas du jour au lendemain.

— Je n'ai rien à te reprocher. J'ai juste pensé qu'on devrait passer du temps ensemble.

Hunt le dévisagea.

— *Du temps ensemble…* Tu es sérieux ?

— Il faudra du temps pour que les choses redeviennent

comme avant entre nous, mais je suis prêt à faire des efforts.

Hunt cligna des yeux. Il détourna le regard et fourra la main dans sa poche. Il laissa passer un long moment avant de parler.

– Je l'aimais, tu sais. Lisa.

– C'est ce que pense Emily.

Hunt le fixa longuement, puis il hocha la tête.

– Je te retrouve au départ du parcours à six heures moins le quart. On arrivera peut-être à caser un neuf trous avant qu'il fasse nuit. Je dois d'abord aider Emily avec le programme pour enfants, dit-il, puis il bascula son poids sur l'autre jambe. Je n'aurais pas dû toucher Emily. J'étais en colère.

– Touche-la encore, et ce sera la dernière fois que tu te serviras de ta main.

Hunt secoua la tête, esquissant un petit sourire.

– C'est noté. À plus tard.

Il partit d'un pas léger que Levi ne lui avait pas vu depuis longtemps.

C'était la meilleure chose à faire. Faire tomber les barrières entre eux. Ou au moins, poser les fondements d'une réconciliation. Il leur restait du chemin à faire, mais il y avait de l'espoir.

Emily entra, fixant au bout du couloir ce que Levi supposa être le dos de Hunt.

– Ai-je bien entendu ? Tu retrouves Hunt plus tard ? Il n'avait pas du tout l'air renfrogné à l'instant. Vous avez dû vous présenter des excuses mutuelles.

– Pas explicitement, mais c'était sous-entendu. Je lui ai proposé de jouer au golf avec moi en fin d'après-midi et il a accepté.

Elle posa une pile de dossiers (dont elle semblait ne jamais se départir) sur son bureau et le rejoignit près de la fenêtre. Il l'attira contre lui, enlaçant sa taille fine d'un bras. Elle plaça les mains sur ses épaules, puis les promena le long de ses bras.

— Mais comment il saura que tu veux renouer une relation avec lui ?

Levi leva un sourcil.

— Parce que je l'invite à faire une partie de golf ?

— Est-ce une sorte de code entre mecs pour dire *je suis désolé* ?

— En gros, oui.

Emily le regarda d'un air incrédule.

Il sourit et se pencha pour l'embrasser dans le cou, déboutonnant le dernier bouton de son chemisier à col trop montant afin d'avoir accès aux endroits plus intéressants.

— On a trente minutes avant mon prochain rendez-vous.

Il déposa des petits baisers le long de sa clavicule, ce dont elle raffolait.

Les mains d'Emily tiraient déjà sur sa chemise, qu'elle avait sortie de son pantalon dans le dos.

— Dommage. Comment on va faire pour ne pas se toucher si on travaille ensemble tous les jours ?

Il se pencha en arrière, perplexe.

— Pourquoi on ferait ça ? C'est le plan le plus ingénieux que j'ai jamais élaboré.

— Tu n'avais pas *prévu* ça.

— Détail mineur. Revenons à nos moutons, dit-il en lui pinçant les fesses. Donne-moi deux secondes.

— Hein ?

Elle le vit, perplexe, traverser la pièce jusqu'à la porte. Il passa la tête dans le couloir, regarda des deux côtés, puis recula d'un pas. Deux pas.

— Levi, dit Esther en le suivant dans le bureau et refermant la porte derrière elle. Et Emily. Contente de te voir, ma chère.

Elle sourit, puis fixa d'un air perplexe le pan de chemise de Levi. Il enfonça prestement le tissu dans son pantalon. C'était comme si sa mère l'avait surpris en train de peloter une fille. À ceci près que sa mère n'avait pas vécu assez longtemps pour le prendre en flagrant délit de pelotage, alors ce rôle incombait à Esther.

– Et contente de voir que vous vous entendez bien, ajouta-t-elle.

Elle avait un ton amusé ? Ah bon. Ce n'était pas cher payé pour être avec Emily.

Esther portait un survêtement très chic. Probablement d'une grande marque de couturier. Elle savait profiter de sa retraite avec style.

– Tu as l'air en forme, Esther. Tu es venu confirmer notre déjeuner de la semaine prochaine ?

– Je suis venue te donner quelque chose. En privé, si ça ne te dérange pas ?

Elle s'excusa du regard auprès d'Emily qui venait de ramasser son énorme pile de dossiers.

– Non, pas du tout, dit Emily en se dirigeant vers la porte. J'allais justement…

Elle jeta un coup d'œil à Levi. Elle ne savait pas mentir. Il sourit et elle le fusilla du regard).

– *Partir,* mentit-elle.

– Je serai à la maison au coucher du soleil, lui dit-il.

Il n'avait pas encore réussi à convaincre Emily d'emménager chez lui, mais il espérait l'avoir à l'usure. Elle voulait attendre un an, et il était d'accord sur le principe. Levi se sentait capable d'attendre pour toujours, si c'était pour Emily. Surtout depuis qu'ils avaient pris l'habitude de dormir chez l'un ou chez l'autre, même si elle venait plus souvent chez lui. Ils aimaient tous les deux la nature et les longues promenades en forêt avec Grace.

– Levi ! le tança Emily en jetant un regard nerveux à Esther, qui se contenta de sourire. Tu pourrais être plus discret !

L'expression d'Esther était sans équivoque.

– Oh, inutile, ma chère. C'était évident depuis le jour où je vous ai présentés.

Les épaules d'Emily s'affaissèrent et sa bouche s'avança en une moue adorable.

– Vraiment ?

Esther sourit de nouveau.

– Vraiment.

Ils s'embrassèrent rapidement et Emily s'en alla. Dès qu'elle fut partie, Esther s'approcha du bureau derrière lequel Levi s'était assis. Mais elle resta debout.

– Je suis juste passée te donner ceci, dit-elle en sortant une enveloppe de son sac et en lui tendant. C'est de la part de ton père.

Levi cligna des yeux.

– Pardon ?

Elle sourit tristement.

– Il l'a écrite avant de décéder. Je ne sais pas ce qu'elle contient, mais il m'a indiqué précisément quand te la remettre, et ce moment est arrivé.

Levi pinçait fermement la lettre entre ses doigts.

– Je vais te laisser la lire tranquillement. Mais je t'attends au restaurant à midi précise mercredi pour notre déjeuner. J'ai un emploi du temps chargé.

Il leva les yeux et fronça les sourcils.

– Tu es à la retraite.

– Oui, mon cher. Mais la retraite n'est pas la fin de la vie, dit-elle en faisant gonfler ses cheveux parfaitement coiffés. Ce n'est que le début.

Esther s'éloigna d'un pas chaloupé, et Levi grimaça. Il ne voulait pas savoir ce qu'elle insinuait. Dieu le préserve des sexagénaires ayant une vie amoureuse.

Quand elle eut fermé la porte, il reporta son regard sur l'enveloppe. Son père lui avait écrit ? Mais qu'est-ce qu'il avait bien pu lui écrire ? Ils avaient rarement échangé des mots positifs. Ils se ressemblaient trop, deux êtres bornés.

Levi déchira l'enveloppe et déplia le papier à lettre de son père en avalant sa salive. Des souvenirs de son père, à l'endroit même où il était assis, envahirent son esprit. Puis il lut.

Cher Levi,

J'ai prévu que cette lettre te parvienne après quelques mois passés à la direction du club, alors n'en veux pas à Esther de te la remettre si tard. Elle a seulement respecté mes consignes.

Tu te demandes sans doute pourquoi je t'ai imposé Emily Wright comme assistante. En vérité, je l'ai engagée pour arranger les choses. Elle a le cœur dont j'ai manqué, la volonté que je respecte, et elle aura une bonne influence sur toi.

Je sais que tu n'as jamais voulu de mes conseils concernant, eh bien, à peu près tous les sujets. Mais si on m'avait demandé de choisir une des sœurs Wright pour toi, j'aurais choisi Emily. Non pas parce que la plus éclatante des deux n'était pas une fille agréable, mais parce que tu as besoin de quelqu'un de solide qui t'épaule dans les épreuves. Quelqu'un qui adoucira les angles que ton enfance a pu aiguiser. Va savoir, tu as peut-être hérité de ma rugosité. Si c'est le cas, tu l'aborderas plus sereinement.

Je t'aime, Levi. J'aurais dû le dire plus souvent. J'aurais dû faire beaucoup de choses. En fin de compte, je ne voulais pas que les derniers mois passés ensemble soient gâchés par la culpabilité, la tienne ou la mienne. Mais je te dis aujourd'hui, par l'intermédiaire de la précieuse et dévouée Esther, que tu es l'homme que j'aurais choisi pour diriger l'entreprise, quelle que soit ton expérience passée. Tu es fort et tu ne supportes pas les imbéciles.

Parfois, la vie nous embarque dans un voyage imprévu. Je sais que tu t'occuperas bien du club et de ma protégée, Emily. Et si tu t'ouvres à elle comme je l'ai fait avec ta mère, elle prendra soin de toi aussi.

Avec toute mon affection,

Papa.

Levi se cala au fond du siège et laissa tomber sa tête contre le dossier en cuir. Il posa les doigts sur ses paupières et les pressa. Il ne pleurait pas. Ses yeux piquaient, c'est tout.

Maudit soit son père. Il sourirait en ce moment s'il savait qu'il avait réussi à émouvoir son fils aîné si stoïque. Et comment diable son père avait-il pu deviner ce qui se passerait avec Emily ? Esther et lui avaient-ils tout manigancé ?

Non, c'était absurde. Esther prétendait ne pas connaître le contenu de la lettre, et elle avait admis avoir vu une étincelle entre Emily et lui quand elle les avait présentés. Son intuition ne l'avait pas trompée. Cela signifiait que son père avait pratiquement choisi lui-même la femme dont Levi tomberait amoureux.

Levi détestait reconnaître que son père ait raison, mais pour une fois, il s'en fichait.

Il sourit. *Laisse le vieux avoir raison. Laisse-le clamer sur les toits « je te l'avais dit. »* Parce que Levi était le petit veinard qui avait eu la jolie fille.

Scène bonus

Vous avez aimé *La Tentation de Levi*, le premier tome de la série des Frères Cade ? Alors ne manquez pas une scène bonus exclusive qui se déroule après la fin du roman ! Inscrivez-vous à ma newsletter pour la lire. **Je m'inscris.**

Vous êtes passé à côté de l'histoire d'Adam ? Découvrez sa romance avec Hayden dans ***Jamais avec ton ennemi.***

Vous voulez savoir ce qui s'est passé entre Wes et Kaylee ? Ces deux-là méritent-ils une seconde chance ? Plongez dans leur romance, ***Le Défi de Wes***.

Le Défi De Wes

Wes était venu au monde avec l'esprit de compétition. Depuis qu'il avait appris à marcher, il avait mis un point d'honneur à ne jamais perdre.

Et il n'avait jamais perdu, jusqu'à ce que sa petite amie le quitte en dernière année d'université et que sa carrière sportive professionnelle s'effondre.

Quatre ans plus tard, la dernière chose dont Wes avait besoin pour se préparer à la compétition de sa vie, c'est que son ex-petite amie déambule dans son complexe hôtelier au bras de son nouveau fiancé. Mais c'était peut-être aussi l'occasion pour Wes de regagner ce qu'il avait perdu.

Car s'il n'y avait ne serait-ce qu'une chance que Wes se soit trompé sur Kaylee et qu'elle l'ait vraiment aimé, peut-être pourrait-il surmonter son blocage mental et retrouver son jeu — et son amour.

Lisez Le Défi de Wes *tout de suite !*

Remerciements

Je tiens à remercier Troy S. d'avoir répondu à toutes mes questions au sujet des pompiers. Je remercie tout particulièrement Derek K. et Kyung S. pour la traduction en Coréen. Et un grand merci à mon mari pour sa vérification approfondie du jargon du golf.

Enfin, je voudrais faire une dédicace spéciale à tous les hommes et femmes des services d'urgence qui sont les héros et les héroïnes de notre vie quotidienne. Et les remercier aussi d'être si beaux en uniforme !

Également de Jules Barnard

Auteure à succès de USA TODAY

Série Les frères Cade

La Tentation de Levi (tome 1)

Le Défi de Wes (tome 2)

La Séduction de Bran (tome 3)

La Réforme de Hunt (tome 4)

Série Jamais avec lui

Jamais avec un ami de ton frère (tome 1)

Jamais avec un dragueur (tome 2)

Jamais avec ton ex (tome 3)

Jamais avec ton meilleur ami (tome 4)

Jamais avec ton ennemi (tome 5)

À propos de l'auteur

Jules Barnard est une auteure à succès de USA Today dans les genres romance contemporaine et fantaisie romantique. Ses récits contemporains comprennent les séries Jamais avec lui et les Frères Cade. Elle écrit de la fantaisie romantique sous son nom de plume dans la collection Halven Rising que le Library Journal qualifie de « … nouvelle aventure fantastique passionnante. » Qu'elle écrive sur les hommes séduisants du lac Tahoe ou sur le monde féérique d'un campus universitaire, Jules nous délecte d'histoires captivantes, pleines d'amour et d'humour.

Quand Jules n'est pas en jogging en train d'écrire en se récompensant par des chocolats, elle passe du temps avec son mari et ses deux enfants dans leur petite ville natale sur la côte Pacifique. Elle a le super pouvoir d'être capable de lire en cavalant sur un tapis de course ou en brûlant le dîner.

Pour avoir accès à des l'actualité des parutions et des offres spéciales, inscrivez-vous à la newsletter de Jules:

julesbarnard.com/francais

www.ingramcontent.com/pod-product-compliance
Lightning Source LLC
Chambersburg PA
CBHW061121310726

48974CB00002B/634